河出文庫

魚の水《ニヨクマム》はおいしい

食と酒エッセイ傑作選

開高健

河出書房新社

目次

Ⅳ

V

魚の水《ニョクマム》はおいしい

食と酒エッセイ傑作選

I

魚の水《ニョクマム》はおいしい

試めす

四カ月ぶりに東京へ帰ってきたが、汚染、犯罪、自殺、地震、それにひどい物価高である。留守中にたまった雑誌や本をちらちらのぞいてみると、論文だろうと作品だろうと、ことごとく、書かれてある内容とはべつに文体から匂ってくるのは荒涼とした枯渇である。三行と読まないうちに眼をつむってしまいたくなるし、頁《ページ》を伏せたくなってしまう。おまけに脳の右半球がニョクマム、左半球が直射日光に犯されているうえに、毎日正午から二時間か三時間きっと〃義務〃としてやっていたシエスタ（昼寝）ができないので、いらいらしながら朦朧《もうろう》となってしまう。近日中にどこか人のいない山の湖へいって冷めたい水で頭を洗い、ヤブウグイスの声を聞こうと思う。それから下界へおりて、〃社会復帰〃である。

一月二八日のパリ会談の和平協定によれば三カ月以内に三派連合の民族和解一致評議会を構成しなければならないとあって、それが実現されるかどうかを観察にでかけたのだが、何事も予定よりズレるあの国のことだからもう一カ月プラスして四カ月滞在しようと思い、そうしているうちに、捕虜と若干の政治犯の交換のほかには何ひとつとして実現されることなく、殺戮と流血はかわることなく続行され、再びパリ会談が開かれて、その内容を見れば原案とほとんど変ることがない。フリダシにもどっただけである。新しい有効な案が何かあればとっくに原案に盛りこまれているはずのものだから、これまたおぼろげながらかねがね予感されていたとおりである。ただいろいろな段階の期日を数字で明文化した点だけが第一次案と違うが、これがどうなるかを見とどけるにはまたまた四カ月滞在しなければならないということになりそうなので、ひきあげてきた。

国際世論なるものはとっくに冷《ひ》えこんでいたけれど、現地の日光と血の温度はまったく変らないのにまたまたグッと冷えこんで、ヴェトナムは約九年前とおなじように忘れられた遠い国となってしまった。わが国のそれも同様であって、ヒステリーが消えたあとにくる静寂――これまた荒涼とした静寂だが――それに似たものがあるきりである。アメリカが関係していた部分についてだけそれは発熱し、〝ヴェトナム人〟の名において昂進したが、どの程度まで本気で気にしていたのかとなると疑わしいかぎりである。最盛期にはまるで《民の声は神の声》といわんばかりの叫喚だったのだが、この神様、今世紀後半に入ってからはまるで腰が軽くなっていらっしゃる。あらゆる陣営の指導者が〝国際世論〟を無視してむちゃくちゃを強行するのも無理ない。

今後もよくよく記憶して覚悟しておいたほうがいいだろうと思う。
今回はそういうわけで私はまだ〝社会復帰〟できない状態にあるので、忘れられた遠い国の小さなことについて書いてみようと思う。もともと私は小さな説を書いてメシを食うから〝小説家〟と呼ばれる存在なのであるから、その自分をよく念頭に入れておくこと。

ヴェトナム人は美食家である。中国人、ことに広東人とくらべてどうかとなると議論はわかれるだろうが、彼らは彼らなりに、そして貧乏人は貧乏人、金持は金持、それぞれの流儀でものをうまく食べることを心得ているし、心がけている。たとえば田舎を歩いていると、街道筋でときどきパイナップルを山と積んで売っている。これがたいそう安く、みごとに熟していて、部屋のすみにころがしておくと香水瓶の栓をぬいたように甘く芳烈な香りがゆらめく。街道の子供は包丁や山刀で器用に外皮を剝《む》きとり、四つに割り、たくみに刻みめを入れたうえでわたしてくれるが、そのときさいごに塩とトウガラシ粉をまぜたものをツルリと一刷き塗ってくれるのである。日本人がオシルコを食べるときに塩昆布をそえるのに似ている。パイナップルは豊熟していてあまりに甘いからそれで殺して食べようというのである。つまり、〝かくし味〟をたのしもうというのである。じっさいそうすると汪溢《おういつ》する野生の味、土の味に微妙な変化がでてくる。それが町の喫茶店や料理店だけではなくてほんとに草深い田舎のはだしの子のすることなので、はじめて見たときにはたいそう感心させられた。

タンメン屋を観察していても感心させられる。タンメン屋には中国人が多いけれど、ヴェトナム人のもある。麵そのものが細くて黄いろいの、太くて淡く黄いろいの、春雨、うどん、米粉、さまざまある。カン水をよく利かして練ってあるのでシコシコしてスープのなかでグンナリのびない。つまり湯《たん》のなかで溺死しない麵がうまい、まずそれを湯《ゆ》のなかでシャッシャッとふるい、鉢に入れるが、それからあと、じつにさまざまなものを少しずつふりかける。エビを一コか二コ。焼きブタを一片か二片。トリの刻んだのをひとつまみ。アサヅキの刻んだのをひとつまみ。小粒のニンニクを油でカラカラになるまで炒めたのをひとつまみ。それから香油（ゴマ油）を一匙。ついで二種類の何やら伝家の秘法めいた液を一匙ずつ。さいごにニワトリやブタの脂身やネギやタマネギやいろいろなものをあくまでまっとうに手をぬかずに煮たスープをたっぷりとそそぎ、そのうえにエビのかき揚げのセンベイ風のものを一枚おく。それが客のところへはこばれてくると、ここがまたサイゴンの特長だが、〝ダラット野菜〟と呼ばれるレタスをこまかくちぎって入れたり、春菊をちぎって入れたりする。そのうえでコショウ、トウガラシ、ニョクマム、マギーのソース、手近にあるのを何でもいい、お好みのままにふりかける。まだ忘れてた。レモンの小片がでてくるから、ついでにそれもチュッとやる。これだけたっぷりと入れるのだし、スープそのものがまっとうだから、じつにうまい。私は一つの店に毎朝四カ月間かかさずかよったけれど、あきるということがなかった。六八年のときもそうであった。道ばたにだした椅子に私がすわるとだまっていてもそれにワンタンを入れたのを持ってきてくれる。(サイゴンへ行く人でパストゥール通りとレ・ロイ通りの交叉点のあたりを通過することがあったら、角《かど》の〝ホアフエ(豪華)〟とパストゥール通りの〝リエンクァン(聯光)〟にぜひお立寄りになること。ただし、後者のほうはどういうものかタンメンは出色、抜群なのに、それ以外の料理はことごとくといっていいくらいダメである。)

このすばらしいタンメンが一八〇ピー(約九〇エン)である。日本のラーメン屋は団体で出かけてミッチリと特訓をうけてくるがよろしい。骨身にしみて反省させられることであろう。そのついでにどの町角にも屋台をだしているサンドウィッチ屋ものぞいてくることである。これはフランスパンのサンドだが、パンそのものが非常に上手に焼けていて、かすかな塩味があり、パリパリと香ばしい。そのおなかを二つに割って、焼きブタ、ブタの胃の燻製、サラミ、ハム、〝絹のブタ(ブタのカマボコ)〟、ブタ肉をとろろ昆布のようにしたの、大根の千切りの甘酢漬、イワシの罐詰、何やらかやらをまぜこぜにしてコテコテとつっこむ。そこへ塩コショウ、トウガラシ、マギーのソースなどを手早くふりかける。五〇ピーなら五〇ピー、一〇〇ピーなら一〇〇ピー、だしたお金にあわせてつくってくれる。香辛料をどれだけ使うか、どれだけをどうミックスするかということを見れば文化の程度がわかるという香辛料屋の独断があるが、その見地にたてばこの屋台のおばさんは相当なものである。おばさんは屋台のパンを入れるひきだしの内側をブリキ張りにし、そのしたに七輪を入れてとろ火を仕込んでいる。だからパンはいつもあたたかくて、パリパリしていて、気持がいいのである。〝メーゾン△△〟とか、〝シェ××〟などと看板をあげた東京のフランス料理店でだされるバゲットがしばしば冷《つ》めたくてパサパサしているか、冷めたくてジンメリしているかであることを考えよ。また、目玉が眼鏡といっしょにくっついてとびだしてしまいそうなその値段のことを思いあわせるならば、おばさんのほうがよほどバゲットを知っているといえる。ものの味を親身になって大切にすることを知っているし、客にたいして優しいのである。外国びいきでいうのではない。事実をいってるまでである。

　この国にはいろいろとうまいもんがあるが、ハトとカニは指折りのものである。カニにはマングローヴ湿地の泥ンこのなかに住むドロガニと、海のなかを泳ぎまわるガザミと、二種類がある。ドロガニはよほどたくさんいるらしくて、年がら年中、毎日毎日、おなじ量のたっぷりと太ったのが市場にあらわれて、とぎれるということがない。このカニは甲羅の中身よりはハサミと足の根元を食べる。パンパンと叩き切ったのを中華鍋にほりこみ、油で炒めながら、塩、コショウ、ネギ、タマネギ、ニンニクなどをまぶして仕上げる。皿に盛ってこられたところを見ると、何やらどろどろでまッ黒になっているが、食べはじめると口がきけなくなる。大きな、頑強な、厚い殻のなかにシコシコとしまった白い肉がひそめられていて、とろんとなってしまう。これにくらべるとガザミは殻が薄くて、柔らかく、白い肉はあくまでもデリケートであって、わが国の冬の日本海の宝石、マツバガニにちょっと近い味がする。汁がたっぷりとあるので、炒めるよりはあっさりと〝清蒸《チンジヨン》〟でだしたほうがいい。蒸すだけにしてだし、それをレモンと塩コショウだとか、ニョクマムだとか、思い思いのソースにつけるのがよろしいのである。フークォック島でだされたのはまことに気品の高い逸品であった。それがまたおどろくほど安いので、いよいよ精神を豊饒《ほうじよう》にさせられる。

ニョクマムのことは日本にも知られるようになったが、フークォック島での見聞をいささか書いてみよう。これは日本のショッツルとおなじものであるが、ショッツルはハタハタだけでつくるのにくらべ、あらゆる魚を原料に使うのがニョクマムである。魚、塩、魚、塩とかわるがわるに漬けていって、上から圧《お》さえつけ、醱酵させて、その上澄みのものを使う。文字通り中国人は〝魚水〟と書く。この国の沿岸地帯ならいたるところでつくっていて、あちらのがいい、いや、こちらのほうがいいと、議論が百出する。フークォック島の魚質がいいのでまず名声はうごかないが、ここのは〝カーコム〃（米の魚の意）という小魚でつくる。たぶんアンチョビ（シコイワシ）の小さいのではないかと思うが、この小魚はシラウオにちょっと似ている。新鮮なのをカリカリに揚げてレモンをかけると、何ということもないのにとめどなく酒が飲めそうである。海へでかけて袋網をひいてこれをとってくると、巨大な木の樽へ塩漬けする。その庫へいってみると日本の昔の醬油屋や造酒家の庫とまったくおなじ光景である。でてきて説明してくれる海南島出身の中国人の風貌、風格がいかにも田舎の素封家らしくおっとりとしたところがあって、メチエが人の顔に及ぼす影響というものは古今東西まったくおなじであると、つくづく感じさせられる。

この裕南成氏のつくるニョクマムには、〃頭等〃、〃一等〃、〃二等〃とあり、それは度数で判別されるのだが、度数といっても酒精ではなくて蛋白《たんぱく》の含有量である。ニョクマムには澄んで透明なのと紅茶のような色のついたのとがあるが、どちらがいいのですかとたずねると、透明なのは人工を加味しすぎてあるので見た眼にはきれいだけれど風味がそこなわれている。やっぱり紅茶のような色がついても自然のままのがいちばんですという。この家のはそれである。サウという木でつくった巨大な桶の横腹から熟した紅茶色の液がほとばしって小桶にうけられている。半年貯蔵したのをしゃくって舌にのせてみると、ただヤキヤキと塩からいが、一年のを味わってみると、さすがにまろやかになってとろりとしている。これを小皿にちょっと入れ、トウガラシのきざんだのを散らし、野生のシカの肉の焼いたのをレタスでくるんで、ちょっぴり浸しつつ食べると、じつによろしいナ。

ハツカネズミのおなかにツバメの巣をつめこんで姿のままスープに浮かべたの。卵のなかでヒヨコになったのをそのままゆで卵にしたの。田ンぼに住むネズミ。アルマジロ。ヘビ。タヌキ。ドロガメ。ヤマアラシ。いろいろと探究して歩いたが、ネズミとヘビのほかはとりたててどうということはない。アルマジロは金網のなかに入れられ、おしっこにまみれ、恐怖と絶望の小さな、おろかしそうな、ただれた眼をヒタと壁にくっつけるようにして小さくなっているが、食べたあとでそれを見ると、まずい肉だったのでとりわけ気の毒になったと、人間は残酷なことを書く。これにくらべると田ンぼのネズミのほうがはるかにごちそうだといえる。ハツカネズミの姿のスープはおなかにつめたツバメの巣だけを頂いたが、田ンぼのネズミはちょっとトリのササ身に似た、上品な味がする。ネズミだといわれなければ誰でもよろこんで食べるだろうと思われる。田ンぼに棲んでお米ばかり食べているのでバイ菌はいないのだとされている。私は何度も食べて、感心することは毎度だけれど、アタったことは一度もない。フランス人はカエルを尊重し、中国人も愛して、菜譜に〝田鶏〟と書くが、むしろネズミのほうをそう書くべきではあるまいかと思う。

けれど、柔らかさ、癖のなさ、気品といった点では野生のシカがいちばんであろう。バターで焼いて食べる。醬油をつけて食べてもよろしいが、ヴェトナム風にレタスでくるんでニョクマム——フークォックの、カーコムからつくった、紅茶色の——にちびりちびりとつけて食べると、ウムといいたくなる。このシカはダラットやバンメトット周辺の山でとってくるのだが、山の猟師はそのあたりの政府軍と解放戦線の双方に獲物の一部を税金として収め、見聞したことの秘密はいっさい口外しないと約束したうえ一札入れてハンティングにでかけるのだそうである。だから射ったシカの一本の足は〝あちら側〟にプレゼントし、もう一本の足を〝こちら側〟にプレゼントし、足が二本きりになったシカをかついで山をおりると、いうことになる。のだそうである。

またいきたくなってきた。

ヴェトナムの美味と美女

今日はくたびれていて、人と会うのも話をするのもイヤだし、ただぼんやりと寝ころんでいたいだけだから、ヴェトナム国の食べものの話でも書くこととしよう。そのほかのことを知りたい方は、私の書いた本を読んでください。

サイゴンへ着いた頃はエビとカニに夢中になった。すばらしくうまくて、びっくりするくらい安いのである。エビはフランス語でいう〝クレヴェット〟で、日本の芝エビ（メキシコあたりのものらしいが……）にそっくりの小エビである。川のもあるし、海のもある。川といってもメコン河口は瀆ぐらいあるから、大きな川エビとなると、日本の伊勢エビくらいもある。この大きなエビはあまりおいしくない。田舎を歩いていたとき、メコンの渡しの一膳飯屋で春雨と生野菜をまぜたのに湯がいた大エビをのせ、ニョク・マム（魚の塩漬汁・ヴェトナムのしょっつる）とお酢をふりかけて食べてみたが、あまり感心できなかった。小エビのほうがはるかにうまい。

キャプ・サン・ジャックはフランス植民地時代の小綺麗な、粋《いき》な、いろっぽい別荘のたくさんある岬で、海水浴のできる遠浅の海岸がある。サイゴンから遠くないが、ここへゆくにもとちゅう二カ所、沼沢地と山麓で危険なところがある。私たちがいったときも、M－二四型タンクとM－一一三重装甲車が出動して砲口をジャングルや山に向けていたし、帰途には昨夜おそわれたばかりだという歩哨所を見た。サイゴンに帰ってしばらくしたら、この街道がもう封鎖されてしまった。激戦地になってしまったのである。間一髪というところだった。あの国の将軍連中は、何かというとこの岬の別荘やダラットの山荘にこもって、クー（デター）の計画にふける習慣があるが、ダラットは別として、キャプ・サン・ジャックでは、夜でも潮騒を圧して大砲がドドドッ、ドドドッと吠えたてる。

けれど、この岬の別荘地ではとれたての魚がすばらしくうまくて、びっくりするくらい安かった。西洋皿からハミだすくらい大きなロブスター（エビ）の蒸したのにマヨネーズをぬって食べると、白くて豊満な肉がプリプリひきしまっていて、申し分なかった。舌ビラメのフライにレモンをしぶくと潮風が沖からわたってきて、これまた申し分なかった。こういうロブスターや舌ビラメはみんな岬の海、つまり南シナ海でとれるものであるが、この海はどうも生命にみちみちているらしい気配がある。市場へいったら一目《ひとめ》でわかることだが、大魚、小魚、貝など、足の踏み場もないくらいによろこびが氾濫している。日本の漁船団の通ったあとには、シジミひとつのこらないので世界各国で恐れられているが、南シナ海はどうなのだろうか。

どんな田舎へいっても中国料理店があるから、私たちは舌についてはほとんど苦痛をおぼえなかったといってよい。私も秋元キャパ（同行の朝日新聞社カメラマン）も、貪食型の貴族趣味、つまりグルメでグルマン、大食の美食趣味である。ヴェトナム兵といっしょに、洗面器のまわりにしゃがみこんで、野ネズミの煮こみも平気で食べるし、ショロンの最高級料理店のツバメの巣の最高スープも食べた。ただそれぞれがその場でサマになって、ハマって、うまいかまずいかということについてはペトロニウスはだしの議論をし、ニセモノは断固として排撃するけれど、材料は野ネズミであろうとツバメの巣であろうとかまうことじゃない。サイゴンにいるときは、毎朝、十数軒も一膳飯屋を歩きまわってチャシュウメンだけ食べ、とうとう一軒の〝コレダ！〟という店を発見した。そしてそれ以後は、その店以外のどこにもいかなかった。だまってズイと入ればだまってチャシュウメンとトウガラシをズイと持ってくるようになるまでかよいつめ、給仕を訓練してやった。

メンは、この国では春雨を別として二種類ある。白くてやわらかいウドンみたいなのと、黄いろくて固くてプリプリしたのとである。ウドン風のは、彼らはおおむねヴエトナム風に淡口《うすくち》で味つけするが、むしろ私たちは、黄いろいプリプリのほうが歯ごたえがあっていいとよろこんだ。これも振り手によってさまざまで、よれよれのパジヤマにランニング一枚のちょっとヤセた兄さんが金網で湯がいているときはおいしいが、もっと若い弟分がやっているときは何故か、まずかった。

パジャマの兄さんはメンをふって湯がいてから、ゴマ油、ごった煮の得体の知れぬスープなどをチョイチョイとふりかけ、エビの揚げセンベイ一枚とレタス一枚、コショウぱらぱら、それにミジン切りのトウガラシをそえてくれる。どういうものか、トウガラシのびりびり頭にくるようなのを、一日に一度は食べないとシャンとした気分になれないまでに私は同化した。トウガラシは小さくて色のわるいのほど辛さがはげしく、大きくて肉厚なのは酢につけられて薄甘く味がでてくる。秋元キャパは痔持ちなのでトウガラシは敬遠した。

ヴェトナム料理は、パリにいるときパンテオン裏の専門店で留学生たちと何度か食べたことがあるが、だいたいは中国料理である。それをもっと淡口にして脂をぬいたものである。そして、生野菜をふんだんに使うという習慣がある。七輪でお酢の入ったスープをぐらぐら煮ておいてから肉をひたして食べる〝しゃぶしゃぶ〟があったが、これも肉をスープ鍋からひきあげたあと、ニラ、ドクダミ、ラッキョ、レタス、クレソンなどバサバサこてこてとまぜて、春雨の皮で巻いて食べるのである。春雨は日本とおなじウドン様《よう》のもあるが、ウチワくらいにひろげたのもある。田舎へいくと、簀《す》ノ子《こ》にならべてほしているのがよく見られる。ヴェトナム人は、このウチワみたいなのも、ウドンみたいなのも、春雨が大好きで、しじゅう道にしゃがみこんでどんぶり鉢をかかえこんでいる。

ドクダミ、ラッキョ、ニンジン、クレソンなどの香辛草をたくさん巻きこむ料理でうまいのは、エビのチクワである。これはじつにぜいたくなもので、小エビをたたいて、それだけでつくったチクワである。日本のチクワとおなじで、こねてから砂糖キビの芯に巻きつけ、炭火であぶってある。これを春雨の皮にひろげ、さきの香辛草をつめこみ、くるくると手で巻いてからニョク・マムにひたして食べるのである。

日本のチクワは、メリケン粉でつないであるからコクのないのが少くないが、ここのはあり余るエビをふんだんに使ってあるから、ほんとに微妙な味がする。チクワだけでなく、肉をパテ風に仕上げたのもあるが、淡泊だけれどブリブリしていて、たいへんおいしい。直訳すると〝豚の絹〟というパテもある。豚肉をどういう工夫でか、絹のようになめらかでこまかいパテに仕上げたものである。

この国の野菜や果物の豊富なこともおどろくほどである。野菜はとくに高原のダラットが名産地として有名であるが、果物となるとバナナ、パイナップル、パパイヤ、ミカン類、その他名も知れぬような熱帯の果実が市場に氾濫している。

パイナップルは、一コが日本円にしてたったの十五エンぐらいである。はだしの子供が皮をむいたのを売りにくると、遠くからでも鮮烈芳醇な香りがソレとわかるくらいである。サイゴンのホテルに持って帰ると、部屋いっぱいに甘い香りがたちこめ、温室に入っているような気がしてくる。罐詰のパイナップルなどというものは、似ても似つかぬニセモノである。

はだしの子供は、しかし、古くて賢い知恵を持っていて、パイナップルの切身にサッとトウガラシをまぜた粗塩をぬってくれる。ちょうどオシルコに塩昆布をそえるようなものである。辛味がついて甘味がいちだんとひきたち、こころにくい絶妙な味が舌に媚びてくる。パパイヤは食後の消化によいというので、みんな薬のように考えている。味は水っぽくて、少し青臭く、酸っぱいミカンの汁をしぼりかけて調和をとるのだが、私はあまり好きではなかった。

ミカンは、デモのときにたいへん役にたつ。あの国の軍隊は何かというと防毒マスクをつけて催涙弾をたたきこむのでウッカリできないのだが、少し様子がおかしくなってくると、きっと子供がどこからか石油罐に水を入れてヨチヨチとはこんでくる。そして、ミカンのきれっぱしをひとつずつ配給してくれる。どういうものか、ミカンでまぶたをふくとガスが消せるのである。水はハンカチにひたして目にあてる。この反応はおかしいくらい速い。ヴェトナム語のわからない私などは、子供のうごきを見ていたらいい。子供が水とミカンをはこんできたら、そろそろあぶないのである。子供は、そして、役目をおわると、さっさとどこかへ消えてしまう。これまたじつに敏感で、経験豊富、日頃の鍛練のほどがしのばれようというものである。

ヴェトナム国では都でも田舎でも、女たちがよく働く。子供でもほんとに小さな少女がはだしで天ビン棒を肩にかつぎ、ヨチヨチひょいひょいと上手に腰で調子をとりつつ町を歩いてゆく。輪切りの砂糖キビ、春雨料理、パパイヤ、ヤシの汁、モツ・ライス、さまざまなものを洗面器に入れて売り歩くのである。

女たちは朝の五時か六時頃に起きて、つめたい未明の町を市場へいそぐ。夜あけはこの国では七時一〇分頃であるが、そんな頃チャシュウメン屋にいっても、おいしいハーカオ（小エビの蒸しギョウザみたいなもの）はとっくに売切れてしまっている。女たちはよく子供を生み、せっせと働き、はだしで歩きまわり、カン高い声でケンカし、一日じゅううごいている。南部の女たちはとりわけよく働き、口達者である。男たちはこの強健な働きものの女たちにくらべると、はるかにカスんでしまうのであるが、五人、六人のお妾さんをつくるのはふつうとされている。ただしこのお妾さん、男が養うのではなくて、女のほうが男を養ってやるのである。だからこの国では女が強く、男は弱い。

マダム・ゴー・ジン・ヌーは、宗教弾圧に抵抗するため頭からガソリンかぶって焼身供養して果てた坊さんのことを、人間のバーベキューと呼んで世界をおどろかしたが、いったいこのマダムの性格はヴェトナム女として例外的なのか普遍的なのかと、サイゴンの知識人たちに聞いてみたところ、たいていうなずいて、

「……普遍的なものです。ヴェトナム的性格のふつうの特長だといえます。だからこわいですよ。ヴェトナム娘と恋愛するときは、よく気をつけなさい。結婚前はまだしも、結婚したらガラリと変ります」

「どうなるんです？」

「トラになるんです。すごい爪をたてます。ひき裂かれますよ」

だいたいヴェトナム国の山岳部は昔からゾウ、ヒョウ、トラなど、大物猟の名所として有名なのだそうである。町の宝石店へいくと、トラの爪を首飾りにして売っている。幸運をつかまえるというオマジナイでもあるそうだ。娘に一つ買って帰ったけれど、私の首にこそかけておきたいようなものである。

よく写真でごらんになる、ヴェトナム娘の長裾服ヒラヒラ、あれは〝アオザイ〟と

呼ぶ民族衣裳である。人絹の白くて薄いズボンをはいている娘さんのなかには、パンティとお尻のかわいい谷間が透けて見えるようなのがあってドキッとさせられる。旅人の私は、フラフラとあとを追って一町も二町もつけていき、舌うちしてあともどりする。ルナ・ロッサ（赤いお月さま・メンゼスのこと）のときには、黒いズボンをはいてかくすようにしている。

しかし、近頃はアメリカ兵が町に氾濫して、立川や佐世保や横須賀などとおなじようなバーが、キノコのように生えてきたので、Gパン、マス・カラ、ショート・カット、ミミズクみたいな顔をした〝ナンバー・ワン・ガールズ〟たちが、アオザイをぬぎすてる。〝民族の娘たちよ、どこへいくのだ〟といって痛嘆する民族主義的論文が、新聞の論説欄にも登場して、変貌を非難する。〝ナンバー・ワン・ガールズ〟たちはいっこう気にもとめず、血眼でアメリカ兵の腰にしがみついて金をしぼりとる。

豊沃なメコン・デルタの水田は重装甲車やタンクで踏みにじられる。村はからっぽになっている。ジャングルは〝枯葉作戦〟の化学液でまっ赤に枯死し、山や村はナパーム弾で焼け、畑は放棄される。牛車は、死体を薪のように積んでのどかなメコンの街道をのろのろと歩いてゆく。八一ミリ。一〇〇ミリ。一五五ミリ。照明弾。ロケット弾。機銃掃射。夜も昼も《戦争》はあの国を強姦しつづける。果てしなく、すさまじく、見さかいなく、精力にみちた狂気が南国の楽園を強姦しつづけている。

美に同居する献身と残忍

フランス人にいわせるとドイツ語は《馬のシャックリ》である。なるほどうまいことをいったもので、アッハだの、オッホだのというドイツ語それ自体を聞いていると、まったくそのとおりだと思わずにはいられないのである。しかし、外国をほっつき歩くことが度重《たび》なってくると、どんな言語でもその国の若い女がしゃべると美しくひびくものだということに気がつく。西ベルリンのクァフュルシュテンダム通りを黄昏の潮におされるまま漂っていてすれちがうフロイラインのしゃべるドイツ語のきれっぱしを耳にしたとき、私は耳を疑ったものだった。思いもかけない深さのあるリリシズムやエロティシズムの匂いを嗅がされて、思わずたちどまりたくなったものである。何度となくそういうことがあった。

ヴェトナム語は私にとっては発音と抑揚がどうにも手に負えない言語で、いくたびか勉強と練習はしたのだけれど、とうとうカタコト以上まで成長することができず、モノにならなかった。しかし、若い女がしゃべるのをよこにすわって聞いていると、意味は何もわからないけれど、小鳥のさえずりを聞くようだった。老、若、男、女、どの年齢の誰がしゃべってもそれはいつでも子供が夢中で何かを訴えるときのような無邪気な甲《か》ン高さをちりばめているのである。老婆がまるで少女のような晴朗な甲ン高さでしゃべるのである。じつに不思議な言語だと、何度感じ入ったかしれない。正午頃に女子高の門前を通りかかると教室から解放されたアオザイ姿の娘たちが口ぐちにさえずりつつでてくる。そのなかにまきこまれると前でも後でも、右でも左でも、聞こえるのは小鳥の声ばかりである。しかも彼女たちは甘栗のように小さくてクリクリッとした顔にきまってうるんだ、大きな、黒い、丸い瞳の持主で、ことごとくプペー（お人形）だった。おびただしい数の男たちが水田やジャングルでくる年もくる年も散っていくので、サイゴンではどうしても女の数がふえ、眼は男よりも女にとまった。

南ヴェトナムはまぎれもなく美女国だといいきってよいと私は思っているが、その美女はお人形としての美女だった。成熟した、底深い、妖しい輝きと艶を帯びた美女の記憶が私にはなくて、思いだせるのは〝娘〟でも、〝中年女〟でも、ことごとくお人形さんのタイプのそればかりである。しかし、南の人には早熟かつ早老という傾向があって、昨日までの美少女が結婚するとたちまち荒涼としたオバハンになり、老婆と化してしまう例をしばしば見かけ、いたましいことと感じさせられたものである。

これは南方人に独特の傾性であるということのほかに、多産、重労働、家事の負担、貧困、病苦などということがおびただしく果汁を彼女たちからうばいとるためでもあろうと察しがつく。ついつい南国の豊満きわまる日光に眼をうばわれて見すごしがちなのだが、酒場のコンガイ（女）たちとよくよく話しあってみると、結核にかかっているのがおびただしいのだった。その結核も、明治の頃の日本の結核とおなじで、かかったら最後と覚悟しなければならないような性質のそれであった。

〝ヴェトナム女〟と聞くたびにたちあらわれてくるのは〝美女〟と〝しっかり者〟のイメージである。この国の人たちは遊ぶのが大好きで、人なつっこく、おおらかなところがあり、よく笑い、冗談と、バクチと、法螺話と、迷信に眼がなく、花やペットを愛し、抒情詩についての趣味となると日本人もタジタジであろう。しかし、そのいっぽう、底知れぬ勤勉、底知れぬ献身、底知れぬ愛着もまたあるのだった。だから、その底知れぬ忍耐力でおしかくしはするものの、何かの条件が欠けて嫉妬や激情が奔出したとなると、これまた底知れぬことにもなるのである。少女やオバサンのテロリストが何人もいて、それはあの都では常識だったが、やることのとめどない苛烈、悽惨、徹底ぶり。またその手口の残忍、狡智、不屈、陰険、執拗、スキのなさとくると、〝女そのもの〟としかいいようがないのであった。最初のクアン・ドック師の焼身供養の知らせを聞いたとき、美しくて冷酷で無慈悲で聡明なマダム・ニューは激怒して、

《坊主なんかどんどんバーベキューにしておやり！》と叫んだと伝えられているのだが、彼女はヴェトナム女としてはけっして例外ではなくて典型なのだということをサイゴン大学の某教授に教えられたことがある。それはそのまま、〝あちら側〟の女についてもいえることで、ただ方角と信念の相違があるだけなのだと教えられた。その教授は一連のことを説明してくれたあと、ヴェトナム女は結婚するまでは仔猫だけれど、結婚したらたちまちメス虎になりますよと、ほろにがい微笑で教えてくれた。

アオザイについて一言いっておきたいが、あれはハイ・ネックであるため、女はすべて威厳のある官女に見えてくるのだが、女が〝着痩せ〟して見えもする。しかし、そのしたには眼を瞠《みは》りたくなるような果実や、丘や、奔放な腰がひそめられているのであって、やっぱりそれは、とことん、《ナム》、南の国なのだった。

魚《ニョクマム》の水はおいしい

バナナという果物はああ見えてなかなか狷介な気質の持主であるらしい。栽培するのにたいそう苦労と注意がいるという。自分の気に入った土でないと育たないし、そのお気に入りがなかなかにむつかしくて、亜熱帯の土ならどこでもいいというわけにはいかない。そのうえ、つぎ木もごめん、さし木もごめんで、ひどく注文が多い。そのあげく実ができると、ここでもダダをこね、人の手をかけてくれなきゃうまくなってやらないぞとスネる。そこで一酸化炭素を浴びせたりの、氷で冷やしたりのと、たいへんにうるさいことになるのである。果実、肉、塩干魚、乳酪品などには手をかけなければどうしようもないという気むずかし屋がよくあるが、バナナもその一つである。そこでバナナ屋さんのプロとしての鑑識眼からすると、どんなバナナを食べてるかを見ればその国の文化程度がわかるなどという定言がでてくる。香料屋さんは香料屋さんで、どんなスパイスを何種使っているかでその国の文化程度がわかるという。

何であれ、プロともなれば、積年の苦労から沁みだす自己愛とメチエにたいする誇りがあるから、こういう大きな定言を掲げたくなるのは当然だろうし、それにはそれで具体に徹した核があるので、いささか大げさではあるけれど、ほほ笑ましくもある。何のプロでもない私たちは、いたしかたないから、手あたり次第のものをつかまえる。どんな本を読んでいるかでその人がわかるとか、友人を見せてみたまえ、君が何者であるか、いってあげようとか、何について笑うかでその人の人格がわかるとか、etc・etc……である。こういうことはたよりになるようでもあり、ならないようでもあり、書物や友人やユーモァはよく選ばなければならないのだぞという警告の他にはさほど気にすることはないように思える。けれど、私としては、食徒の一人として、ある国が一番安いものでどの程度のものを食べているかという研究はなかなかにたのしいのである。それでもってその国の文化程度がわかるなどという大きな言葉は吐けないけれど、それを食べているあいだ、ずいぶんいろいろのことを感じさせられたり、考えられたりする。

一番安い食べもの、と書けば大阪ならうどん、東京ならラーメンということになるだろうが、最近はどちらも仕事が丹念でなくなり、両者ともダシは一升瓶につめて売っているレディメイドの量産品をザブザブと使うだけだからどの店で食べても大差のない味になってしまった。西のうどんと東のうどんの相違は、西ではうどんとおつゆをいっしょにすすってしまって、丼鉢を底まで平らげるのに、東のうどんはうどんだけすすっておつゆをのこすというところにあり、両者ともほぼ値段はおなじなのだから、どちらがサービスがいいか、いうまでもないだろう。昆布でとった、まったりとした、柔らかくふくらみのある西のうどんは、つまり言葉をかえたらスープ・ヌードル、すなわち湯麵ということになる。東京生れ、東京育ちの人に関西ではうどんをおかずにして御飯を食べる習慣があると説明すると、いまでもへェといっておどろく人があるが、それほど昔のうどんは仕事が念入りで、いいダシをつくっていたのである。けれど、その関西うどんにしたって、現在では、サイゴンやシンガポールの屋台で食べる湯麵にくらべたらお話にならない。ラーメンとくると、これまたお話にならない。ことごとく麵がおつゆのなかで溺死している。雑誌や新聞にでているマンガのお粗末さかげんといい勝負である。あんな低能じみた、便所の落書きほどのデッサン力もない阿呆が、よくこれでゼニがとれると思って毎度呆れるしかないのだけれど、それが大手をふって通用するのだから、その新聞なり雑誌なりにでている他の大先生たちの玉稿もいよいよ読みたくなくなってしまう。ナルト巻きを見ただけでラーメンに食い気が起らなくなるようなものである。そう思いませんか？

サイゴンへおいでになったらパストゥール通り一三〇番地のリエンクァン（聯光）という店へ一度いって下さい。見たところはただの〝ミエンジャ（麵家）〟だけれど、麵類、雲呑《わんたん》など、ちょっといい仕事をする。そこからレ・ロイ大通りの交叉点をこえたところにあるホアフエ（豪華）という店もなかなかによろしい。聯光酒家では麵のほかにもメニュを見るとフランス料理も一式何でもデキマスということになっているが、これはお避けになったほうがよろしい。何をとっても徹底的にダメである。麵がこれほどうまいのだからさぞやほかのものもと思いたいのだけれど、何か完璧な誤解があるのだ。誤解も誤解、ひどいメチャクチャ。それが何年たってもいっこうに反省、改善のきざしが見うけられないから、手のつけようがない。一九六五年、一九六八年、一九七三年、ことごとくダメだった。持続して一貫してダメだものだから、かえってなつかしさをおぼえるほどであった。けれど、麵や雲呑は持続して一貫して質が落ちていないので、門口にすわって註文をしなさいとおすすめしたい。ニワトリやブタの脂身や野菜をたっぷりほりこんでとったダシは豊満で、柔らかく、滋味と潤味がある。カン水をきかして練りあげた麵は腰が張ってプリンとし、スープのなかで溺れていない。それに焼豚の一片、二片、エビのゆでたのを一コ、二コ、レタスや春菊をのせ、小粒のピーナツを指さきですりつぶしてふりかけ、トウガラシの甘酢漬をのせ、マギーの醬油なり、ニョクマムなりをお好みでふりかけ、全体をお箸でぐるぐるかきまぜてから、ゆっくりと食べにかかる。朝食のときには小さな月餅風の肉マンがでるから、それをちびりちびりちぎりながらおつゆにつけて食べるのもわるくなかった。あなたが歩道でそうやってブリキ板のテーブルに向って食べていると、少年乞食、少女乞食、じいさん乞食、婆さん乞食、でろれん祭文、占い師、若い足なしの廃兵、行き暮れた子連れの農婦、さまざまの人が通りかかったり、たちどまったりする。靴をはいてすわっていると小銭をねだられるが、ゴム草履をはいていると何もいわれないのが奇妙である。

わが国の〝しょっつる〟はハタハタからつくる。近頃はハタハタだけではなくて、いろいろな魚をまぜるのだという嘆きを聞かされることもある。しかし、V国においてはおかまいなしである。魚なら何でもいいといってよいくらいである。エビのもあるし、イワシのもあるし、第一、何からつくったということを瓶のレッテルに明記してないのが大半だから、さっぱりわからない。ニャチャン産のエビのがいいといって力む人もいるし、フークォック島産のカーコム（ヒシコイワシ）からつくったのが最高だと主張する人もいる。このニョクマム（魚醤・英語ではフィッシュ・ソース）は酸素と米のつぎにこの国の人が愛好してやまないものであるが、私はさまざまな場所でじつにさまざまな等級のを試めした。最前線で兵隊が食べているのは醱酵不十分な安物だから、魚醤だの、ソースだのというよりは、ズバリ、魚の腐汁そのものであって、膿汁のようにどろりとし、これを食べたときにはいささかタジタジとなったものである。けれど、フエの大学の教授の家でだされたニャチャン産の永年貯蔵のは水晶のように澄みきっていて、すばらしかった。大別してニョクマムには澄んだ透明なのと、紅茶色のと二種あり、その二種のあいだに無数の質と段階がある。けれど、通《つう》にいわせると、澄んだのには人工を加えたものが多いから、自然味を尊ぶなら何といってもフークォック島産の紅茶色のがいい。それもフークォック島産がいいという名声におもねってわざと紅茶色に染めたのがあるからよく気をつけないといけないよ、と注意してくれる。けれど私にはけじめのつけようがないから、ぼんやりしていると、よっしゃ、釣りを兼ねてフークォック島へいこうじゃないか、そこで現場指導をしてあげようと誘われる。

フークォック島は漢字で書くと『富国島』である。広大な、波のおだやかなシャム湾に浮んでいて、V領とカンボジャ領のちょうど境界線あたりにある。島の八〇%か九〇%は低い灌木のジャングルで、住民は海岸と漁港に住む漁師が大半である。この島には解放戦線もいるし、政府の刑務所もあるが、両方とも近づくことを許されていない。フークォック島の名産は何といってもニョクマムであるが、この島独特のフークォック・ドッグという犬がいて、世界名犬図鑑にも登録されているという。忠実で、勤勉、猜疑心がとても強く、番犬としてはこれ以上の犬はないといわれている。背に一筋、後頭部から尾にかけてつむじ毛のあるのが特長で、そのつむじ毛の形が島の形にそっくりであるという。この島で暮すうちに私は何頭となくその純血種を見せられたけれど、たしかにどの犬にも背に妙なつむじ毛が縞となって走っている。

ここでつくる〝しょっつる〟、ニョクマムは、主としてカーコムという小魚からつくる。〝カーコム〟は《米の魚》という意味だが、ヒシコイワシ、つまりヨーロッパでアンチョビと呼んでいるあのおいしい小イワシのことである、それの小さいのを漁船をだして一度に三トン、四トンと網でとり、ことごとく塩につけてニョクマムにするものだから、小さな島はどこを歩いてもその匂いがするといってもいいすぎにならないほどである。サウと呼ぶ木でつくった巨大な桶が薄暗い庫にいくつとなくならび、そのなかで魚、塩、魚、塩というぐあいに積みかさねて腐らせ、醱酵させる。ちょうど日本の田舎で古い酒屋や醬油屋の庫を見せられるのとまったくおなじである。ところどころ若いニョクマムや古いニョクマムが桶の腹の栓をぬかれてタライにほとばしっているのを見る。ためしにすくって舌にのせてみると三カ月ぐらいのはチリチリと辛いだけだが、六カ月ぐらいのになると、ほかにほのかな甘み、柔らかさ、まったり味などがでてきて、ねっとりと豊満になっている。この家の製品はジョニーウォーカーそっくりの瓶につめられてサイゴンにはこばれるけれど、レッテルにはヒシコイワシの絵と数字が記載されている。数字は魚の蛋白の含有%を示すものだそうで、昔、フランスの植民地だった時代にそういう計量法と表記が法律できめられたのだという。ニョクマムは考えてみれば魚の蛋白そのものなのだから、これと米さえあればジャングルにたてこもっていくらでも戦争ができると、あの種のＶ人が高言しても、さほど誇張ではないのである。

海南島出身の李氏は巨大なサウ材の桶から桶へ歩きまわり、荘厳な薄闇のなかでたちどまり、桶からほとばしるニョクマムを指さして、力コブをつくってみせ

「……」


だまっておっとりと笑った。

その天然吟醸のニョクマムを二本もらい、ほかに島の沖で釣った巨大なタイ族とハタ族の魚を何匹かドンゴロスの袋につめこんでサイゴンに持って帰り、アパートで新聞記者たちを集めて火口鍋、つまり寄せ鍋のパーティーをしたら、十四人ほどが満腹になってノビてしまった。野生のシカの肉を焼いてこのニョクマムを小皿へちょっととったのにトウガラシを散らしたのにつけて食べると、まったく絶品であった。この国の人がよくやるように焼肉をレタスの葉にくるみ、ツンツンとドクダミのように匂う香菜《シャンツァイ》をいっしょにそれへくるみ、ニョクマムをちょっとつけて食べると、惨禍の国にも夜に一瞬の鼓腹撃壌はあらわれるのだった。

みんな
「デップ（いい）」

「デップ・ラム（とてもいい）」

と口ぐちにいった。

マジェスティックのマーティニ

　ヒルトンはたいていの国の首都にあるが、〝マジェスティック〟や〝コンチネンタル〟もよくあるホテルの名である。〝グランド〟、〝セントラル〟、〝パレス〟などもよく見かける名である。ある国のホテルにいてべつの国のおなじ名のホテルに泊ったときのことを思いだすのは誰にもあることと思う。廊下を歩きながら天井の高さ、窓の装飾、カーペットの生地など、つい二つのホテルをあれこれとくらべてみたくなるものである。それで酒場へ入って椅子に腰をおろすと、夕方だったらシェリー酒かドライ・マーティニを注文することになり、ひとくちずつすすりながらこれまたくらべてみようと思うのだが、それができることもあり、できないこともある。酒の味というものはしばしばいまげんにすすっているそれをのぞいては過去に何百杯飲んでいても容易に思いだせないことがあって、不思議である。それがいちいちありありと思いだせるようなら私などは飲まないさきに二日酔いになってしまうだろうから、ありがたいことではあるが……

サイゴンにもマジェスティック・ホテルとコンチネンタル・ホテルがある。長い、にぎやかな、タマリンドの並木の淵のように涼しい影に蔽われたチュ・ドー通りの両端にあって、一つはサイゴン河に面し、もう一つはレ・ロイ大通りに面しているのである。酒場、キャバレ、レストランなど、アメリカ人がよく出入りする店はしじゅう爆弾を仕掛けられて吹きとばされるのだが、この二つのホテルだけはやられたことがない。どれだけアメリカ人がたくさん出入りし、どれだけひどい状況の年にもやられたことがなかった。そのせいかどうか、二つともいつでも満員だった。私はコンチネンタルに泊ったことはないけれどマジェスティックにはある年、三カ月近く泊ったことがあり、その後きたときには、夕方になればよく飲みにでかけたものだった。世界各国からきた無数の新聞記者やアメリカ将校たちがよってたかって鍛えあげたのだろう、ここの酒場のバーテンダーはナイフの刃のように研《と》ぎあげたドライ・マーティニが作れるのである。

ドライ・マーティニのグラスを持って窓ぎわにすわると、グラスの肌にたちまち無数の霜の微粒ができて、小さいけれど澄明な北方の湖は霧にかくれる。空は暑熱と湿気でとろりとうるみながらも、炎上する緞帳《どんちょう》のように輝き、無数のコウモリとツバメが夕焼のなかをとびまわる。黄いろい河をつぎつぎとウォーター・ヒヤシンスのかたまりが流れていき、河岸では子供たちが魚釣りをし、スルメやエビ・センベイの屋台があちらこちらで夜の支度にかかり、対岸は蘇鉄やマングローヴの低い長壁が水ぎわにずっとつづいているが、その背後には原野がひろがっていて、夕靄にかすんでいる。ハマグリ型の菅笠を満載した渡し舟がいったりきたりしている。対岸に上陸した菅笠の人群れはたちまちどこかへ散って見えなくなる。そのあたりには歯磨の大きな看板がたっていて、Hynosという字も、『黒人牙膏』という漢字も、まっ白な歯を剝《む》きだして大口あけてゲラゲラ笑っている黒人の画も、ここからよく見える。

そこを指さして、ほとんど毎日、きっと誰かが、VCはあそこにいるとか、あそこがVCテリトリーだとか、ヴェトコンはどこにでもボークーいるよ、などと教えてくれるのだった。首都の目抜きの場所にある大ホテルの河向うの眼前がすでに〝敵〟の領域であってそれがもう何年も何年も白昼の事実でありつづけているという事実を眼にすると、はじめて聞かされたときにはびっくりしたものだったが、何週間もたたないうちに新鮮さも驚愕も消えてしまって、窓ぎわにすわると、ただ眼をそちらへ向けるだけとなった。そして、空いっぱいに血を流したような夕焼や、乱舞するコウモリや、ゲラゲラ笑いの黒人や、うるみつつまどろむ広漠とした原野などが夜に呑みこまれていくのを見とどける。夜になると河岸のあちらこちらにアセチレンの小さな灯が輝き、空ではひっきりなしに武装ヘリコプターが巡回して照明弾を何分おきかに落しはじめる。もう少しすると、原野のどこかでにぶい歯痛のように大砲が連発しはじめ、機関銃が野太い咽喉《のど》声で咳《しわぶ》きはじめる。河とマングローヴの茂みが蒼白に輝く。

その三年後にまた私はサイゴンへいき、パストゥール通りのアパートに泊って、毎日、歩きまわったり、聞いてまわったり、読んだり、おぼろに考えこんだり、観察したりしてすごしたが、ときどき夕方になるとマジェスティック・ホテルへドライ・マーティニを飲みにでかけた。ドリンカーというものは昼寝だけですごした一日でも夕方になれば何やかやと飲む口実を自分のためにひねりだすものだが、このときはおびただしい、酷烈な人と事物を目撃したので、飲みにでかける口実はとくに何も毎日新しく考えだす必要がなかった。いつも心のどこかに忘れようのない異物がピクピクとあったので、その力におされるままにホテルへいってエレベーターにのりこめばいいのだった。そして三年前にすわったその窓ぎわに冷えきった、研ぎすましたドライ・マーティニのグラスを持ってすわるだけのことだった。黄昏の空は燦爛《さんらん》と血紅色に輝き、河岸では子供たちが魚釣りをし、あちらこちらから屋台が集ってくるのが見え、数知れぬコウモリの乱舞のしたで原野はうるみ、河の対岸では黒人が顎をそらしてゲラゲラ笑いをしていた。一杯、二杯と、ゆっくりすするうちに夜となると、ヘリコプターの爆音がにぶい歯痛のようにひびきはじめて、ひっきりなしに照明弾が原野と河に落され、大砲の吐瀉や機関銃の咳きこみが、ひっきりなしに、のべつに夜を徹してつづくのだった。

「VCはあそこだ」

「来たけれど蹴りだされた」

「来月またくるという噂だ」

通りすがりの記者たちはまったく見覚えのない顔ばかりだったけれど、ときどき私のテーブルのふちにたちどまり、太古の闇に占められた河の対岸を指さして、気軽に声をかけて去っていった。

そのまた五年後に私はサイゴンへいき、今度はパストゥール通りではなくて、レ・ロイ大通りから路地をちょっと入ったところにあるアパートの三階の一室に泊った。その部屋で五カ月ほど暮したのだったが、ときどき夕方になると、やっぱりマジェスティックへドライ・マーティニを飲みにでかけた。アメリカ人の姿はホテルからもレストランからもすっかり消えてしまい、野戦服で大股にいそがしく歩いていく将校も兵も消えてしまい、チュ・ドー通りを銃や汗の匂いにふれないで歩けるのはこれがはじめての経験であった。バー、レストラン、キャバレ、ことごとくが閉鎖してしまい、ポン引き、闇ドル売り、娼婦、いっさいが魔法使いの棒の一振りにかかったみたいに消えてしまい、通りはまるで下水道のように暗くなっているのだった。マジェスティックの酒場でも議論や嘲笑や眼の閃《ひらめ》きはことごとく消え、二人か三人の初老の太った記者が水族館のようなほの暗さのなかに遺物さながらの姿勢であくびまじりにビールをすすっているだけだった。部屋のすみ、床のあちこち、テーブルのはしにまで暗い影が這いより、壁ではヤモリが鳴きかわしている。バーテンダーの氷をかきまわす音が高くひびくだけである。

それでも、やっぱり、マーティニはマーティニだった。五年前、八年前の席と窓はそのままにのこっているので、私はグラスを持っていってすわりこみ、燦爛たる空と、コウモリの乱舞と、うるむ原野と、いったりきたりの渡し舟を眺めつつ、ゆっくりと、ひとくちずつ、すすった。小さな、澄明な北方の湖が霧粒でたちまち曇っていくのを眺めながら、黄いろい河の対岸で一人の黒人が顎をそらせてゲラゲラ笑いをしているのを眺め、痛烈なジンの一瞬の刃に舌を切られつつ、くるものはいつかくるという思いに圧倒されていた。砲音もなく、機関銃の咳きこみもなく、照明弾も落下されず、河は蒼白に輝かず、レストランやホテルの入口の砂袋と機関銃は撤去されてしまい、これほど静穏なサイゴンを見るのは生まれてはじめてのことだったが、それゆえにこそ河と原野にたちこめる太古の闇はそうではなくなったのだと痛覚されもするのだった。町で私の耳が聞くかぎり人びとは和平協定を何も信じていなかったが、私もまた、おなじであった。そしてそのあとにくるものについて町の人は何も信用しているようには見えなかったが、その点でもまた私はおなじだった。そして、最後のグラスをおいて席をたちあがるとき、一瞬のうちに計算がはたらいて、うかうかこの国と接触するようになってから私は三十代から四十代に入ってしまったのだとあらためて知らされるのだった。

Ⅱ ペンと肝臓

キタ・アルコホラリス

ハコべ腹さすって思ったこと

戦時中、じいさんは飲めないから、天地人を恨んでいたね、毎日々々。じいさんは目に一丁字《いっていじ》もなく、小学校も行っていないので、ろくにわかっていないんだけれども、この戦争は敗けると予言していた。

いよいよ、大阪も物騒になり、じいさんは福井県に疎開した。そこは米と酒があったのでじいさんはやっと生返った気になって飲んでいたらしい。俺は大阪の操車場で貨車を切ったりつないだりする作業をしていた。連結器のしたにダランとたれてる制動管を切ったりつないだりするのだ。その道の技術用語では〝ウマのＭＡＲＡ切り〟と呼んでた。

戦後、福井県から大阪へ帰ってきたけれども、この戦後というのがものすごい。食うや食わずで戦時中よりある意味ではなおひどい有様で、じいさんはいよいよ飲めなくなった。

　まわりがどんどん飲んでるやつであふれているのに飲めなくなったという状態だから、じつにつらかったろう。折角《せっかく》爪に火ともして得た田圃《たんぼ》は農地解放でポンと飛んでいく。家もポンととんでいく。友人知己ことごとく焼け死ぬか、のたれ死するかであって、じいさんはまったく天涯孤独となって、晩年は一生けんめいお経を写していた。それでお経を写すのにあきると、新語辞典というのを自分で作った。㋐の項ならアベックとかアプレゲールとか、そのころチラチラはやり出してきた片仮名を全部書きとめておいて、それを孫の俺に意味をきいて、自分ひとりで字引を作っていた。

　それで八十何歳まで生きて、無一物から出発して完全に無一物となって、大地へ還って行った。こういう世代の日本人というのは、日本全国に非常に多いんじゃないかと俺は思うんだな。あの敗戦の大ガラで無一物になって死んでいった人、ある人は遠く海外で敗戦と共に財産ばかりか家族とも散り散りになって死んでいった。そういう人たちがもくもくとして日本を支えていたんだ。

　ところで俺の親父は、俺が中学校の一年のときに、屋台の焼とりを食って腸チフスになって死んだ。小学校の校長が、屋台の焼とりに当てられるというのもおかしな話なんだが、ことほど左様に物資が不足していたので、屋台の焼とりというものは、当時はそろそろご馳走になりかけていた。問題は藪医者にかかったということで、かぜひきと腸チフスを誤診されてしまった。菌が血液の中にはびこるころになってから「これは怪しいぞ、腸チフスらしいでっせ」と言い出した時は、もう親父の眼はかわいておった。それで病院であえなく討死をとげたわけだ。謹厳実直に一生を過して屋台の焼とりで腸チフスになって、医者にかぜひきと間違えられて死ぬという、マジメ人間の末路である。これにも一掬《いっきく》の涙を禁じえない。

さて、これから戦後に入りまする。何しろ戦争中はヨメナ、ノビル、ハコベ、アカザ、カボチャの茎、イモのつるなどという、およそ可食物はみなことごとく食べるという悲壮な時代であった。

戦後、アメちゃんがたくさん入ってきて、レーションという彼らの携帯口糧が放出されて、その中にハーシーのチョコレートが一切れ入っておった。これを食ったときの驚天動地――そのミルクのにおい、ココアの香り、バターのふんぷんとした香り、このハーシーの一切れの中に全アメリカがこめられていたナ。所詮こんな国と戦争したんじゃ負けるはずだと、俺はイタイケないハコベ腹をさすって思うのであったが、もういまさらあとの祭である。

何しろジープが珍しくて妹の手をひいて阿倍野橋へジープを見物にいった。自動車というものは、背中に木炭のコンロをしょってうちわであおぎつつ走るものだとこちらは思っていたがジープは実にガソリンで走るんだぞ。紫の煙をふんだんにはき散らして走るんだぞ。そのガソリンの煙をかげば、排気煙すら芳しく感じられるのである。ここで戦後少年は、はじめて文明なるものに接したのであった。まじまじと目を見張ったね。妹のごときは山猿になっていた。山国に疎開させていたから、ドングリばかり食っているものだから、背中にもじゃもじゃお猿のように毛が生えていた。ドングリをたべると、どうしてあんなに長い毛が生えるんだろうか。その妹はジープに乗っているアメリカ人の頬っぺたが赤いといって、あれは病気ではないかとまじまじと目を見張っているのであった。

戦争中は鬼畜米英々々々々といわれていたんだけれども、こちらは何しろ、鬼畜米英にしろ何にしろ、米英を目撃したことがなくて戦争をやみくもにしていたものだから、はじめてチョコレート食っている鬼畜を見たときは、俺は鬼畜になりたいと思った。しかし、町ではあんなに彼らの頬っぺたがピンク色なのは、赤ん坊をたべるからだとか、いろんな流言蜚語がとんでいた。うちの母親などは四十すぎたいい年なんだが、アメリカ兵が上陸してきたら強姦されるとひたすら思いこんでいて、町内の藪医者に青酸カリを分けてもらう約束をしていた。いざとなると、その青酸カリをのんで大和撫子あっぱれ自決するつもりでいたんだから勇ましいや。やはりここでもアメリカに対する日本国の哲学は大いに間違っていたと思わざるをえない。ホンの二十年前の話や。

それで鬼畜がやってきてわれわれのノミ、シラミ、南京虫にＤＤＴをふりかけてくれた。それからテキサスの馬の餌というイモの干したのをくれた。われわれは大いにそれを喜んで迎えたという記憶がある。

のちになって、ヨーロッパをあっちこっち旅行するようになると、日本人はアメリカに対してあれだけ激烈に戦ったのに、戦争に敗けた翌日から、日の丸をもってアメリカ兵を歓迎に行ったというが、これはどういうことだときかれて返答に窮したことがあった。いまだにそういうことを外人からきかれるけれども、どう答えてよいのか、これは実にむつかしいところである。だから、内地の人間にとっては、鬼畜米英というのは、言葉の上の鬼畜であり、頭の中の鬼畜であって、ある意味では本質的には憎悪なき戦いであったと思う。世界史にも稀《ま》れなんじゃないか。

ところがフランス人だとかドイツ人だとかいうのは、戦争が終っても依然として憎悪だとか軽蔑というのはたがいの民族の間に続いていて、やにっこく、ねちっこい。日本のはきわめてあっさりとしておる。きのうの敵はきょうの王さま、というふうな調子です。

ある意味では、世界一ずる賢い国民なのかもしれない。

わがハイデルベルヒ・荒地願望

いわゆる戦後の文明開化が始ってから、二年目ぐらいから、やたらにいろんな洋酒(?)が出てきた。こちらはハイカラ趣味が大いにあるから、戦争中の反動も手伝って、一生けんめいそのハイカラを追っかけて、なけなしの金をはたいた。腹はへってもいいから酒を飲みたいというえに、大人になりたがっているからウィスキーを飲む。そのウィスキーというのは、たいてい日本酒のお酒屋さんがつくっているウィスキーで焼酎にカラメルで色をつけたものなんだ。それをポケットビンに詰めて売っていた。シルバーフォックス、アルプ、それからキング、アリス……。そういうのを片っ端から飲んだけれども、飲み方がわからないでジンをストレートでガブガブ飲んでみたりということもした。

金はないんだが自尊心だけは発達している。みんなが旧制高等学校の試験勉強々々々々というので、俺は旧制高等学校に入ってもお金が払えない、しかしみんなが入る入るといっているのに俺ひとり置き去りされるのはくやしいものだから勉強だけはした。そしたらうまい具合に通った。ここへ入ってみると、大陸浪人だとか海兵帰りだとか陸士帰りだとか、特攻隊のなり損いだとかいう、二癖も三癖もある世代がまぎれこんできていて、われわれのような無菌状態の紅顔の美少年は、大いに教育啓発された。

　当時、よく憶えておるのは米の配給の代りにキューバ糖が配給された。キューバ糖というのは、何のことはないザラメのことなんだけれども、これをヤミ市に持ってゆくとお米に代えてくれる。ところが高等学校の寮にいる連中はゲマインシャフトがどうの、ゲゼルシャフトがどうのとか、二十歳のエチュードとかヴァレリーとか、マルクスとかそっちのほうばかりで、砂糖を米に代える才覚などありはしない。それでこの砂糖をそのままペロペロ食った。俺も勿論ペロペロたべた。それから、このキューバ糖はお酒になるという。まさに朗報である。大発明である。パン屋のイースト菌を放りこんで、それを毛布にくるんで、小便くさい押入に一週間も入れとけばいい。それを蒸溜したらラムになるんだが、蒸溜するところまではとてもいかぬ。それをそのままゲマインシャフトがどうの、ヴァレリーがどうのと論じながら口に入れていたら、ものすごい下痢をおこした。この下痢はすごい下痢、なぜあんなひどい下痢をおこすのか——思うにキューバというのは、そのころからしてすでにはげしいところがあったんじゃないか——。

　この高等学校の間に教えられたものといえば、ドブロク——主に朝鮮の人から入手した、朝鮮語でマッカリというやつ——それにバクダン、カストリ、それから焼酎、シルバーフォックス。酒の肴は何を食っていたかほとんど思い出せないんだけれど、何もなかったんだろう。煮干を焼いたのなんかご馳走だったナ。いちばんうまかったというと、いまだに憶えているけれど、根深ねぎの白い根っこをぶつぶつ切って電気コンロで焼いて醬油つけて食ったことだ。

クラスの友人は皆、俺より年上でエラそうに見えた。満洲から帰ってきた連中の話をきくと、たとえば旅順高校にいたというのにも、いろんな段階があって、人を殺したような気配のやつもいた。それから匪賊に追っかけられてやっと逃れてきたというふうなやつもいた。おきまりの敗戦物語といえば敗戦物語なんだけれど、そういうどぎつい話が次から次と、ドブロクを飲みながら続くわけだが、そういうやつはゲマインシャフト、ゲゼルシャフトから抜けて、切った殺した、はったやったというふうな話ばかりで、それでわれわれ内地組は子供扱いされていた。しかし、日本人全体が子供なんで、ある意味では朝鮮人だとかインドネシア人、ベトナム人、中国人、こういった連中は切った殺したの世界なんてお茶の子なんだ。われわれ日本は、何といってもラッキーボーイですよ。グリュックスキントだ。

そのうちに高等学校が、旧制の学制が変更されたので六三制が始まって新制大学ができた。俺は依然としていろいろ愚にもつかないアルバイトとも本職ともつかないことをやっていたけれども、新制大学は行けそうになかった。しかし当時高等学校にいた連中がみな新制大学に入ろうといっているんで、みんなが大学へ行くのに、俺だけ行かぬのはくやしいから、試験だけは受けた。結局また大学へ入った。入ったけれども、また勉強などしなかった。四年後には、みんなは四月に卒業して、俺一人九月になって、滞納した授業料を、女房に金出してもらって、やっと試験受けさしてもらった。一人だけ九月に広い校庭をとぼとぼ横切って卒業試験を受けた。そしてお情で大学を放校卒業したという阿呆をやった。そのとき女房が、こんな時代でも大学だけは出ておきなさいと、へそくりの金をポンと出してくれた。俺は全く大学を出るなどということを侮蔑しきっていたけれども、その金を女房が出したんだから、とんだ山内一豊の妻やった。やっぱり関西女は尽してくれるねン。お嫁もらうんやったら関西女やデ。

大学へゆくころになってくると世の中がいくらか落ちついて、焼跡というのは少しずつ少しずつ、目立たないがしかし確実に減っていって、それと同時に俺はだんだん世の中からはみ出してゆくような気持になっていた。

俺はいまだに、何か殺風景な風景というところはズーンと頭がしびれるようで気持がいいのである。これを俺は荒地願望と自ら名づけている。

だからのちになってポーランドにも行き、アウシュビッツの野っ原にも行き、草ぼうぼうのシレジアの野原を見たが、そのときはたまらなくなった。俺の心は荒地願望で最高に満たされた。あえて世の中が悪いとは申しませぬ。われわれの世代の胸の奥底には、荒地がひろがっている。原爆が落ちたって、それでフリダシにもどったという心境だ。もともとゼロなんだ。現在の繁栄せる日本はフィクションで一枚向うに荒地や闇市がいきいき透けて見えてる。つまり大自然が透けて見えてる。天使よ、故郷を見よだ。

シュトルム・ウント・ドランク

大学を出るか出ないかというとき朝鮮戦争がおっ始まった。毎日はったやったが始まったんだけれども、日本の新聞は報道管制をされていたから、いったいあの戦争のいろんな何かはいまだに茫漠としている。ただ何やらものすごいことやってるらしいということだけが伝わってきた。けったいな戦争や。

一方、日本は朝鮮戦争後ますます復興していくかのごとくであった。しかしこの俺は大学は出たけれどどこへ就職する気もなく世の中を呪い、何をすることもなく人づきあいは大嫌い。そこへ焼跡の青カンが実を結んで子供ができてしまった。子供ができてから駈落という段取だから念がいっているワ。

ここに二十一歳の父親が誕生したんやけど、奨学金をもらうとドライミルクを買いに走るという有様で、いやはや語るに落ちた話。いまどきの若いやつがみんなスイスイとそんなヘマやらないでやってゆくのをみると、俺は羨ましくて仕方がない。しんそこ、ヤケてくるんだぞ――。

　大学は出たけれども就職する気もない。うろ覚えのフランス語で心斎橋の洋裁店のマダムに『ヴォーグ』をでたらめに翻訳してやったり、臆面もなく英語会話学校の先生さまになったりした。ところが子供はヒーヒー泣く、女房は働かねばならぬ。子供の体重は減っていって、私は月に何べんか必ず女房のかわりに子供を抱いて銭湯へゆく。その恥しさ、うらめしさ……。

　ところで女房はウィスキー会社の研究室に勤めていて、ブレンドの実験をするお余りが出ると、そのお余りを自分で勝手にブレンドしてフラスコや試験管に入れて持って帰ってきて「さあ飲んでんか」という。ここらあたりも浪速女でんなァ。このブレンドは女房が勝手にブレンドするんで、あるときは非常にうまいけれども、ときには何かもうニュートラル・アルコールだけというようなのもあった。そういうものを私は飲んでいた。それでただゴロンゴロンとしていて、人嫌いでどうしようもなかった。

　ところがそういうことをかれこれ一年ほど続けているうちに、世の中は葛西善蔵が生きていた時代ほど甘くはなかった。だからこれではにっちもさっちもやってゆけなくなってとうとう女房と入れ替りになることとあいなった。その頃民間放送が登場して、コマーシャルというものが必要になった。いくつか書いてそれを佐治敬三なる人物のところへ持っていった。彼はそれを一枚五〇〇円で買ってくれた。しかしそんなことしていたんじゃとても追っつかないので、選手交代というので、女房と入れ替りになった。それでウィスキーの宣伝をして、めしを食うことになったわけ。

いつのまにか世の中からバクダンやヤミ市は姿を消していた。酒らしい酒を求めはじめる時代であった。トリスが売れる時代になっていた。私は自分でトリスの宣伝文を書きながら、トリスブームにおったまげた。トリスはサントリーがつくったのだが、時代がつくったものといった方がいい。トリスブームは天の時、地の利、人の和だった。

パチンコというものは戦前は子供の遊びであった。それが戦後日本で大人の遊びになった。日本全国津々浦々チンチンジャラジャラチンジャラジャラジャラ、まことに大騒ぎ。たちまちのうちにエスカレーションで伝播した。そして一分間に三〇発四〇発という連発機関銃のようなものまではびこったけれども、これは博奕《ばくち》のたぐいであるというので禁止された。しかしパチンコ屋の浮き沈みなどを尻目にトリスバーは当時ものすごい勢いではやった。そして「洋酒天国」というのを出した。いまのパンチだとかプレイボーイだとかいうしゃれた雑誌は出ていないから、うけたね。ジャーナリズムの盲点を衝いて、しかも商売気抜きで作ろうというんで作り出した雑誌です。一般の本屋には売っていない、トリスバーでなければ読めないというふうにしたから、いよいよトリスバーがはやった。この雑誌の発行部数は三万部で出発して、翌《あく》る月には五万部、その次は七万部とどんどん伸びてゆき、天井知らずの部数になったけど、タダだから部数が伸びるたびに、身を切られる思いもした。

ハイボールだとか、カクテルなどまだ物好きの一部ハイカラ族のものだったんだが、あっという間に全国に拡まってしまった。しかしハイボールの作り方というのは、知識が普及していないから、金沢の香林坊という繁華街でバーへ入って飲もうと思って、ハイボールをくれ、といったら、ウィスキーをサイダーで割って持ってきた。北海道の札幌でハイボールをたのむと、ウィスキーをみかん水で割ってきたりする時代でもありましたナ。

サントリーという会社には、他の会社と一つ違った点があった。現物給与でウィスキーをくれるのである。現物給与のためにウィスキーをつくった。労働組合がつくっていた。それを闇市へ持っていって金にかえ、給料のタシにしろという習慣の名残りや。ローモンドという名前である。ロッホ・ローモンドのローモンド。大阪ではローヤンというていた。

俺が芥川賞をもらったときに、遠藤周作にこのローヤンをやると、遠藤周作は普通に買えないウィスキーをもらったから「これこそ門外不出のものすごいウィスキーだ」と感激しつつ梅崎春生をダマした。俺はダマすつもりはなかったけれど島尾敏雄にも飲ませた。島尾敏雄はそれを氷金時の皿ですすった。そして人づきあいをすると血がにじむとつぶやいた。

俺には茶化したりおひゃらかしたりするのがやめられないという性分がある。きっと人間嫌いなんだ。「洋酒天国」はサントリービールの発売と共に「ビール天国」になった。誌上の懸賞でノーメル賞というのを出してみたり、ホラふきコンクールということをやったりした。これは日本全国からホラを募集して、一等とった人にはビール八百本を白木屋特製の大風呂敷に包んで渡すという趣向であった。歌も作った。スコットランドの大昔の酒盛歌を日本風に翻案して、歌にした。酒を飲む気持をよく現わしている民謡で、小さなものからどんどん大きなものに発展する……「飲むなら飲もうよ底まで飲もうよ」というのだ。それから「お猪口だよ、グラスだよ、コップだよ、ジョッキだよ」とだんだん大きくなって、最後に「池だよ川だよ、海だよ」と、こうなる。バーにいってみたら「飲むなら飲もうよ、アソコまで飲もうよ」と、替歌にしてうたっている客がいた。よし、それならこちらも負けるものかと「お猪口だよ、グラスだよ、コップだよ」に「おまるだよ、シビンだよ、キンカクシだよ」というのを入れたんだ。そしたら会社のエライさんにおこられてね。

トリス騒ぎが一段落つくと、こんどは世の中がかなり部厚く復活してきた。

つまり、「もう戦後じゃない」という時代に入ります。俺の心にあいた荒地はいまだにあるんだけれども、その荒地を充たす場所が日本中になくなってしもうた。そんな感じがありましたね。安岡章太郎が服部達が自殺したときのことを書いて、戦後派というものは戦後が終っちゃうと潜函病をおこしてしまうのだと書いたことがあったけれども、たしかにそうだと思う。俺にはジーンとくる。海の底深くもぐっていた人間がいきなりとび上がってゆくと肺が破裂するような、ああいう状態ですよ。戦後派作家たちはみなそうなんだ。

　ともかく心の渇きがあったわけやね。荒地というものはいくら水を吸っても吸いきれない。海綿みたいに飽和するいうことがない。荒地というのは果てしなく液体を吸いこむのだ、酒をね、ジュージュージュージュー吸いこむ。だから私なんかの戦争体験とか戦後体験とかいうようなものは、それ以前の世代にくらべると、生やさしいものがあるやろうと思う。だが、その子供ですらあんだけジャボジャボ酒飲まずにいられない——わけもわからずね。大人になりたいからとか、早く一人前の顔したいからとか、自分自身を大人と感じたいとか、いろんな気持はあるけれども、結局後からせきたてられていて、なぜか飲まずにいられない、酔っ払わずにいられない。子供ですらそんなに飲んでるんですから、大人となると武田麟太郎がメチールの目つぶれで死んでしまったり、坂口安吾がアルコールで追っつかなくなってヒロポンやら麻薬をうったり、田中英光がヒロポンポリポリやりながら酒飲んだりという時代があったんです。大自然のなかで暮すと人間が崩壊するんだ。
戦争とは大自然期なのや。焼け跡は西部で闇市は野営地で、復員兵は移民なんだ。みんな〝再出発！〟と叫んでいた。あの絶望と昂揚はどこへいったのや。コップのなかで蒸発しちまったのか。

ウィスキーの美味しいいただき方相談室

問　親愛なる開高健先生。貴下がウィスキー党であることを知り、快哉を叫びました。しかし、近頃のウィスキー党は、ほとんどストレートを顧りみません。わが親愛なる開高先生、ウィスキーはストレートという御執筆をお願いいたします。

（福岡・山田直行・48才）

答　現代は小さい時代や。生に生でたちむかう気力を失うた時代や。すべてに間接接触するだけで、それで満足してる。ときには正真正銘の生《き》無垢というものを味あわねばいかんのに割ったり薄めたりばかりしてる。いい若者が女の子のかげから「ボク、ジン・フィーズ」なんてやってる光景を見るとつくづく民族の未来が憂えられてならない。ウィスキーはやっぱり生《き》でやってほしい。瓶をドンとおき、ピッチャーに清冽な井戸水をなみなみとみたし、ゆったりとすわって大いなる黄昏を迎え入れるというぐあいであってほしいのや。舌やノドで飲むのもよろしいが、歯ぐきで味わうのが賢人のふるまいや。
ここは味のわかる箇所なんや。みんな忘れてる。ウィスキー一口《ひとくち》、水一口、ウィスキー一口、水一口、そうやって純から艶までをふくむ広大な一滴を味わいつくす。西部劇の暴れン坊が一息にカッとあおるのは一説によれば酒がマズすぎたからで、真似は感心できない。瓶ごと冷蔵庫で冷やしてる人があるけれど、これは聡明なやりかたや。

問　某月某夜、某バーにてオン・ザ・ロックを註文せしところ、ママちゃんなるもの、トクトクとウィスキーをつぎ、ウチワのごとき手で氷をワシづかみしてグラスにほうりこむという暴挙にでた。余、サヨナラもいわずそのバーを去る。余の行為の是か否かを一〇〇字以内で解答せよ。
（青森市・怒髪天生）

答　よろしよろし。大いによろし。もっとやったれ。そんなママちゃんは好かんタコや。勘定払うこともない。それからオン・ザ・ロックのときは鋭くとがってキバキバした氷を使うこと。これがコツや。泣いた氷ではマズい。近頃は〝氷流し〟というのやろか、グラスのうえに氷をさしだし、そこへウィスキーをかけてから、グラスにたまったところを飲む。氷はグラスへ入れないというのが流行ってるらしいから一度やってみなさい。

問　小生、年甲斐もなくパブにて晩酌をいたしておりますが、どうして近頃の若い者はせっかく豊醇なウィスキーを水増しにして飲むのか、不思議でなりません。水割りはほんとうにうまいものでしょうか。うまい水割りの作り方を御教示下さい。

（静岡・教員）

答　ガラスのグラスにウィスキーを入れる。プラスチックのグラスは避ける。ウィスキーは値の高いのほどうまいというけれど安いのでもうまいという人があるから、あなたはどっちやということでキマるこっちゃ。氷を入れる。氷は氷屋で売っているが冷蔵庫にもある。タクアンの匂いのついたのより何の匂いもなくて、なるだけ冷たいのがええ。そこへ水をつぐ。水は水道の栓をひねったらでるが、井戸からもでる。薬罐からもでるし、眼からもでる。どれを使うか。井戸からでる水がええ。

それを薬罐か、茶瓶か、タライか、桶か、水槽か、金魚鉢か、ドンブリ鉢か、ドラム罐か、オマルか、水さしか、茶碗か、もっと大きな茶碗か、もっと大きなドンブリ鉢か、もっと大きな小鉢か、もっと大きなオマルか、何かに入れる。グラスのうえにそれを傾けたら水がグラスに入るからジッと見てそのままでいるとまたドンドン入っていく。ああもう入れへんなあと思《おも》たらもう入れんでもええねン。まだ入るなあと思たら入れたらええねン。まだ入るけどもう入れんでもええなあ、このへんやなあ、やめとこかと思たらやめてええねン。それからグラスへ口を持っていくか、口にグラスを持ってくるかして飲むねン。飲んだら酔うワ。お勘定、水増しされんよう気ィつけや。

問　ハイボールを作るとき、通の通は指を使うと聞きました。先生、指の使い方を教えて下さい。

（東京・梶山昌子）

答　グラスの底へ指を二本よこにして添える。もちろんグラスの外側からです。それから「入れて……」というて、ウィスキーをついでもらう。指はよこにして使うこと。ピンとたてて使ったらグラスいっぱいにウィスキーをつがれてしまう。指一本分なら〝ワン・フィンガー〟。二本分なら〝ツー・フィンガー〟。ふつう指二本やナ。もちろん三本でも四本でもかめへん。思い思いにやればよろし。けれどハイボールは、指を使って、入れて、割ったあと、かきまぜてはいけない。せっかくのガスがぬけてしまう。ここが大切です。
　気を散らしてはあかんのや。飲んだらきっと失神するというのもあかん。

問　タンサン割りのウィスキーをなぜハイボールというのでしょうか。
（広島・高校野球部投手）

答　昔、イギリスのどこかのゴルフ・クラブでウィスキーを飲んでるところへボールがとびこんだので、ヤ、ヤ、ヤといってるうちウィスキーとソーダ水をまぜて飲むこととなり、それが起源になりし、と本にはある。
しかし、銀座で飲むと高くボラれるので、ハイ・ボル、それが転じてハイボールとなったとも古文献にでている。
　ヘンリー八世の創案という説もあるが道鏡の好物だったという説もあり、むつかしいとこや。

問　マクルーハン理論にてウィスキーの飲み方を解明せよ。

（東京・一ッ木通り・クリエイチビチイ）

答　クールにホット、ホットにクールに飲むことやね。タンブラーに、ウィスキーを入れ、静かに熱湯をつぎ、砂糖三匙、よくかきまぜ、丁字の実を一つおとす。またはレモンの輪切り一片を浮べる。寒気のする冬の晩にこれをフウフウ吹きながらすすると一杯で風邪が治るわい。クールでホットや。

これは〝ホット・ウィスキー〟〝ホット・トッディー〟と呼ばれ、一世紀も二世紀も昔に開発された飲み方や。いまさらマクルーハンなんて、ちゃんちゃらオカシイわい。阿呆らしていかん。

問　隣室から「ソット上にのせて」「大丈夫かい」という怪しい会話が聞こえ、そのままとぎれました。ナルホド、女性上位の時代だワイと思っていましたら、ではなくてどうやらウィスキーの飲み方らしいのですが、先生、僕の疑問を解決してください。

（東京・江東区・アパート生）

答　壁ごしに聞くだけでわかるあたりバルビュスにも匹敵する想像力。きっとそれは〝ウィスキー・フロート〟を作ってるのやろ。

タンブラーに冷たい水を入れ、ソッと、ソッとウィスキーをつぐと、ウィスキーの層が水に浮く。

そこを静かにすする。匙を裏にしてタンブラーのふちにあて、その背へソッと、ソッとウィスキーをたらしていくと、うまくウィスキーが水のうえにのる。一人でもできるんやデ。

問　ボクは何故かウィスキー・コーラのファンで、ドライブ・インでもスナックでもコーナーでもウィスキー・コーラ一本槍です。けれど、みんなはボクをきらいます。ボクはダメな男なのでしょうか。

（大阪・S児）

答　ウィスキーをついでからコーラをつぐところを、試みにコーラをついでからウィスキーついでごらん。きっとみんなから栄ちゃん、栄ちゃんと呼ばれるようになるデ。

コンニチハ　オサケ！

まったく見ず知らずの国へ、ある日、着いて、まったく見ず知らずの男をつかまえて、ニッコリさせるには、まず二つの単語をおぼえればよいと知った。一つは、《コンニチワ》で、もう一つは《オサケ！》である。

この二つが出発点である。新しい国の空港や駅へつくと、お金を両替えしなければならない。両替所で、お金を替えるごとに、この二つの単語をその国の言葉でどう言うのかを聞くことを忘れないようになった。禁酒の習慣のある回教国や、インドへまだ行ってないので強がりはよすことにするが、おそらくそういうところでも、《オサケ！……》とつぶやいてニッコリ清純なまなざしで笑えば、きっとニッコリして、たちまちどこかそこらのもぐり酒場へつれていってくれることだろうと思う。

フランス人のすぐれたルポルタージュ作家、ミシェル・ゴルデーの『モスコー行き旅券』は、たいへんおもしろい本だが、これにはロシア人の酔癖がたくみに描写されている。自分でソヴィエトへ行ってみて、よくわかった。どうわかったかということをいちいち書く必要を感ずるが、紙数がないので別の機会にゆずることとする。しかし、一つだけあげると、日本人が、〝チョット一杯〟というときに指を丸めて杯の格好をつくってあおってみせるようなしぐさをロシア人もしばしばやる。彼らの象徴は少し変っていて、首すじの顎のしたあたりをパチンと指ではじき、ニッと眼をつぶってみせるのである。作家というものは東へ行っても西へ行っても、どんな国のどんな町でも、きっと飲みスケときまっているものだということを、つくづくさとらされるのだが、ソヴィエトでも、〝ウォツカ！……〟とつぶやいて、首をパチンとはじけばたいていのことはのみこんでもらえた。ニッと笑えば、〝さァ、一杯やりましょうや〟ということになったし、白眼をむけば、〝昨夜飲みすぎました〟ということになったし、飲んでいるさいちゅうにパチンとやれば〝もうへべレケです〟ということになった。

フルシチョフは、ウォツカをひかえようひかえようと言って、宣言を発するが、どうもあまり効いているような様子がない。モスコーの《ブダペシュト》というホテルに泊っていたとき、食堂で、深夜になってくると赤ン坊が湯あみできるかと思うぐらい巨大な果物皿に、ウォツカやらぶどう酒やら、テーブルにあったものを片っぱしからドボドボ注いでまわし飲みしているグループを見た。死ぬのではないかと思ったが、いっこうヒルむ気配はなく、ますます彼らは張り切って、汗みどろの楽団と声をあわせて、イタリアの歌、《マリーナ、マリーナ、マリーナ！……》を吠え、叫んで、はしゃいでいた。旧ロシア時代のエクストラヴァガンツァ（トコトン、やる）の気質はいっこうに変っちゃいないのだという感情を抱かせられた。ロマン・金《キム》氏のアパートで、モスコー大学付属の東洋研究所の所長とパーティーをした。この人は中国語の大学者で唐時代の詩文の専門家であった。日本で言えば吉川幸次郎氏か。この人と、郭《カク》沫若《マッジャク》や茅盾《ボウジュン》や巴金《ハキン》など、中国で知りあった共通の人びとの消息を交わしあったり、笑い話や冗談や猥談をやったりしているうちに、すっかり酔ってしまった。何しろ彼は、何か会話の一行、一行の終るたびに、まるで句読点でもうつみたいな調子で、〝開高《カイカオ》健先生《チエンシエンシヨン》、乾杯《カンペイ》、乾杯《カンペイ》、健康《チエンカン》！〟とやるのである。しかも、ウォツカをキュッと飲みほして、からっぽのグラスをさかさまに頭のうえでふってみせ、ニッと笑いながら、こちらがおなじように飲みほすのをいつまでも待っている。満身にあの中国の伝統の謙虚さをただよわせて。恐ろしい夜だった。

ソヴィエトのウォツカはうまいが、ポーランドのもうまい。ポーランド語で、《ヴォートカ・ヴィヴォロヴァ》（精選ウォツカ）という印のが、いちばん、きいた。ポーランド人はこれを自慢している。ソヴィエトへ輸出しているのだと言って、いばっている。たしかに、いばるだけの実力はある。しこたま飲み、ぞんぶんに見とどけた。それに、この国には、ズブローヴカという銘品がある。これはウォツカにヨーロッパ北方野牛の食べる草を浸したもので、瓶のなかに一本ずつ草の茎が入っている。かすかな緑いろをした酒で、その香りの、癖がなくて爽やかで高雅なことは、すばらしいものである。ポーランド人に言わせると、この草はポーランドに生えてるやつだけがよいのだと言う。事実、これは逸品であって、私は何本飲んだか知れない。画家や詩人や若い言語学者たちが狭いアパートの一室に集ってドンガラガッチャンをやるというので、でかけていったところ、私はめちゃな飲みかたをしてしまい、調子にのったはずみに、ナチス党歌の《ホルスト・ヴェッセル》を口笛で吹いてしまった。するとおどろくべし。男どもは全員、冷嘲の薄笑いをうかべていっせいに合唱をやりだした。あれほどナチスにひどいめにあわされていながらこれはどうしたことだろうと思ったはずみに、一瞬、正気がもどった。奥さんたちが騒ぎはじめ、めいめいの主人をつかまえて、グロテスクだわよ、グロテスクだわよ。うたわないで。よしてよ、と叫びだした。アルコールの輝やく濃霧のなかに出没する彼女たちの紅潮した白い頬のいくつかが、いまでも眼のなかで遠く近くゆれる。

このあいだ寿屋の社長の佐治敬三氏と二人で、北欧三国をふりだしに飲んでまわった。ビールの研究所に行ったのである。デンマークの田舎をあちらからこちら、こちらからあちらへ、醸造所から醸造所へ、シラミつぶしにたずねて歩いた。毎日、毎日、朝から晩まで、ひたすら飲んで飲んで飲みまくった。結構な御旅行で、とおっしゃるでしょうけどね、一日の休むひまなしに五十日間、朝から晩まで飲みつづけてごらんなさい。それも、〝仕事〟としてですよ。一杯飲むたびに、うまいなどと口走って降参してしまってはイカンのだ。口へふくむたびに、それを舌でころがし、歯ぐきにしませ、香りを鼻へぬき、のこったやつをのどへおとして、さわりぐあいをたしかめ。胃のモタレぐあいを考え、口臭のあるなしをきわめ、あげく便所へいっても、サテ、この銘柄の尿道の掃除ぐあい、腎臓の洗いかげんはどんなものであるカ……（どうです、おやりになれますかな）。

おまけにアチラの醸造所では、さまざまなビールをつくっている。強いの、弱いの。濃いの、薄いの。病人用。子供用。婦人用。国内向けがある。輸出用がある。なかにはイチゴ水みたいに赤いビールなどというようなものをつくっている先生もいるのである。それを一軒ずつ歩いて、かたっぱしから一本一本ためすのである。その一本一本が、ソレ、舌でころがし、歯ぐきにしませ、香りを鼻へぬき、のこったやつをのどへおとし、胃のモタレを眺め、口臭を検査し、オシッコを観察し……なのである。毎日、毎日ですぞ。朝から晩まで。一日の休むひまなしに。くる日も、くる日もです。

デンマーク語では、ビールのことを、〝ウル〟と〝オル〟と、そのあいのこの、ドイツ語のO《オー》ウムラウトに似たアクセントで、ちょいとそれをあいまいにしたところで発音するのだが、これをかさねるうちに私はすっかり顎がでてしまって、しまいにはビール瓶を見ただけでなにやら眼のまえが黄いろくカスむような気持になった。しかし、佐治氏は、持ちまえの精力と勤勉と知的・趣味的貪婪さを発揮し、国から国へ流れ歩いて、せっせとビール瓶にいどんでは便所へかよい、あっぱれとも、悲壮とも、まさに一本のガラス管と化し果てた。氏がビールを口にするとき、私はそれが氏の食道から胃へ、胃から腸へ、腸から尿道へ、と快いがつらい長旅をぐるぐるつづけておちゅくありさまを、まるで透明な螺旋状のガラス管をとおして眺められる気持がした。しかも、ガラス管氏は、英語、ドイツ語、フランス語をしゃべり、鞄にはスウェーデン語＝英語辞典までしのばせ（ついに一度も開かなかったけれど……）、研究所へいき、大学へいき、技術を討論するかと思えば商談で値切り、商談で値切るかと思えば技術を討論し、おそるべき活動ぶりであった。日本人なのだ。休むことを知らず、飽くことを知らぬ日本人なのだ。彼の膨張力がパンクして二日酔いでオヘソだしてベッドでうめいているのを見たのは、前後をつうじてロンドンで一回あったきりだ。（しかし、翌日の午後には、もうパリで、ぶどう酒瓶を相手に旺盛な膨張を開始していた）。

オルリー空港で、別れしなに、彼は

「……あんまり日本へ帰ってしゃべったらアカンぞ。どやされるよってにな。沈黙は金や。ああ、よう飲んだ。ほんなら、オ・ルヴォワール」

へとへとになっている私を横目に捨てぜりふをのこして、ゆうゆうと消えていった。

しかし考えてみると、私もこの二年半ほどのあいだにあちらこちら歩きまわって、ずいぶんよく飲んだものだと思う。このあいだの晩、小説の原稿を書きあぐねて苦しんでいるとき、つらさをまぎらすために、自分の飲んだ酒のリストをつくってみたら、たいへんたのしくて、時間を忘れてしまった。一本一本につきまとう香りや人びとの声が、そのまま聞こえてきそうで、思わず眼を閉じた。茅台酒、紹興酒。五糧酒。白蘭台酒（中国産ブランデー）。通化葡萄酒。マスティカ。スリヴォヴィツア。ツイカ。ムステ。ピノ・ノワール。カベルネ・ソヴィニョン。プルスナー。ズブローヴカ。ウォツカ・ヴィヴォロヴァ。ヴァーヴェル。牛の血（ハンガリア産の赤）。トーカイ。カルメル・ホック。アラック。ウーゾ。ルクサルド。アクヴァヴィット。シュナップス。北欧のビール。ドイツのビール。コニャック。シャンパン。シェリー。サングリア。パスティス。リカール。それへスコッチ各種と、フランスのぶどう酒各種をつけ加えるとどうなるだろう。ああ、それに、ネッカ河畔のシュロッス・ヨハネスベルグの白や、ウィーンの森の居酒屋グリンチングの白も。ボヘミアの集団農場の地下酒庫でスポイトからつがれたリースリングもあるじゃないか。ドイツ製のウィスキーを飲んだこともある。ロンドン・ジンを忘れている。カルバドスがあった。テキラをおとしてはいけない。パンテオンの近くの『中法楽園』という中華料理店の給仕の兄さんが日本人と見て、〝オノミモノハ？〟と日本語で聞きやがったからしゃれて〝水〟を、〝シャトォ・ラ・ポンプ！〟とやったら、あとベラベラとしゃれかえされたのがどうにもわからなくてくやしかった、半可通はよしたがいいね。おきまりの神秘的微笑でつくろいはしたけれど……

　自分がガラス管に見えてきた。

　話のはじまったところで書きやめる。

酒も飲めない時代

近年、小生は焼酎やウォッカを飲むことが多くなった。以前はコニャックやウィスキーばかり飲んで、樽味がどうの、燻香がどうの、ブレンドのバランスがどうのなどと、ホザイていたのだが、どういうものか、あの華やかな深奥さがわずらわしく感じられるようになったのである。

南九州や南方諸島では黒糖からとった焼酎をお湯で薄めてほんのりとさせてから飲む習慣があるが、小生はオン・ザ・ロックにして飲むのが好きである。瓶ごと冷蔵庫で冷やしてから飲むのがいちばんだが、時間がかかるので、旅の宿なら氷にしたたらして冷やすよりほかない。意外に知られてないようだか、ウィスキーも瓶ごと冷蔵庫に寝かせておくとうまい。

いまだにウォッカをコサック時代のイメージで強烈な酒だと思いこんでいる人が多いけれど、モスコーやワルシャワなど、名だたるウォッカ場で飲んでみても、ウィスキーやコニャックとほとんど度数は変らないようである。せいぜい42度から45度である。恐れられるような酒ではなくなったのである、ドストイェフスキー風のとめどないエクストラヴァガンツァ（狂宴・どんちゃん騒ぎ）は大昔のことで、いまは酒まで小さくなってしまった時代であるらしい。

徹底的に無飾で、水晶のような、というのがウォッカの本領だが、その最初のすみずみまで冷えきった一滴には、パリパリに糊のきいた純白のシーツを思わせるようなものがあってほしいとウォッカ飲みはつぶやくのである。そのような一滴で黄昏を知らされるのは断然わるくないね。すべて黄昏にすする酒はキン、コン、カンと音がするほど冷えていてほしいと小生は思うが、どうであろうか。

リキュール、コニャック、ウィスキー、ドライ・マーティニ、テキラ、ウォッカというぐあいに、アチラの好みは変遷してきているようであるが、どうやらこってりとして複雑な味から、単純で、しかし凝った、高度の、乾いた味に変ってきたのだと要約できるかもしれない。さらに要約すると、ヒトの舌が時代に追われ、くたびれてきて、複雑さよりも単純さに求めるしかなくなってきたのだともいえる。

さらにこれをすすめていくと、いまはすでに酒に酔いを求める時代ではなくなってきたのだともいえそうである。酒も飲めないくらいにヒトは衰弱しかかっているのだ。かつてこんな時代があっただろうか？

いいサケ、大きな声

ラムをあたためたのを〝グロッグ〟、ウィスキーをあたためたのを〝ホット・トディー〟、ぶどう酒をあたためたのを〝ヴァン・キュイ〟(または〝ヴァンショウ〟)という。いずれも冬の夜のたのしみであるが、今日は税務署へいったあとだから風邪をひきそうだとか、三日つづけて女房の顔を見たので何だかゾクゾクするとか、そういったときの飲みものである。いつもそうして飲む酒ではない。

あたためて飲むとその本質のうまさが登場し、しじゅうそうして飲まれる酒といえば、日本酒と紹興酒ぐらいしか思いだせない。だからそう考えていくと、日本酒は世界でも珍しい酒であり、稀れなものなのであると思えてくるのである。ところが昨今(または最近三十数年の)、この貴重な日本酒の味が、手におえない堕落ぶりである。甘くて、クドくて、べたべたと舌やくちびるにまつわりつき、その味覚、舌覚、触覚を思いだすと、もう胸にもたれてきてムッとなる。オチョコに二、三杯も飲むと、もう結構といいたくなる。

だから、たまたま田舎を歩いていて、サラサラとした辛口の地酒に出会うと、女中さんにそれがあると聞かされただけで拍手したくなる。お酒呑みなら大げさないいかただとはけっしてお思いになるまいと思う。そしてそれをだされてみてサラサラと辛口で端麗なものとわかると、刺を通じて酒倉を見せてもらいにでかけたりすることがある。この甘ったるい時代の酒流にのらないでひっそりと、しかし堂々と背を向けていらっしゃるらしいその酒造家の顔を見たくなり、会ってみたくなるのである。

飲んで飲みあきない酒のことを〝うま口〟というのだと灘の銘醸家の一人に聞かされたことがあるが、めったにそういう酒品のものに出会えない。いったいにこういうクド口《くち》がはびこるようになったのは米が不足した戦時中に〝サンバイゾウジョウ〟(けたクソわるいのでカタカナで書かせて頂くが――)という苦肉策を編みだして以来のことで、永い永いこの国の酒史のなかではお話にならない浅薄さに酒造家たちがアグラをかいているからなのである。そういうクド口を黙って飲んでいる酒徒にも責任があるが、A級犯罪はもっぱら酒造家にある。

香水、料理、お菓子、歯みがき、石鹼、これら官能品で甘いものは幼稚な段階にあるものといい、いまの日本酒は酒品をいえば幼稚園の味である。どんな本を読んでいるか言ってごらん。そしたらあなたがわかる。これは酒にも通ずることである。大きな声をだして飲んでいますと答えられるサケをつくっていただきたいものである。

ペンと肝臓

　イギリス人にいわせると、コニャックは石鹸の匂いがするそうである。いっぽう、フランス人にいわせると、スコッチは南京虫の匂いがするのだそうである。そんな悪口をいいあいながらおたがいにコニャックとスコッチを大量に輸入しあって、せっせと飲んでいる。とりわけ第二次大戦後、フランス人はそれまでのどの時代よりも大量にスコッチを飲むようになったが、ひょっとするとこれはサガンの小説の影響かもしれない。

　ずいぶん永いあいだ私はウィスキーやブランデーを飲んできたけれど、ここ数年、潮さきが変わって、蒸溜酒ならウォツカかジン、醸造酒ならぶどう酒というぐあいになった。そろそろ体力が弱りはじめたのかと、覚悟をきめかけている。ウォツカ、ジン、焼酎、こういう澄明な、不純物のない蒸溜酒は翌朝のダメージが軽くてすませられるし、上質の磨きぬかれたのになると、その単純な深さが何よりもありがたいのである。これにくらべるとウィスキーやブランデーは香りがわずらわしくてならないと感ずるようになった。これまでは、華麗、豊饒と感じ入っていたのに……

しかし、一年に何度か、ひどい暴発を起すことがある。それがその日になっても何の予感もできず、予知もできなくて、気がついたときはとっくに手遅れだという例ばかりである。去年の夏、かねてから私の作品が気に入ってロシア語に訳しつづけてくれているB・V・R氏がモスコーからきたので、ある日、午後三時頃から飲みにかかった。この人もたいそうな底抜けで、それまでにも何度か飲みあっているが、いつもヒドイものだった。腰が抜けるか、膝が抜けるか。いつもその一歩手前までいって、別れの握手をするのが精いっぱいというありさまである。

午後三時からアパートでさしむかいでジンをちびちびやりだしたが、そのうちなくなったのでウォツカに切りかえた。夕方になったので有楽町へ繰りだし、中華料理屋でブタの足を肴に茅台酒《マオタイ》を飲み、つぎに銀座の酒場。ここでウォツカとジンを飲みつづけてカンバンまでうだうだ。それから白拍子さんたちといっしょに六本木の中華料理店へでかけて茅台酒。二時にその店をでたときは眼がみえなくなり、ただキラキラ輝く熱い霧のなかを漂っているとしかわからなかった。

国際親善はペンと肝臓で、どうぞ。

万事、水からだ

去年の夏、伏見の増田徳兵衛方で湯豆腐を食べた。夏の朝の涼しいうちにフウフウと湯豆腐を吹くのも洒落の一つだが、どこかの温泉の水をもらってきて豆腐を煮たという点が妙味であった。そのせいだろうと思いたいが、京都の選りぬきの豆腐のあの精妙と純潔がお得意のはんなりのうちに仕上って見事なものであった。

トロ火のことを文火、強火のことを武火と呼ぶくらいだから料理も文と武の二つに分類できるはずで、そうなればこの豆腐の柔と脆と純は文食の極ということになる。そんなことを考えながらとろとろと雑談をするうち、話は近頃の水のひどさに及ぶ。徳兵衛氏は酒造家だから水の話になると熱くなるのである。森嘉がせっかく秘技をふるって豆腐を作ってもこれを水道の水で料《りょう》るのではどうしようもあるまい。そのうち豆腐屋は水の瓶詰を添えて売るようになるかもしれないというような話になる。

水の品定めをすることを古く中国では《品水》と呼んだらしいが、『茶経』の著者、陸羽は、一つのカメに入れられた一つの水をこれは揚子江の岸寄りだ、これは南零《なんれい》のだとハッキリ飲みわけたという有名な伝説をのこしている。いささか眉に唾したくなるけれど、フランス人のぶどう酒通は一口含んだだけでその酒の年号から村の名、丘の名、それも丘の南面か北面かということまでいいあてるということになっているのだから、名人話としては、いい勝負である。

わが国の水で飲むのにいいのは肥前温泉獄温泉寺の水、甲州笹子峠頂上の岩清水、茶にいいのは京都堀川堤の水、紫野大徳寺の水、酒にいいのは摂州西の宮の井戸水だと、大正十三年に出版された木下謙次郎の鬱蒼とした『美味求真』にはでている。東北の水は性重く気剛、西南の水は性悪く気柔、中央の水は性、気ともに剛ならず、柔ならず、軽からず、色清く、味美なりなのだそうである。目下、食論は百家争鳴のにぎわいだけれど、水論となるとまったくの涸渇で、これだけの東西論もない。

和田金牛や大市スッポンはたしかに名品なのだからみんなが唸ったり、呻いたり、声を呑んだりするのはあたりまえの話だが、水を飲んで呻くのは一人もいない。どこそこの水がうまいと聞いてはるばるでかけていくのもいない。水をプレゼントにしたという話も、まず、聞かない。こんなに、舌に苔が生えては牛もスッポンもあったものではあるまいと思うんやが、どや？

兵隊の夜の歌

もう何年にもわたって私はだまって氏のドリンクぶりを観察してきた。よこにだまってすわってその序・破・急ぶりを見おぼえてきたのである。

序はおとなしく古《こ》渡《わた》りシャンソンで起し、破は懐しのヒット曲でお流しになる。灰褐色にツブしたそのフランス語はなかなかのもので、何しろパリへいったときにダミア婆さんに聞かせてやったという。《暗い日曜日》ではツキすぎるから《セ・シ・ボン》を聞かせてやったというのだから、フトい。脱帽。敬礼。

だまって聞いているうちにとつぜん急に入る。軍歌である。満州で初年兵だったときにビンタ食らいながら残飯桶かつぎをしたが、夜になると泣く泣くベッドのなかでかぞえ歌をつくった。部隊は氏が病気になった翌日に南方へ移動してレイテ島で全滅したというから、その歌があやうく遺言になるところであったという。

と聞かされてから、だまって聞くこの兵隊歌のお上品さ。無類の優雅さ。にわかに作家が消えて帝国陸軍二等兵安岡章太郎がそこにあらわれ、めんめんと、うらみ、つらみ、とめどなく、泣くがごとく嘲《あざけ》るがごとく、徹底して××、徹底して××……

……

○○○　□□

××××　△△△

太郎ォさん、

太郎ォさんよオ

字にしたら原稿用紙が黄変しちゃった。

某夜。濡れたタバコみたいな気持になることがあり、氏の兵隊歌を聞いていたら、エロと自棄が陰々、滅々、惨々まるで賽《さい》の河原の和讃のように聞こえてきて、愕然と眼を瞠ったことであった。白鳥のまさに死なんとするや、その声やよし、か。

Ⅲ　しらうお

鮭

言葉をいじったり、さがしたりするのにくたびれたとき、夜ふけにひとりきりの部屋で少年時代から使ってきたパイプの手入れをする。刃のぬるいナイフで用心しつつ炭を削りおとし、ヤニをとり、息が素直に通るかどうかをためしてからタバコをつめる。煙りが香ばしく、涼しく、軽く流れてくる。一筋か二筋の糸がもつれるように、春さきの陽炎のようにゆらゆらとゆれるよう、ゆっくりとくゆらす。そうやってじわじわと吸っていると、火がタバコの全体にしみて、壺のなかで葉が熱く、まったりと、熟れてくる。とちゅうで火が消えないよう、燃えのこりがでないよう、さいごのひとかけらまで灰になるように吸うのがコツである。これからは放浪をやめて創作に私は専念しようと思うので部屋にじっとたれこめる練習からはじめなければならない。それにはパイプを吸うことからはじめるのがいいのではないかと思い、十年間、埃りにまみれるまま、枯死するままほっておいたのをとりだしてきたのである。

パイプから煙りが糸のようにたちのぼりはじめたが、何もする気が起らないので、サケのことでも考えてみる。昔、アインシュタインは、全米パイプクラブの会長に推されたとき一席のスピーチをして、《パイプはそれを吸う人の思考を方法的ならしめる何物かを持っています》という名言を吐いたそうであるが、十年ぶりに煙りを通してみたパイプからは方法的思考ではなくてサケがでてきた。煙りのかなたにカーテンをかけた窓があるが、煙りとその窓のあいだのどこかに深夜の太陽に輝く河や、花やサクランボに飾られた蒸したサケや、アルミの弁当箱のすみで白い塩をふいてきゅうくつそうにしている破片や、師走の魚屋の店さきにぶらさがっている新巻きなどが、つぎからつぎへと、ゆっくり、浮かんできたり、消えていったりする。アラスカの荒野をわたっていくベーリング海からの風、アイルランドのツンドラ原野に降っていた北極からの雨などのかすかな気配が部屋のなかにただよう。

子供のときからいったいこの魚を何種類の料理法で食べてきたかしらとかぞえてみていかにも多彩であるのにあらためておどろかされる。塩焼き。照り焼き。粕漬。茶漬。罐詰。サケ御飯。わっぱ飯。麹漬。粕汁。石狩鍋。氷頭《ひず》。ルイベ。めふん。ムニエール。スモーク。バター焼。バーベキュー。あれ。これ。このうち北海道出身以外の人の耳に聞きなれないのはルイベとめふんだが、近年は地方料理の東京進出が旺盛をきわめているから、知っている人も多いかもしれない。〝ルイベ〟というのは生《なま》のサケを雪のなかにほりっぱなしにして凍らしたのを刺身にして食べることだが、白い氷粉をふいたサーモン・ピンクの一片をショウ油にちょっとつけて口にはこぶと、霜柱を踏むようなシャキシャキという音をたてて氷が砕ける。近頃は電気冷蔵庫があるから北海道へいったら年中いつでも食べられるようになった。つぎの〝めふん〟はサケの大動脈をとりだして塩辛にしたもので、メスの動脈よりはオスのほうがうまいとされ、珍中の珍だが、何しろ一匹のサケから一本しかとれないから、めったに手に入らない。そして、とても値が高い。けれど塩辛類に目のない酒徒なら万難を排して一度は試みなければならない。

こういうふうに筋子をもふくめて頭のさきから尻尾のさきまで一箇所も食べられないところのないサケである。適切に料理してありさえすればどの料理法でやってみても文句のつけようがない。けれど、サケの味をいちばんよく知っている北海道人にいわせると、薄塩をふって焼いて食べるのがいちばんで、それも海から河に入って二、三日から一週間、この時期のものこそ逸品中の逸品だ、ということになる。東京にいたのではなかなかそういう経験に出会うことができないけれど、釧路郊外の大湿原へイトウを釣りにいったときにこれがそうだといって一度か二度だされたことがある。たしかにそれは記憶に深くきざみこまれるような味であった。豊潤なのにくどさがなく、ゆたかな淡白さとでもいうべきもので、ふつうの塩ザケでは失われている、気品の高い香りがほろほろと肉が歯のあいだでくずれるたびに口いっぱいにたちのぼってくるのである。その香りはさしあたって気品が高いとしかいいようがないのではずかしいことだが、ゆたかで、あたたかく、潤味の深い、ひらいた気品なのだと書いておきたい。ずいぶん以前に新潟県の三面川《みおもて》でとれたというサケをもらったことがあったが、これもおそらく帰郷直後のサケだったのだろうと思いたい。感動のあまり送り主に電話してもう一匹、いくらでもお金をだしますから送ってくださいといったが、いくらもとれないのです、ざんねんですがもうありませんという返事であった。そして近頃では新潟出身の人に三面川のサケといって現況をたずねると、いたましい顔と無言があるだけである。

釣師の眼から見るとサケ科はタイ科やスズキ科とおなじくらい多彩、広大である。何しろイワナの一族、マスの一族もこの科に入るのだし、それに、すぐに混血して新種が発生し、状況次第でその新種がすぐまた消滅してしまったりするので、学者は頭が痛いことであろう。サケだけでも大西洋のアトランティック・サーモン、太平洋のパシフィック・サーモンとある。その太平洋産のサケもキング、シルヴァー、チャム、ピンク、レッドとある。アトランティック・サーモンの陸封されたらしいランドロックドというのも山上湖に棲んでいる。ヨーロッパで〝ダニューヴのサケ〟と呼ばれ、わが国でイトウと呼ばれているものは科学的分類ではサケそのものではなくてサケ科イトウ属の魚であるが、巨大さ、闘志、食癖、体質的特徴、いろいろの点をかぞえていくと、学問としては正確ではないけれど釣師としては陸封サケとして遇したい傑物である。わが国では、専業漁師のほかにサケは釣ってはならぬということになっているので、釣師の足はどうしてもイトウに向かうことになる。ことに最近は、ルアー（擬餌鉤）のいいのが外国からどんどん輸入されるようになったので、この闘志にみちて何にでもとびつく癖のある魚はいよいよ〝幻〟となりつつある。

パイプの煙のくゆるままにここでしばらく食談から釣談にさまよいこむことを許していただきたいですな。イトウ釣りのことは雑誌に書いたうえで本にし、キング・サーモン釣りのことは週刊誌に書いたうえで本にし、そのあとも最近一度連載エッセイの一回分として書き、井伏鱒二、吉行淳之介、西園寺公一氏たちとの対談でそれぞれしゃべった。書くにしてもしゃべるにしても毎度これが最後だと思いきめるのだが、つぎに機会がやってくると、もぞもぞためらい、またしてもこれこそが最後なのだといい聞かせてでかけていくことになる。それで、テレかくしに、ロシアには《釣りの話をするときは両手を縛っておけ》という諺がありますなどといって自身に吹くことを禁じておいてから吹きにかかるというような手のこんだことを演ずるハメとなってしまうのである。だれかがいった《釣人不語》という格言を知っていて、それはまさに釣師の覚悟の本質をついた言葉だと思いながら、またまたおしゃべりをしたくなってきた。これこそが最後なのだといま思って、書こうとしている。《釣人語ラズ》という格言を編みだした釣師はきっと私以上の語り屋で、語りたくて語りたくてどうしようもないものだから反語としての格言をつくり、その真意はあまりこの格言にとらわれてはならないし、とらわれることもないのだと、そういう気持を含めたうえで編みだしたのではあるまいかと思うことにしたい。

そういうことにしておいてですネ……

生きて河で泳いでいるサケ、ことに王のなかの王、キング・サーモンとなるとですネ、スモークや、罐詰や、切り身でしか知らなかった私としては、胸に抱きあげてみて、まるで砲弾のように丸くて堅牢で重いものだということ、それに眼を瞠った。似たものでまるまる一匹を肉眼で親しく知っている魚にたとえて、マグロかブリみたいだといってもいいのだけれど〝砲弾のようだ〟といったほうがキングにはふさわしいと思えてならない。アラスカの釣師が夢中になるのは数多いサケのうちでもキングとシルヴァーの二種なのだが、体軀のみごとさ、巨大さ、ことに肩のあたりのどっしりとした重厚さ、そして釣ることのむつかしさということになると、シルヴァーはとてもキングの敵ではない。アラスカ人が〝フィッシュ〟というと、それはキングのことなのである。彼はアラスカの象徴として〝ステート・フィッシュ〟に指定されている。素人釣師は年間全土で五〇〇匹以上を釣ってはならず、誰かが五〇〇匹めを釣ったら、その日以後、一匹も釣ってはいけないのである。河がたとえキングであふれかえりそうになっていても、ただ岸にたって眺めているしかないのである。
（……ときにはキングは一匹で五〇キロに達しようかという聖なる怪物に育つのだが、いっぽう花では州を象徴するものとしてあの小さなワスレナグサが〝ステート・フラワー〟と指定されているのは面白いとりあわせである。いちばん遅れてアメリカの州となったアラスカだから、いささかのユーモアと皮肉をこめて“Forget me not!”といいたいというところなのかもしれない）

海から河に入ったキングは食慾を失っているが闘志、好奇心、敵愾心は全身にみなぎっている。前進また前進のその鼻さきをかすめるキラキラ輝く異物には巨口をひらいてよこぐわえに噛《か》みつく。毛鉤にせよ、ルアーにせよ、彼が噛みつくのはそういうわけで、食慾とはちがう衝動からではあるまいかとされている。瞬間、大きな肉厚の手でいきなり竿さきをひったくるようなショックがくる。すかさず体ごと竿をあおってあわせる。爪に刺さるくらい鋭く研《と》ぎあげておいた鉤が彼の口に深く食いこむ。すると王は一度、河上めがけて突進し、水を裂いて大跳躍をし、頭をふって鉤をはずそうとする。ここで糸が切れるか、鉤がはずれるかである。それから王は河下めがけて突進する。跳躍する。もぐる。跳躍する。走る。深夜の淡い太陽でキラキラ水銀のように輝く河を裂いて、赤銅がかった濡れ濡れとした腹が無数の宝石の粉をまき散らす。リールのブレーキをしめたり、ゆるめたり、しめたり、ゆるめたり、眼は魚を追いつつ手はたえまなくリールのうえで走る。発端から終焉まで、全過程のあらゆる瞬間に釣師にとっての危機がある。焦点拡散。呼吸困難。脈搏異常。手がふるえる。サケを追って河のなかを走りながら足がもつれる。完璧な瞬間。どこにも指紋のない、輝きわたる、完璧な充実の虚無である。ここまでこなければ四十歳の男にはもうどうにも手に入れようのなくなったものが心身を占める。

アラスカ人のサケの食べかたはヨーロッパ人のそれとおなじようである。蒸したり、スモークにしたり、筒切りにしてバターで焼いて〝サーモン・ステーキ〟にしたりである。スモークにするのには香りがいいのでヒッコリーの木のオガ屑でやるのが一番だとされている。私なら塩焼きでやってみたらとか、刺身にしてみてはなどと考えたりするのだが、魚の塩焼きは〝人を焼く匂いがする〟といってきらわれている。意外な言葉を聞くような気がするのだが、私は生れたときからのべつのフィッシュ・イーターである日本人だからまったく感じないのだけれど、冷《つ》めたい空気でさらした鼻でよくよく考えてみると、塩をふられた魚の皮が火で焦げるときに発する匂いには何かそれに似た連想をさそうものがあるかもしれないと思えてきたりしないでもない。

村の舟着場へもどってくると巨大な、プチプチに張りきったコハク色の筋子が土にまみれるままになっている。さきに帰った釣師が捨てていったものらしい。とても信じられないことだが、ここでは筋子を食べる習慣がないらしいのである。

私と秋元啓一は眼を見かわした。

「どうだ？」

「ひでえ話よ」

「これをぬくぬくの御飯にのせ、大根おろしをかけ、ちょっとショウ油をたらしてだ、それから大口をあけてだね、ハフハフといいながら頰ばったら……」

「ハフハフとな」

「飯を口のなかに入れてからだね、筋子を一粒ずつ舌でよりわけて、それをこう、舌のさきと歯でプツン、プツンとつぶしてだ、その脂《あぶら》をむにゃむにゃ御飯とまぜて呑みくだしてみたら、どうだろうナ」

「よせ、よせ。頭にきちゃうぜ」

二人は土まみれになっている筋子を眺め、それから顔をあげてあたりを眺め、誰も見ているものがないのを眺めたが、体をかがめることもできず、手をのばすこともできず、といってそのままいってしまうこともできず、憂わしい顔でぐずぐずしていた。あらゆる部分がまばゆく発光した虚無のあとでもこれにはいらだちをおぼえさせられた。

しかし、サケは、食べるだけではない。アイヌの人は昔その皮をなめして靴にしたとつたえられている。そこで、このときの旅の釣りの部分だけをぬきだして『フィッシュ・オン』という本を朝日新聞社から出版したのだけれど、そのうち三〇部だけをサケの皮をあしらった特製本にすることを私は思いたった。アラスカのサケ釣りの話がでてくるのだからアラスカ産のサケの皮を使おうと思い、人を介して大洋漁業ＫＫの焼津の倉庫に冷凍で積んであるのをまず十六匹買った。その皮を剝いで、右で一枚、左で一枚、計三十二枚、なめし屋さんでなめしてもらった。薬が強すぎてボロボロになる。もう一度十六匹買う、今度はうまくいった。なめしたサケの皮は灰色でザラザラと粗いが意外に丈夫なものだとわかった。本をいちばんしなやかなヤンピの皮で包み、そこにサケの形の凹型をつくり、その凹型に、おなじ大きさでサケの形にうちぬいたサケの皮をはめこむのである。そして天金仕立てにし、背にFISH ONと入れる。へビの皮をあしらった特製本はよくあるけれど、サケの皮の本は明治以後聞いたことがないし、見たこともない。うまく仕上るかどうかはまだわからないが、すくなくとも空前の試みだとはいえそうなのである。荒野のサケの悲愴、豪快、精力、聡明、気品、その匂いのひとつまみでもどこからかただよってくるような仕上りになるか、ならないか。あせらず、あわてず、とことん納得がいくまでやってくださいといって製本屋さんにわたしてから、もう半年以上になる。ずいぶんお金を使ってしまった。こうして机のまえに腰をおろし、じッとすわったきりで電話が鳴るのを待っているが、いささか、煮えてくるのも感ずる。けれど、河では忍耐である。風にさらされようが、氷雨でずぶ濡れになろうが、うなだれて、ひたすら耐えぬくよりほかになかったではないか。そこで、私は、今日も……

パイプが消えた。

姫　鱒

おなじ湖は二つとない。どこかの国の釣師にそう教えられたように記憶するが、名言である。一つの湖ですら朝と午後と夕方とでは形相がまったく変ってしまうことがしばしばである。それが標高一四〇〇メートルとか一七〇〇メートルとかになってくると、空模様が変りやすくて、いつ雨になったり、霧になったりするかわからない。そういう標高の雨は冷めたく、無慈悲で、剛直だし、霧は霧で徹底していて、釣竿をにぎる自分の手を見るのがやっとのことで、それからさきは牛乳のようである。オールを操っていると、きしみ音はすぐ足もとのところに起るが、ぱちゃりぽちゃりと水を掻く音はどこか気遠いへだたりのところに起る。

養殖のニジマスは〝ペレット〟という配合飼料で育てられるので、日本全国どこで食べてもおなじ味がする。東京の高級レストランでプルニエ料理などという呼びこみのメニュに〝トリュイット・オー・ブルー〟とあるのも、谷間のドンチャン騒ぎの温泉旅館で塩焼になったのがちょっと冷えてじっとり汗をかいてでてくるのも、おなじ飼料で育てられたものである。マ、こういうのは、食べるにしても釣るにしても、まず大人のすることではないという気がする。野生か、野生にもどるかしたこの魚、とくに渓流の白泡のたつところに棲《す》みついているようなのは、剛毅、慓悍《ひょうかん》、大跳躍をしたり、走りまわったり、頭をふったりして、さいごの一瞬までたたかう。その体色の声を呑みたくなるような華麗さと死力をふるっての闘争ぶりには放してやったあとあとまで渓流を眺めていたくなる。食べた味はどうかというと、ひきしまった肉とうるおいのある潤膩《じゅんじ》とに、思わず眼をあげたくなってくる。

一つの湖にいるニジでもその棲む場所か、日光か、当日のたまたまの御機嫌のせいかでしばしば色が異ってくる。背が茶褐色に近いのもあれば、緑のもあり、三月の氷のしたから釣りあげた一匹などは全体にミルクを流したように白っぽくなっていた。ドイツのバイエルン・アルプスの高原を流れる川でよく釣ったのはニジマスではなくて、バッハフォレレといい、学名を調べてみると、“Salmo trutta forma fario L.”とあるが、全身に黒子《ほくろ》のほか白や青の輪でかこまれた真紅の斑点が散っていて、釣るたびにつくづく見惚れたものだった。この魚も茶褐色だったり、緑だったりして、色がおなじではなかった。日光の中禅寺湖で何匹かのブラウン・トラウトを釣ったことがあり、これはニジマスよりも気むずかしいうえに激情家なので、ルアーで試みると最高に愉しい種族であるが、やっぱり、一匹ずつちがうといってよいくらい、色が異った。

水心も、魚心も不思議なものである。湖もさだかではなくて、不思議なものなのである。

ウィスキーをちびちびとやりつつ井伏鱒二師とそういう話をしているうちに、表現だけでは満足できなくなってきた。いこう。山が招く。席を蹴ってたちあがろう。ということになった。何月、何日、何時に、どこで待合わせ、山で何日暮しておりてくるか、ということをこまかく打合わせて、出発することになった。ルアーも毛鉤《フライ》も、竿からリールまで選りぬきのをお貸しいたしますから、ひとつお試めしになっては、と申上げたが、師は頭をふって、いや、私は古式の作法通りにイクラを餌にして浮子《うき》をつけて、竹竿でやりましょうとのことである。久しぶりの釣行なので、話がのんのんズイズイと進み、師はめざましくいきいきとしていらっしゃる。それを見ているうちに私も潮がさしてきてこころが新しく漂よいにかかるが、同時に肝臓のあたりがチクチクしてくるようでもある。師はたいそうな酒豪であって、底なし、時知らず、しかも酔って乱れずである。いま年譜を拝見すると、一八九八年の生れとあるから、当年とって七五才という高齢でいらっしゃるわけだが、豪酒、強記、博覧、ときたまチクチクと側近者を刺す厭がらせや皮肉の鋭さ、そのうえ山の湖へ遠走りして朝早く起きて冷めたい水にたちむかおうという気迫……まことに恐ろしい。総合点として拝察するにざっと十五才から二十才くらいお若いのではあるまいか。

だから、途中からぬけだすのがたいへんで、腰をあげにかかると見るとすかさず、私のような老人をひとりおきざりにしてどこへ逃げようというのですかと、やられる。やんわりチクリと刺されるのである。それにひるんで腰をおろしてしまうと、底なし、時知らずである。午前様で帰宅し、ひどい宿酔で眼をさまし、肝臓がヒリヒリするというぐあいになる。一度腰をあげたら何をいわれても聞かないことで、何やら恐縮して肩をすぼめ、できるだけ摩擦の少い姿勢になり、眼を伏せて、ア、ア、アなどと口ごもりつつ、すばやくお座敷の出口のほうへすべっていく。耳のうえや後頭部の近くで何か声がするけれど、けっしてふりむいたり、たちどまったりしてはいけない。うまく脱出が成功して戸外にでられると、何か一仕事やり終えた気持になる。

湖はよかった。三日とも晴れてくれた。雨も降らず、濃霧もでなかった。イワナやマスの類は晴天よりも曇天がよく、ジトジトいやな氷雨が降り、それでいてムシムシするような、そういう日がいいのだが、どういうものか、今回はよく釣れた。どこでもそうだけれど、初日は状況を読むのにいそがしくて、魚がどこにいるかわからないから、釣りのほうはあまり期待しないほうがいい。釣れるのは二日め、あるいは三日めくらいからで、ことに三日めくらいになると、ポイントもきまって、本腰を入れられるようになる。三日めに師は湖の岸のすぐ近く、そんなところが、と思いたくなるような場所にポイントを発見し、ほとんど入れ食いといいたいくらい、つぎつぎ尺マスをあげ、フラシがいっぱいになった。ズッシリと重くなり、水からあげてみると、網目が張りきって、伸びきっている。さすがの手練と見うけられた。ここの湖のマスはことごとく野生だから、ヤマメ竿やハヤ竿のように細い竿だと、さぞノサれて、戦慄が走ることだろう。

師は昂揚をおさえて微笑し、

「ふるえがでて鉤がイクラに刺さりません」

とおっしゃる。

この二、三日、とつぜん冷えこみがきたので、標高一七〇〇メートルのこのあたりでは木がいそいで紅葉を開始した。もう一週間もすると、山がいっせいに血を流したようになりますと、山小屋の人たちがいう。いまは赤と黄の閃光、または斑点、または縦列が山をみたしている。深い原生林が水ぎわまで肉迫して影を落している。その岸には草が深く茂り、ところどころに風倒木がころげだしてきているが、コカコーラ、空罐、ビニール袋、タバコの吸殻、靴跡など、何もない。原生林のなかに入ってみると、しめやかだがあざやかなところのある苔の匂いがたちこめ、腐った風倒木の暗い穴から、大きな、玄怪なヒキガエルが一匹、金いろの眼を光らせつつ這いだしてきて、太鼓のように張りきった腹をひきずって、どこかへ消えていった。水ぎわにもどってみると、微風のたびに小さな羽虫が柳絮《りゅうじょ》のように散っていくのが見える。水面に落ちてもがくのもあれば、ゆっくりと沈んでいくのもある。三十秒もたたないうちに澄みきった、蒼暗な水のなかを影が走り、白い閃光が走って、虫は消えてしまう。この湖は澄明で冷徹だから栄養に貧しいし、冬は早くきて、厚い氷と雪のなかで遅くまで居坐りつづける。いまのうちにニジマスもヒメマスも食べられるだけ食べておかなければなるまい。彼らはいそがしい。岸辺にたっている眼つきの鋭い泥棒などにかまっていられない。泥棒はそれを見ながら、毛鉤《フライ》なら〝ブラック・ナット〟がいいかな、などと考えている。

「……私はこんなに大釣りしたのははじめてです。じつは釣師としては私はインチキだといわれましてね、一部有識者に香ばしからぬ噂をたてられ、年も年だしで、今度は引退興行のつもりで来たんですが、こう釣れると欲がでる。もう死んでもいいと思いながら、また来年もと思いますよ」

帰途の電車のなかで師はウィスキーを吸収しつつ、眼も、眉も、ことばも全面解放される。若やぎ、昂揚し、輝いていらっしゃる。つぎにくるときは誰か料理の上手なのといっしょにしよう。いい米と、いい酢を持ってこさせる。そして、あの湖のヒメマスを姿餡にして試めしてみよう。ヒメはベニザケの陸封種だから産卵期になると全身が赤くなり、背はセッパリ（背虫）になり、鼻はフック・ノーズ（鼻曲り）になる。アラスカではコッカニーと呼び、北海道ではチップと呼んでいる。あまり大型にならないうちのその肉はすべてのサケ類、マス類、イワシ類のうちの筆頭ではないかと思いたくなる。とろけそうなのである。それを〆めて、ちょっと寝かせて、姿鮨にしたら、どんなものだろう。

終着駅につくと師はいよいよ昂揚して、どうせ家へ帰っても社会党がいるだけだ、この佳き日をすごすところじゃない、どこかへいって祝杯をあげようじゃありませんかと、おっしゃる。その社会党とは御内室のことですかとたずねると、そうですよ、何でもかんでも反対ばかりしますからね、とのこと。ゲラゲラと笑ったはずみに誘いこまれ、新宿の大久保の近くの、いつもの『くろがね』へいって、夕方六時から十二時まで、ひたすら飲む。すわりこんで、海綿体と化し、ウィスキーを吸収しつつ、ひたすら、あの湖、あの木、あの山小屋の人びと、あの魚たちのことなど話しこんでいると、その店のあけの客として入ったのに、出るときにはハネの客となってしまった。われら一同、ひらき、高められ、輝やき、全身ひたひたと酒浸りである。

ドイツの釣宿で諺を聞かされたことがある。

『釣師と魚は濡れたがる』

海の果実マツバガニ

〝香港2型〟という風邪が目下、大流行していて、かかる人によって反応はさまざまであるらしいが、私の場合には嘔気、熱、悪寒となってあらわれた。それが正確に去年の十二月三〇日から起り、年があけてもずっと寝たきりであった。ここ数年、私はめったに家にいたことがなく、山小屋、旅館、安ホテル、出版社のクラブなどをわたり歩いてきたのだが、この正月だけはひさしぶりに御自宅の紙屑籠のような勉強部屋でピンに刺された虫のようになって暮した。この風邪はなかなか陰険であり、執拗であって、いつまでもぐずつき、全身がけだるく、薬のせいもあるのだろうが、毎日とろとろ、うつらうつら、脳がとけかかったみたいに眠ってはさめ、さめては眠りがつづいた。遠くの畑であそんでいる子供たちの声が二階の窓までやってくるが、朝も夕方もおなじ場所、おなじ人数、おなじ声のように聞こえる。

寝床のなかでウトウトしながら、カニのうまい季節になったなと思う。冬の、日本海のカニである。いつごろからともなくこの季節になるときっと一回はでかけていく習慣になっている。いまの日本と、いまの私に〝季感〟などというものは何ひとつとしてないけれど、このカニだけは例外である。〝季節〟というものが全身的な反応としてひびいてくるのである。その味のことを思うと、冬の日本海の暗さ、はげしさ、岬の漁村の屋根瓦、雪道、心細い子供の歌声、深雪のなかに咲く水仙の黄いろい閃き……いろいろなことがそれからそれへと思いだされてくる。このカニはいくら優秀な技術で瞬間冷凍したり、また飛行機で送ってもらったりしてもダメなのであって、やっぱりいちいち現場までマメに体をはこばなければ美質を舌へ抽出することができない。つまり東京にいても大阪にいてもダメなのである。このカニだけでなく、北海道の毛ガニにしても何にしてもおなじことなので、一度現場で水揚げしたばかりのところを味わったら、いくら東京で〝産地直送〟だの〝生きたまま持ってきました〟だのと誘いこまれ、また財布に自信がたっぷりあっても、鼻さきでわらって御遠慮申し上げることにしている。昔のように大森の海岸あたりでいいガザミがとれるのならハナシはかわってこようが、いまはカニは東京では食べられないもの、いや、食べてはいけないものと、アタマから信じこんでおかなければいけない。

去年は知床半島の羅臼へ流氷を見にいき、またその前年にはこの界隈だけに棲息するオショロコマという華麗なイワナを釣りにいったのだが、そのときに毛ガニと花咲ガニの水から揚げたてのところを食べさせてもらった。花咲ガニは甲羅といわず足といわず、全身に隙なくトゲがたっていて、真紅の鎧を着こんだようであり、見た眼にはまことに華麗であるが、肉の味は地味な毛ガニのほうがはるかにうまい。毛ガニは見たところはまことにジジむさくて、地味で、〝海のゴミ〟といいたくなるけれど、水から揚げたてのは白い、豊満な肉がいっぱいで、そこに独特の甘さをたたえた冬の海の冷《つ》めたい果汁がポタポタとこめられ、手や顎へふんだんにしたたりおち、食べているあいだ口がきけなくなる。東京で食べるこのカニはたいていひからびて、しなび、パサパサで、やりきれたものではないので、これまで失敬なことを書いたような気がするが、まことに申訳ありませんでした。今後は二度と悪口をいいませんし、また、二度と東京では食べない覚悟であります。

タラバガニのとれとれのところを現場で食べたことがあるけれど、これは姿がみごとなのでさぞやと張切ったのだったが、肉は意外によろしくない。大味で、パサパサしていて、毛ガニのようなデリカシィがないのである。足の肉は見るからに太く、たくましくて、ムッチリとつまっていそうなので、シメシメと手をこすりたくなるのだが、舌にはどうもよろしくない。妙なハナシだが、魚にも、獣にも、果物にも、ときどき、人工で加工したほうがおいしくなるというのがある。それである。このカニは罐詰にしたほうが、かえってうまいようである。いずれにしてもうまければそれでいいのだから、このことはタラバ先生の不名誉ではけっしてないわけだが、得手勝手な人間は残骸を薪のように皿に積みあげたあと、何やら浮かぬ顔で『末摘花』の一句を思いだしたりしている。

ぬくときに
舌うちするよな
大年増

タラバや、毛ガニや、花咲ガニは暗い海底をノソノソと、またはチョコマカと歩いているカニで（タラバはカニではなくてヤドカリの一種であるらしいが……）、主として足の肉がうまいのだが、ガザミは甲羅の中身がおいしい。これは菱形をしていて、歩くよりは泳ぐほうを得意としているらしい。この菱形の硬い石灰質の箱のなかには什錦（ゴモク）がいろいろと、そしてたっぷり、ムッチリとつめこまれている。それをお箸のさきでチマチマとすみずみまでほじくりだすのがたのしみである。ムッチリとしたのや、トロリとしたのや、ベロベロしたの、それぞれの部分がじつにこまやかな味と香りを含んでいて、口に入れると舌のうえで踊りだしそうである。西日本の海岸へいくとよくお目にかかれるカニであるが、近頃はどこもかしこもいがらっぽく汚染されて、絶滅の日もそう遠くないのではあるまいかと思われる。この時代に暮していくにはいろいろなものがもう地上から永遠に絶滅、根絶されてしまったのだとアタマから思いこんでおき、アレもいなくなった、コレもいなくなったのだと思いこんでおくのが、ひとつの心の処方である。日頃からそう思いこんでおいて、たまたまどこかでアレやコレに出会うことができたなら、それはもうとんでもないオマケであり、モウケモノなのであって、ただひたすらありがたく、うれしく感じられる。そういう感じかたができるというそのこと自体がありがたく、うれしいオマケなのである。ただ絶滅を嘆くよりは、もう絶滅しちゃったのだと思いこんでおいたほうが、かえっていくらかしのぎやすくなるようである。無益にイライラするよりはよほどましである。

晩秋から春にかけてがその季節ではあるまいかと思われるが、この頃、香港を歩いていて、菜館に入ると、どうかしたはずみに上海のカニをだされることがある。生きたままのを上海から持ってきたので、腹を藁でしっかりと縛ってあり、口からブクブクと小さな泡を吹いている。これは海のカニではなくて、川のカニである。あまり体は大きくない。何匹も何匹も生きたままのを大皿に積みかさねたのを給仕が誇らしげに客席へ持ってくる。客がアレとコレとなどといってたのしくものうげに迷いつつ指でさすと、給仕はそれらをとりわけ、やがて湯をくぐらせて、持ってくる。ホカホカと湯気をたてる。熱いそのカニの甲羅を割って中国醬油にちょっと浸して頰ばり、汁、肉、ゴモクを吸いとるのである。日本のカニとはちがってちょっとねっとりした脂があるが、まったく臭《くさ》くもなければくどくもなく、とろりと絶妙である。名声だけのことがある。逸品である。足を一本ずつたんねんにしゃぶっていると、ハタと時間が停止してしまうけれど、そのことに気がつかない。このカニにうちこんで身代限りをやってしまったのが何人もいるのではあるまいかと想像されてきたりする。いうべからざる魔味である。

カニを中国の酒で殺して漬けたのが有名な〝酔蟹《ツイハー》〟である。これにも何種類かあるらしくて、これまでに少くとも私は二種食べている。一つはわが国の佐賀の〝ガン漬け〟（カニ漬けの意）に似ていて、こってりと酒に浸して辛《から》く辛く仕上げた。いわばカニの塩辛とでもいうもの。もう一つはそんなに辛くしめてなくて、酒が甲羅にほんのり沁みこむ程度で止めたものである。これだと甲羅の中身の什錦（ゴモク）の味覚、嗅覚、舌覚が生きていてそれぞれたのしむことができ、柔らかい甲羅を歯でギュッと噛んで、モロモロや、ムッチリや、ネットリを舌へおしだし、チュッチュッとすすっていると、眼がとろりとしつつも一点の狂気じみた熱中のいろを分泌していくのが自分でもありありとわかり、そして、舌音をたてるのがはずかしくも何ともなくなってくる。

メコン川にはわが国の川エビによく似ているけれど大きさがクルマエビよりもまだまだ大きい川エビと、たくましくて厚い、みごとな肉をひそめたハサミを持つ川ガニが棲《す》んでいる。川エビのほうは湯にとおして赤くなったのを、身をほぐし、セリやドクダミや香菜《シャンツァイ》などのツンツンと匂う野草といっしょにウドンにのせ、ニョクマムをタプタプとふりかけて食べるのだが、これはヴェトナムの田舎を歩いていたら川の渡し場や橋のたもとなどの屋台できっとお目にかかれるものである。湯がいた川エビが何匹も洗面器にほりこまれ、ときには山と盛られていて、その太ぶとしい胴を見ているかにもうまそうだとよっていくわけだが、これがさきのタラバとおなじで、身は姿のみごとさほど美味ではないので失望させられる。性こりもなく私は見るたびによっていってドンブリ鉢をもらい、道にしゃがみこんで食べてみたのだけれど、肉が白くて厚くてプリプリしているのはまことにめざましいのだが、味はもひとつ小首を傾げたいというところがある。しかし、いっぽう、強健な、ほとんど石といいたくなるくらい厚くて白くて硬い川ガニのハサミは絶品である。この川ガニは上海の川ガニにくらべると父と子ほどサイズがちがうけれど、じつにいい肉をひそめている。ちょっと香辛料にまぶしてから熱い油で揚げたのを包丁でたたき割ったのを皿にのせてだしてくれるのだが、このカニのハサミの白い肉を歯と舌でまさぐっていると、やっぱり、ハタと時間が停止するのをおぼえる。サイゴン川の〝おしゃべり岬《チャタリング・ケープ》〟マジェスティック・ホテル——ヴェトナム発音だとオテル・マジェティクだが——そこから道を一本わたったすぐのところ、そこに〝銀塔酒家《トゥール・ダルジャン》〟という、たいそうな名前の料理屋があるから、そこへおいでになると、だしてくれる。そこへいったらこの川ガニの揚げたのと、ほかに、ハトの焼いたの、それに、エビの身をすりつぶしてサトウキビの茎に巻きつけたチクワをためしてごらんなさい。夜になると川が照明弾《フレア》でキラキラと蒼白に輝き、すぐそこの対岸はソテツの林にふちどられてひっそりしているが、いつ迫撃砲《モーター》と一二二ミリ・ロケット弾を発射してくることか。この料理屋のよこに舟がひとつ川に浮いていて〝ミカン（美観）〟と名のり、その甲板でハトと、カニと、エビのチクワを私はほとんど毎日のようにためしていたが、帰国してからある朝、新聞を見ると、クレイモア・マインで総舐めにされたとある。それはアメリカの開発した指向性地雷である。この地雷は見たところは小さな、つつましやかな緑色の鉄箱だが、電導スイッチを押すと、あらかじめセットしておいた角度で無数の破片が飛ぶようになっていて、地雷と機関銃を兼備したような兇器である。ある夜、解放戦線がこれを川岸にすえてボタンを押したので、ハトと、カニと、エビのチクワに恍惚としていたおびただしい数の人びとが、一瞬で、無数の灼熱した鉄片に〝舐め〟られた。これはのちになって〝サイゴンのソンミ〟と呼ばれるようになったが、あまりにおびただしすぎるので、もう誰も独立的に思いだせなくなっている。

オイシイ話が惨禍の記憶にまみれることは私にあってはおびただしいので、トウガラシやマスタードのようにヒリヒリと舌をひきしめたいというのなら、まだ、いくつも書けそうであるが、この原稿の主たる目的はそこにはないので、さしあたってカニの探求だけをすすめることとする。わが国のガザミにちょっと似ているが陸のサワガニにちょっと似たところもあるフランスの海のカニを〝エトリユ〟といい、ガザミに似ていなくもないけれど甲羅が菱型ではなくてむしろ長楕円がかった角型のカニを〝トゥールトォ〟と呼んでいる。パリで私がときどき食べたのはこの〝トゥールトォ〟のほうなのだが、回数が少かったのか季節が悪かったのか、特に傑出した記憶がないので、ざんねんである。料理法というほどのことは万国のカニにはあり得なくて、また、いろいろと手を加えないほうがこの種属の美しい本質が理解されるものと思われるが、パリでもトゥールトォは湯にとおしただけの姿で皿にでてきたと思う。その甲羅を割って、フォークで什錦を皿へせせりだして、それにマヨネーズか、タルタル・ソースか、フレンチ・ドレッシングか、その程度のものをちょいちょいとつけて口にはこび、おきまりどおり白ぶどう酒をちびりちびりとやって舌を洗った。おぼえているところではそうであるし、それ以外に考えられないのでもあるし、そうでなければなるまいと、いま、思うのでもある。けれど、どういうものか、そのカニの茶褐色の、草加の手焼せんべいに似た甲羅のいろや、ぶどう酒の瓶の輝きや、女たちの眼のいろの閃きなどは、混和したまま、部分的、瞬間的に閃めきつつも、思いだせてくるのに、かんじんのカニの味のことは、ちっとも姿をあらわしてこないのである。私はそのカニの皿にのってでてきた姿を見たとたんに、これは泳ぐカニだ、ガザミとおなじだ、食べるのは足ではなくて甲羅の中身だと思い、そう思うままに仕事に専念したはずなのだが、いま、そのゴモクの部分々々の、それぞれの、色、形、歯ざわり、舌覚、香りなどが、どう思いだしようもなくて、困っている。むしろよみがえってくるのは耳のふちにであって、暗い、静かな、秋のアパルトマンの石でたたんだ中庭にひびいていた、どこかの男の、激しくもなければ甘くもない、けれどたしかに女を呼んでいる、ということだけが感知される、澄んで鋭くたちのぼってくるその声を聞きながら、何階もうえの、何枚もの壁にかこまれ、窓に面して私はテーブルにむかってすわり、両肘をつき、指と口でカニをしゃぶっていたことは、ありありと思いだせるのだが、そのカニがおいしかったかどうかということは、いま、書けないでいるのである。

まだまだこの地球上にはうまいカニが棲んでいて、うまい食べかたがあって、生きるのに挫《くじ》けがちな私をふるいたたせ、またはしばらくすべてを忘れて恍惚とさせてくれるにちがいないと思いたい。００７のジェームズ・ボンド君はめったやたらに強いだけではなく、ウマイモンについてなかなか造詣が深く、目が利くので、たたきのめすことと女食いのほかに食道楽をプラスしたタフガイはおもしろいとして珍重されたのだったが、カスピ海のキャヴィアやアルメニアのシャコのほかに、カニでいうならマイアミの〝ストーン・クラブ〟(イシガニ)、が大兄を夢中にさせたのではなかったかと思う。『ゴールドフィンガー』の冒頭のあたりにでている。黄金狂の世界乗ッ取り魔を相手に一戦を演ずるまえに大兄はマイアミの料理店でイシガニの御馳走になり、それがきっかけとなって大活躍に巻きこまれるハメとなるのである。いまそれをとりだして読みかえしてみると、膝までとどく白絹のエプロンを首からかけて、とある。カニはどういう形状をしているのかわからないのでざんねんであるが、銀皿に甲羅と足をはずして山盛りになってだされたとある。そしてとかしたバターをみたした銀のソース入れもついてでる。トーストをそえて食べるものであるらしい。料理といえるほどの手が加えてないらしいので、ここでもやっぱりカニはそうなのだなと見当がつく。

デュポン氏は嬉しそうに、「勝手にやりたまえ」というと、バラしたカニをいくつか自分の皿にとり、思いのままにとかしたバターにひたして、かぶりついた。ボンドもそれにならって食べつづけた。食べるというより、むさぼり食うといった感じだった。こんなにうまいものは、生れてはじめてだった。

これほどやわらかく、甘みのある肉は、このイシガニがはじめてだった。カラッと焼けたトーストと、ちょっとピリッとくるとかしたバターの味に、申分なくあっていた。シャンペンにはイチゴの香りがかすかにただよっているようだった。シャンペンは氷のように冷えていた。めいめい取皿にとったカニをたいらげると、シャンペンが口のなかをさっぱり洗って、お代りに手がでる。二人は一心不乱に休まずに食べつづけ、皿がきれいになるまで、ろくに言葉もかわさなかった。

シャンパンはピンク・シャンパンで〝ポマリーの五十年物〟だそうである。少しカニにはくどいのではないかと思いたいが、食べる後口《あとくち》、後口を〝さっぱりと〟洗う目的にはぴったりであろう。とかしたバターにカニを浸して、それをトーストしたパンといっしょに食べるというのはキャナペのような食べかただが、うまいだろうと思う。私たちが冬の日本海のカニをポン酢に浸して食べるように彼らはとかしたバターに浸すのであるらしい。マイアミにいってみたくなってくるナ。

一月某日。朝。

冷めたい雨がびしゃびしゃ降るなかを編集部の石井昂君が自動車でやってきて、風邪だ、風邪だといってグズついている私をつれだし、東名高速道路を突進し、つづいて名神高速道路を突進して、京都に入る。京都で一泊して、その翌朝、鳥取まで走る。熱と薬でどんよりとなり、トロトロにとけかかっていたのだが、冬の、日本海の、松葉ガニの、とれとれのところを探究しようと誘われて、ついのってしまった。自動車は石井君にまかせておくとしても私はのべつに薬を呑んで熱をおさえおさえしてはこばれていく。毎年の冬の季題で、しかも一年を通じての唯一の季題でもあるしするから、少々の無理はやむをえないところと観念する。これまでは福井県、それも越前岬の長谷君の宿で季を詠《よ》んできたから、鳥取ならおなじ日本海のカニでもひょっとしたらちがうところがあるかもしれないと思ったりする。何しろこのカニは天下一品、海内無双といってよい逸品だから、それぞれの土地でのお国自慢が当然のことながらはげしくて、福井の人のなかには〝松葉ガニ〟と〝越前ガニ〟はおなじように見えるけれどちょっとちがうのだと力む人がいたりする。ではちょっとちがうのはいいとしてどちらのほうがうまいのかとたずねたら、答えはいうまでもない。

「二つはちがうものですか？」

「おなじものだろうよ。名前がそれぞれありますのさ。北海道の稚内ではズワイといってだされたけれど、新潟じゃタラバだ。タラバガニのタラバじゃなくて、タラのとれる場所、つまりタラ場だね、そこでとれるからタラバガニ。福井県じゃ越前ガニ。鳥取じゃ松葉ガニという。日本海と稚内とではエサがちがうかもしれないし、潮もちがうだろうから味がちがうかもしれないが、日本海産ならどれでもおなじじゃないかナ。冷凍にしたり、遠方へはこんだりしたらオツユが消えていたましいことになるが、これはどこの産でもおなじだね」

「マ、しかし、とれとれの水揚げしたてならどこのでもいうことないでしょうな。この際、小異を捨てて大同につくとしますか。鳥取のすぐよこに賀露《かろ》港という小さな港があって、ここが界隈一帯のカニの集散地らしいんですが、そこへ今年はじめての初仕事で沖へでた舟がもどってきます。つまり、初荷というわけ。その、初仕事の、初荷の、とれとれのところを食べにいこうというんです。カニは風邪にいいそうですよ。そう聞きました」

「あまり聞かない意見のようだがネ」

「いえ。最近の医学じゃそうなんです」

「ほんとかナ」

「ほんとです」

「冬の日本海はカニのほかにもウマイモンがたくさんあるんだよ。カレイ。バイ。ブリ。エビ。そりゃあ、うまいんだ。海は荒いけれど、果実と果汁でいっぱいなんだ。

乱獲と汚染がなかったらほんとにいい海なんだよ。日本海はまだそれほど汚れてないというけれど、程度の問題であってね。昔とくらべたらどういうことになるか」

二人でいろいろなことを話しあいつつ流れていく。石井君は小学校六年生のときに『戦争と平和』全巻を読破したという神童ぶりで、それ以来、シューピリオリティ・コムプレックスに苦しめられ、御両親もあまり、事あるごとに読むな、学ぶな、頭をわるくしなさい、のんびりしなさいと叱言のいいつづけだったとのことである。それで一生懸命になって優越コムプレックスの克服に努力した結果、大学をでてから数年経過した現在、読むものといえば競馬新聞と『アサヒ芸能』だけになったそうで、おかげでやっと疎外感を制して人まじわりができるようになったという。熱と薬で無気力になっているときにはつきあうのにしんどい人であるが、私は体重がふえるにつれて忍耐力も増えたから、フム、フムといって話を聞く。みごとなハンドルさばきを見せられつつ、いっぽう、ヴェトナム問題、アラブ×イスラエル問題、チェコ問題、ビアフラ問題、インド問題などのほか、イシダイ釣り、大学騒動の起しかたと納めかた、ピルがいいかコンドームがいいか、太くし永くもたせる方法、ボルドォとブルゴーニュの相違、人口爆発、資源戦争、意識と存在の現象学的関係づけにひそむ方法論としての誤謬、マルクスとケインズの相違、ヘドロの再生法、鼻はとがっているほうがいいか丸いほうがいいか、などなど、とめどない。御両親の心配がよくわかる。日本もとうとうこういう若い人がでるようになった。

日曜で、しかも雨降りだというのに、東名高速も名神高速もひっきりなしのカー、カー、カー、カーで、切れるということがない。上りも下りもそうである。どこまでいってもそうである。東京周辺も、横浜周辺も、名古屋周辺も、京都周辺も、みなおなじである。任意のどの一キロをとってみてもおなじ密度、おなじ速度、おなじ排気ガス、おなじ唸り、おなじ臭気である。そして沿道もまた、どこまでいっても、家と、工場と、煙突の、無秩序で、必死な、無限の地衣類のごときはびこりである。おなじ密度。おなじ連続。おなじ繁殖である。この有名な幹線道路を私ははじめて走るのである。じつはそのためもあって石井君のそそのかしにのったのである。そこで氷雨に濡れしょびれる窓を肘で拭きつつじっと眼を凝らして流れていくのだが、どこまでいっても光景は変らない。限界。あらゆる意味においてのそれが、ないのである。無限界の癒着と、展開とがあり、四方八方、東西南北、無数のアミーバーがてんでんばらばらの方角に偽足を伸ばしつつ野を食い、山に這いあがり、それら無数のアミーバーがとぎれることなく集合して一つの巨大なアミーバーとなって成育しつつある。もしこの二つの幹線道路がわが列島の裁断面であるとするならば、そして、東北、山陽、山陰、四国、九州、ことごとく同質の幹線道路ができて、同質の光景を見せてくれるものであるのならば、いずれわが国には〝地方〟というものがなくなり、〝田舎〟は廃語となり、だから、人びとの皮膚には〝旅〟とか、〝出発〟とか、〝放浪〟とかのコトバは淡い影を投げるだけとなるのではあるまいか。いや、もう、そうなっちゃっているのではあるまいか。鋭くて若い、たとえば石井君のような人は、もう、この種の意見や予想は何ひとつとして聞きたくもなければ読みたくもないということになっているのではあるまいか。少くとも〝旅〟についていえば、私たちは、やがて（いや、もう、とっくの昔に……）、キェルケゴールの父が幼い彼の手をひいて部屋のなかを歩きまわって、ほら山がある、ほら川にでた、ほらこれが原野というものだよといってテーブルや本棚をさしてみせたという挿話を、出発の朝と、帰ってきた夜に思いだすのが習慣となるであろう。キェルケゴールの父は山も、川も、原野も、すべてを知ったうえで、わきまえつくしてから子にそういう教育をしたのであろうが、私たちは何も知らないままにそうするしかなくなるのではあるまいか。そういうことをげんにするようになってからすでに久しくなっているのではあるまいか。だからこそ、毎年、毎年、あれほどたくさんの人びとが、海外へ、流れていきたくなるのでは……

演説はやめた。

めざす賀露港は千代川《せんだい》という川が日本海に流れこむ、その川口の小さな、つつましい港であった。日本海岸のひなびた漁港というイメージからすると、この港のちょっとよこにある網代港のほうが、はるかにソレらしい。この港は海までせりだしてきた山に後背をかこまれ、小さな川が海に流れこみ、海へせりだした山の鼻と鼻とにかこまれて小さな湾があり、そこにおだやかな水と日光がたたえられて、たくさんの小さな漁船が岸壁にとめられている。イカが物干竿に干され、カレイも一匹ずつていねいに干され、カモメがどこで聞いてもおなじ絶叫をあげて晴れた空に飛びかい、鳴きしきっているのである。けれど、賀露港はそういう港ではなくて、川口のほかに湾らしい湾はないのである。川の堤がそのまま海へのび、そこに製氷工場が建てられ、漁協のビルが建てられているだけなのである。けれど、漁港というものは風景のためにあるのではなく、旅行者の眼のためにあるのではないから、つぎつぎと漁船が帰港して水揚げと競りがおこなわれるところをこそ見なければいけない。

ここでは松葉ガニはオスとメスにまずわけたあと、オスはオスで、一匹ずつ、腹をかえしてコンクリ床に並べられる。それも、〝上〟、〝中〟、〝下〟のそれぞれの段階をさらにこまかく〝上のA〟、〝上のB〟、〝上のC〟、〝中のA〟、〝中のB〟……といったぐあいである。〝上のA〟で一列。〝上のB〟で一列。一列、一列について鳥取市内の魚屋のオジサン、オバサンたちが口ぐちに叫び、指を閃めかして、一瞬、一瞬、競りあうのである。カニはオスもメスも水揚げしたばかりのところは茶褐色であるけれど、これを鉄籠に入れてコンクリの湯槽にドンブリと浸《つ》け、しばらくしてからあげると、あのめでたい緋縅《ひおど》しの鎧姿となるのである。湯槽のお湯のなかにあらかじめ塩を入れておくのがコツである。この湯漬りのあいだの二〇分間か三〇分間かにカニの色彩はみごとに変貌し、透明で水っぽいだけの肉が眼のさめる紅を刷《は》いた白い果実と変貌するわけだが、肉にある果汁のエッセンス中のエッセンスもまた、塩湯へ流出してしまうのである。だから、ほんとにとれとれのカニのオツユのいちばんおいしいところは、じつはこのコンクリの湯槽にたたえられた、にごったお湯のなかにこそあるのだ。きだ・みのるさん。ひとつ、飲んでみませんか。

たいていの人はこのカニのオスの姿のみごとさに熱中する。たしかにこのオスの長い足のなかにある白い果実の絶妙さは息を呑むしかないほどのものだと思う。しかし、メスは小さくて、足に肉らしい肉も入っていないので、オスが一匹三〇〇〇エンしても、これは一〇〇エンとか二〇〇エンとか三〇〇エンなどという値で売買されるのである。けれど、このセコガニの秘密と魅力は甲羅のなかにつめこまれている。その卵、そのモッチリ、そのベロベロ、暗紫、赤、白、淡緑、さまざまな色をした什錦（ゴモク）をチマチマ、コツコツとしぶとくケチくさくお箸で掻きだしてドンブリ鉢に入れる。そのあいだ、ツバを呑みこみ呑みこみして、グッとこらえる。手がよごれるけれどかまわない。テイサイがわるいけれどかまわない。三匹分か、四匹分かたまったところで、ポン酢をかけ、お箸をいっぱいにひらいてつかみとり、モガモガと口いっぱいにおしこむのだ。オスの足の肉もそうやってドンブリ単位でモガモガモガモガとやるのだ。もっぱら車夫馬丁風にやるのがよろしいのだ。

毎年、唯一の季節を知るべく日本海岸へでかけていくたびに、カニがとれなくなった、少くなった、小さくなった、値がベラボウになったと教えられる。けれど、今年からは、もう私は嘆きも、憂えもしないし、絶望もするまいと、深く思いきめることとした。すでにこのカニは日本人のために絶滅させられてしまったのだ。アタマからそう思いこむことにしたのである。卵をいっぱいエプロンにかかえこんでいるあんな小さいメスのカニまでトロール網でしゃくいとってしまうのだ。それは種族の最後の残光である。

私がうめいて眼をあげると

「……?!」

石井君はうめいて眼を伏せる。

「……!!!」

キャヴィアは薄緑、大粒

キャヴィアは薄緑、大粒

ソヴィエトでも北欧諸国でもキャヴィアをよく食べたけれど、眼を瞠《みは》ったのはルーマニアである。黒海産のここのキャヴィアはすばらしかった。忘れられない。ここのキャヴィアは薄緑の大粒で、塩辛くなく、濡れ濡れしていて、匙でボールからすくいとると、ねっとりした感触がある。黒パンにバターを塗り、そのうえにゴッテリと、靴の半皮ぐらいの厚さにキャヴィアを盛りあげる。レモンをチュウッとしぼりかける。キャヴィアがたちまち白くなる。それを見て、アアと口をひらき、ウンといって頬張る。三度三度、毎日、それをやった。

水族館へいってみると、キャヴィアのお母さんが泳いでいたが、これは何やらカマスを巨大にしたような悪相の魚で、茶の肌に白の斑、凸凹のコブ、眼つきは孤独、深刻、獰猛である。モスコーの料理店で、ロシアへ来たといいたいのならこれを食べなきャダメですといわれて、このチョウザメのフライを食べたことがあるが、まるでフカみたいに粗くて茫漠としたものだった。〝プレス〟といってキャヴィアを浅草海苔みたいに潰して平べったくしたのもあったが、あまり頂けない。やっぱり薄緑、大粒、淡泊、ねっとりでないといけない。墨染めの仁丹みたいなのはニセモノである。キャヴィアのよしあしを見わけるには、ボールにいっぱいのキャヴィアのまんなかへソッと金貨をおき、その沈みぐあいで判定するのであると、聞かされたことがある。

しらうお

日本ではもう、しらうおの獲《と》れる場所は思い出せないぐらいになくなっている。獲れなくなっているし、食べられなくなっている。最近私が食べたのは、もう去年のことになりますが、松江に行ったときでね、宍道湖《しんじ》のをやったんです。あそこではまだ若干、しらうおが獲れたんです。漁師もいてね。

宍道湖は中海《なかうみ》を経て日本海に通じているので、塩水と真水が入り混ざっていて、だから海水魚と淡水魚両方が棲んでいるわけです。

湖に舟を漕ぎ出して、沖で停《と》めて定置網のような網を張るんですが、そのいちばん先が袋網になっていて、そこにしらうおが入ってくる。それを引きあげて、生きたままのを、いわゆる踊り食いというので食べました。一升びんに用意した真水を、茶こしの中に入れたしらうおの上からかけて汚れをとる。このときは、しらうおはまだピチピチはねているんですが、どんぶり鉢の中にといた芥子酢味噌の中に放り込むと、あっという間に死んでしまう。だから実際には、口の中で踊るというようなことはないんですが、それをつるつると呑みこむ。

獲りたてのしらうおは、ちょっとほろにがく、特にうまいというものではないけれど、全体が透きとおるように白く、黒い目がぽちぽちとついていて、いかにもかわいいんだなあ。美しくて、可憐で……。だからみんな喜んで食べるんでしょうね。

魔法瓶に熱く燗をした酒を入れておいて、それをちびりちびりとやりながら、波に揺られつつ湖の真ん中で、海からの風に吹かれてしらうおをつつく。これが松江での楽しみでした。

芥子酢味噌につけないで、つまり本当の生《なま》の踊り食いもしてみましたが、きわめて弱いんですが確かにぴりっとしました。でも、あの魚は口の中に放りこんだとたんに死んでしまうほど弱いんですね。だから、のどを通るときにぴりっとくるなんてことは、なかなかない。

えびの踊り食いとか、ほかにもいろいろな踊り食いがありますが、しらうおの場合は、それ自体がひじょうに気品のある可憐なものですから、結局食べて味わうというよりは、目で見て楽しむ魚なんでしょうね。

そのほか、から揚げにしてご飯の上にのせて、熱いだしをかけて食べるのもうまいです。また、あの小さいのを安全カミソリの刃で半分にさいて、刺身にして食べさせる料理人もいる。でもいろいろやってみましたが、いちばんおいしいしらうおの食べ方は、卵でとじてお吸物に入れるのね。あれはおっとりしたノーブルな味がします。

宍道湖の横に中海という湖があって、これが宍道湖の水を入れ換える役目をしているんですが、どうやら最近、これを半分埋め立ててしまったらしい。その後、宍道湖のしらうおがどうなったか……。それではたして生きていられるかどうかわからないけど、なんだってあんなひどいことをするのか残念でしようがない。あれは脆弱な魚だから、水が汚れるといっぺんにやられてしまうんです。

あんなかわいい魚は絶対に保存しておかなければいけない。滅びてしまったら最後、もう出てこないんですから。もっと大事にしなければいけないと思うんです。

ビスク・ド・オマール

執筆中の小説が、どうしてもうまくいかない。絶望の果てのヤケクソ的妄動（？）で、一夕、銀座の『レンガ屋』へオマール（海産のエビガニ）を食べに出かけた。

このオマールは、大西洋岸一帯でとれるが、カナダ寄りの米国メーン州産のものが特に上等とされている。これが毎週飛行機で、生きたまま東京へ空輸されて来るという。その点、東京はまったく驚くべきところで、ロシアのいいキャヴィアでも、ロシア本国よりも簡単に手に入れることが出来る。もっとも、その際、問題になるのは、つねにゼニということになるが……。

さて、オマールの食べ方にもいろいろあるのだが、私の場合は、まず『ビスク・ド・オマール』で始まった。これはオマールの脳味噌と、肉と殻をそのままつぶし、濾《こ》してポタージュふうにしたスープだが、なかなかユニークな味である。特に、この脳味噌の具合で、濃厚だが実に香《かぐわ》しい香りが舌に広がる。なお、ワインは白葡萄酒『プイイ・フュイッセ』で通した。

次に出たのは、アメリカンソース煮。これはロートレックも愛好した料理だという。ソースの中につけてあるエビガニを各自サラにとって食べるのだが、このオマール料理というヤツはビスクを除き、いずれも指を使って気楽に食べていいのだ。これはその日の最後の品、オマールのグリエの場合でも同様である。

総じて、オマールは五百グラム前後のものが、身も締まっていてうまく、よく映画の晩餐会の場面などに出てくる、あのビックリするほど大きいのは、姿は見事でも大味である。

ところで、お値段はそう安くはない。これはこちらの目が飛びだし、体を折りまげたくなるほど高く、まったく、これではどちらがエビだかわからぬようなものだが、一生に一度は〝最後の晩餐〟ぐらいのつもりで食べてみるのも悪くないと思った。

Ⅳ　眼ある花々

眼ある花々

君よ知るや、南の国

パリの正月はまことにさびしくて森閑とし、冷《つ》めたく、暗いものだが、サイゴンの正月の、ことにその前後は、眼を瞠《みは》らせるものがある。ここの正月は陰暦なので二月だが、《テット》といい、あちらこちらの大通りには、《Tet! Tet! Tet!》と書いた横幕が張りわたされる。火焔樹《カエンジュ》の枝に電燈がつるされ、たわわな葉茂りがあかあかと照らしだされて水に濡れたように輝く。

夜の潮にのってやってきた人びとが大通りいっぱいにひしめきあいつつぞめき歩きをし、町は声でいっぱいになる。ジュース屋はモーターの音をたててサトウキビをしぼる。暗い辻では講釈師が胡弓をかき鳴らしつつ叫んだり、呻《う》めいたりしている。その胡弓はヤシの実で作ったもので、はなはだ原始的だけれど、立派に鳴いてくれる。その鳴声と講釈師の呻吟が昔の王朝の興亡史を闇にうねらせる。レコード屋では京劇のアリアにシャンソンをからみあわせたような独特のメロディーの流行歌が旺盛な煙りのように夜空へたちのぼるのである。大道商人は道へゴザを敷いてダンヒルのライターや、ランヴァンの香水などといっしょに金貨のようなコンドームをならべている。おまじない屋や漢方薬屋はトラの爪、ゾウのしっぽの毛、焼酎漬けのヘビなど、さまざまに不思議なものをならべている。トラの爪は悪魔を追っぱらい、幸わせを招いてくれるというので人気がある。私も一つ買っていつも首からつるしていた。

（アメリカ兵もおまじないが好きで、その一つはライターに聖句をひとひねりひねった銘をきざみこむことである。いちばん人気があるのは、『たとえわれ死の影の谷を歩《あゆ》むともわれ怖《おそ》れるまじ、なぜってわれは谷のド畜生野郎だからさ』というものだった。これが弾丸《たま》よけにいいというのである。私もジッポのライターにきざんでもらい、肌身はなさず持ち歩くようにしていた。いまこういうことを書いていられるのはトラの爪と罰当り文句のおかげであろうか）

この国は花の国である。グェン・フェ通りへいくと、花商人がどこからか持ちこんだ花がバケツ、ドラム罐、壺、土がめなどに入れられていて、通りそのものが花園と化している。その花の種類がおびただしいもので、あたたかい土に咲くのもあれば冷めたい土に咲くのもあり、ざっと私がおぼえているだけでもブーゲンヴィリア、ハイビスカス、キク、スイセン、モモ、ウメ、バラ、カーネーションなどがある。それもしたたかな豊饒さで持ちこまれるので、正月がすんだあとのこの大通りは赤、黄、白、紫、数知れぬ花びらがいちめんにコンフェッチのように散って、まるでパレードが通過したあとのようである。

はじめてこの国へきたときはつぎからつぎへと思いがけないことに出会うので私は茫然とするばかりだったが、花もその一つであった。その頃、六四年の末期から六五年の初期、戦争は全土に氾濫してのたうっていたが、一日に平均一〇〇人が戦死しつつあるというのがもっぱらの噂であった。この数字は政府側、反政府側、市民、農民、すべてを含むとされていたが、どの程度に正確なのかはわからない。けれど、たとえば一月の某日にサイゴンから東南へたった六五キロの地点のバナナ畑と灌木林で戦闘があり、約一〇〇〇名と推定される反政府軍兵を相手に政府側は三個大隊を投入し、四日間にわたって激戦を展開したが、そのとき最初の二日間に空から注入された爆発物は機関銃弾が約二九万発、ロケット弾が約一五〇〇発、爆弾が約一七トンと私の手帖に書いてある。凄惨な状況であったと推される。しかし、この戦闘だけが戦闘なのではなく、これより大きいか小さいかの戦闘は全土で無数に発生し、毎日どこかで何かあり、散った花びらのようにかぞえることもできなければ、誰もおぼえているものがなく、たちどまって議論するものもなく、ただ、朦朧と苛烈だという感覚がどこかにたえまなくただよっているというのが私の膚に捺《お》された印であった。しかし、首都のすぐ郊外のところでそんなものすごい戦闘がおこなわれているのに、それから何日もしないうちに正月になると、大通りが花で埋ってしまったのだった。森といってもさほどいいすぎではあるまいと思われるほどの量と種類の花で埋ってしまったのだった。誰が、どこで、どうやって、これだけの花を育てているのだろうか。手帖にも記憶にも私がそのことを誰かヴェトナム人にたずねたという痕跡がないので、よほど私はショックをうけて忘我の状態にあったのだと見たい。《……白燐《はくりん》弾は肥料にいいのだろうか。ナパームは水をまいてくれるのだろうか》と、ある作品に私は書き、また、《……熱帯は冷酷なまでの受胎力にみち、屍液も蜜も乱費して悔いることを知らない》とも書いている。しかし、私はこれほどおびただしい数の花が育てられている畑や花園は目撃したことがないのである。花商人がトラックに花を満載してサイゴンにはこびこんでくるところは街道口でよく見かけて知っているのだが、お花畑そのものは見たことがないのである。

この国の河は、東南アジアの河はたいていそうだが、水が黄いろくにごって、とろりとしていて、オシルコをといたようになっている。大きいのも小さいのもそうなっている。青い水をたたえているのは北部の古都フエ（フランス読みでユエ、漢字にすると順化）を流れているフンジャンだけである。フンジャンは漢字にすると香河だが、どうしてだかこの河の水だけは青く澄んでいて、両岸に深い竹藪があり、雨と霧にけむる日には古い中国の水墨画によくある風景となる。ミンマンやレロイ王朝の貴族たちは月明の夜、この河に舟をうかべ、酒を酌みながら胡弓を聞いたり美妓とうたったり詩を作ったりして遊んだそうだが、なるほどとうなずける。いまは岸をいくと、舟から女たちが声をかけてくる。カマボコ型の屋根を持った舟がそういう私娼たちの舟で、べつに物売りの小舟が、お粥や、ウドンや、果物などをのせて、あちらこちらと用を聞きつつすべっていくのが見られる。カマボコのドアを閉めたのが嫖客《ひょうかく》の入っているしるし、あいていると誰も入っていないというしるし、そしてカマボコを緑に塗ったのが娼家であることが多い、と聞かされた。

黄いろい河の水を生《なま》のまま飲むとアメーバ赤痢にかかり、まさに殺人的であるので、人びとはかならず湯ざましを飲むようにしている。一度ぐらぐらに煮たてないことには殺菌できないのである。ためしにコップに河の水をとってきて、しばらくおいておくと、泥が沈澱するが、その土の粉はクリームのようにこまかくなめらかでねっとりとしている。メコン河は《母なる河》という意味で、チベットから両岸を削りつつ流れてきて、五〇〇〇キロを通過してから海にそそぐのだが、河口あたりでは淡水産の淡褐色をしたイルカがいたり、エイがいたりする。潮水と淡水のまじりあう地域の水のことを汽水と呼ぶが、こういう地域の住人の生態は奔放であって、イルカが淡水域で跳ねるかと思うとナマズが潮水へおりていったりするのである。

このアジアの黄いろい大河を、しばしばウォーター・ヒヤシンスのかたまりがゆっくりと流れていく。ニャット・ホァ、日本の花とヴェトナム語で呼ぶのはこの花のことではなかったかしら。少し記憶がたしかでなくなっている。そのからまりあった群生の大きさなのになると、ちょっとした島ぐらいもあるのだが、それが紫がかった小さな花を咲かせながら海へ流れていくのが見られる。雨期の増水期になると、つぎからつぎへ、ひっきりなしに上流からやってくる。うるんだ亜熱帯の黄昏《たそがれ》空を巨大な夕陽がソテツやヤシの林のかなたに沈んでいき、空には真紅、紫、金、紺青、ありとあらゆる光彩が、いちめんに火と血を流したようななかで輝き、巨大な青銅盤を一撃したあとのこだまのようなものがあたりにたゆたっている。謙虚な、大きい、つぶやくような優しさが土や木にただよう。そのなかを小さな花が黄いろい水のうえでかすかにふるえながら海へおりていくのである。

（……しかし、ゲリラの特攻隊はこれも利用する。ウォーター・ヒヤシンスの群生は大きなのになると部屋か島ぐらいもあり、厚く密生しているので、人の一人や二人がそのしたにもぐりこんでもわかるものではない。特攻隊員はヒヤシンスのしたにもぐりこみ、つかまって、いっしょに河をおりていき、橋などにたどりつくと、その橋脚に地雷を仕掛けて去るのである。だから、河によっては、橋の前後で水中にワイヤを張って、ヒヤシンスを食いとめるようにしているところがある）

この国の花のことを書いていると、ぜひ果物のことも書かなければならないという気持になってきた。パパイヤ。パイナップル。モンキー・バナナ。何でもある。これまた、まことに華麗、豊饒である。パパイヤは消化にいいと信じられているので食後にきっと食べる習慣であるが、女たちのなかにはこれで膚をこすると、肌理《きめ》がこまかく白くなるのだというものもある。バナナには何種類もあって好きずきだから、どれがいちばんということはいえないけれど、私としては指ぐらいしかないモンキー・バナナを推したいところである。皮が薄くてもろく、ちょうどお菓子の紙を剝《む》くようだが、なかにある肉が熟しきってとろりとなっていて、オヤといいたくなる。

しかし、何といっても逸品はパイナップルだろうと思う。日本でも生《なま》のパイナップルが食べられないことはないけれど、ひどくお値段が高く、それにしては肉が未熟でおつゆが少ないので、あまりありがたいと思わない。しかし、この国の豊沃な沖積土に育ち、むっちりと雨を吸い、ふんだんな日光であたためられて熟したパイナップルは、歯をあてるとジュースがワッと歓声をあげてとびだし、顎も胸もベトベトになる。その甘さはあくまでも自然のものだが、あまりに濃厚なので、ちょうど日本で上等のオシルコに塩昆布をつけて食べるように、ここでは切り口にトウガラシの粉を入れた粗塩をさっと一刷《ひとは》き塗って食べるところがある。そうすると甘さが殺されて、舌にゆとりができ、甘さのほかのさまざまな香りや味を知ることができるのである。

サイゴンから国道の一本をとって南へ、デルタへとおりていくと、やがて河に達し、そこに橋があるが、このあたりではとくにパイナップルがよく育つらしく、バスをめがけて子供たちがワッと声をあげてかけつけてくる。彼らはめいめい頭に洗面器をのせ、それにパイナップルの半分にしたのや四半分にしたのを盛りあげている。お金をバスの窓からだすと洗面器をおろし、こましゃくれた手つきですばやくトウガラシ塩を切り口に塗ってさしだしてくれる。この橋のところで私は盲目の兄がギターをひいて唄をうたい、弟が兄の手をひきつつ金を乞うて歩くのを見かけたが、三年たってから六八年の夏にいってみると、やっぱりおなじ恰好でうたったり、小銭を集めたりしているのを見て、つきあげるようななつかしさをおぼえたものである。

このときはバスでカイベまでおりていき、そこから舟で、メコンの支流の一つに浮かぶバナナ島へいったのだが、そこはいわゆる競合地区で、〝たそがれ村〟と呼ばれるものの一つであった。なぜ〝たそがれ村〟と呼ばれるかというと、政府側と反政府側の境界線にあって、どちらでもなく、どちらでもあり、夜ともつかず昼ともつかないのでそう呼ばれるのである。こうした村はたくさんあるが、えてして一つの村に二人の村長がいて、昼と夜とでちがう村長がでてきたりするのである。このバナナ島もその年は二月から五月頃ぐらいまでは反政府側に属していたのだが、私のいった八月頃は政府側のほうに入っていた。しかし、住民の心がはたしてどちらにあるかは誰にもわからない。たよるべき荷物をも持たない住民の示す表情はどうとっていいか、じつにむつかしい。

私はパリを経由してきたので釣竿を持っていた。バナナ島は最前線中の最前線で、すぐ眼のまえの対岸が反政府地区であった。人が殺すか殺されるか、生きるか死ぬかの闘争をしている場所へ釣竿などを持っていくのはいかにも不謹慎な気がしたが、いってみると、たいそう歓迎された。村長が釣りをしているところへやってきてミミズよりこれがいいでしょうといってモンキー・バナナをさしだしてくれたり、若い農民があちらこちらと穴場につれていってくれ、のどがかわくと大鉈でサトウキビを切ってくれたりした。第一回にこの国へきたときは坊さんに日ノ丸の旗にヴェトナム語で『私ハ日本人ノ新聞記者デス。ドウゾ助ケテ頂戴』と書いてもらったのを持って歩いたものだが、それを見たときのヴェトナム人の顔とバナナ島の人びとの顔をくらべてみると、日ノ丸よりも釣竿のほうがはるかにあたたかく、まったく無条件でうけ入れられたといいたい。

昼のうちは釣りをしたり、子供に指相撲を教えてやったり、耳をうごかしてみせてやったりしてのんびりした暮しだった。この島の生活水準は鍋や庖丁があるところを見れば鉄器時代といえるが、小屋が敷居も床板もないところを見れば石器時代からちょっとぬけだしたばかりといえそうであった。新聞を読むものもいないし、どこにも売っていないから、紙というものもないのである。朝起きて雲古をしたくなるとスコップを持ってバナナ畑へいって穴を掘り、そこへうまく落したあと、バナナの葉で始末した。バナナの葉は新鮮なのは広くて厚くてひんやりとしていて気持がいいけれど、ツルツルすべるので、若干の不安感がのこる。枯れたのは剛《こわ》い繊維がでていてしっかりしているのでウチワにするのにはいいけれどお尻には痛い。そこで、新鮮すぎず、枯れすぎてもいないのを選ばなければならないということになる。ガルガンチュワに眼にふれる物すべてでお尻を拭かせたラブレに私は一言だけ追加をつけることができそうである。

夜になると、ことに十二時前後と明方は、空からの爆撃や町からの砲撃で、小屋がグラグラゆれた。爆弾や砲弾はどこへとびこむかわからないので機関銃弾よりおそろしかった。衝撃にたまりかねて小屋のそとへとびだしてみるが、どこへかくれていいかわからず、どこへかくれても効果はおなじであるような気がするので、闇のなかで思わずたちすくんでしまう。すると、そこの水ぎわの木に何千匹とも何万匹とも数知れぬホタルがむらがっている。ここのホタルは一匹一匹が明滅するのではなく、何万匹もの大軍団がいっせいに輝きはじめ、それがしばらくつづいてから、ふと、ある瞬間、いっせいに消えてしまうのである。そしてちょっとはなれたところにある木がふいにぼうッと蒼白く輝きはじめるのである。頭上に殺到し、かすめていく兇暴な重量物の、いてもたってもいられない擦過音におびえてヤシの幹にぴったりくっついてすくんでいると、眼前の闇が冷めたく、蒼白く輝き、それは何万もの大群集の歓声であるはずだが何の物音もしない。光輝がふッと消えると、その穴へ闇がなだれこむ。

それは太古の夜の花である。

一鉢の庭、一滴の血

パンテオンのまえにゆるやかな坂になっている大通りがあるが、それがスーフロ大通りで、坂をおりたところがリュクサンブール公園、右へ折れるとサン・ミシェル大通りである。これもゆるやかな坂になっているが、書店、料理店、香水店、キャフェなどが並び、赤、金、黒などが輝き、女子大生たちのまなざしはすばやくて痛烈であり、大学生たちはしばしば刺すような眼をしてコーヒー茶碗のふちで倦んでいる。学生町のこの大動脈をおりていくとセーヌ河にでる。サン・ミシェル橋がかかっていて、そのたもとに『出発』というキャフェがある。そこで私は新聞を読んだり、パスティスをすすったり、どこか裏通りの小さな店へ食事にたったあとまたもどってきたり、一日じゅう、ぐずぐずとしてすごす。

スーフロ大通りをのぼっていってパンテオンに着くすぐのところに小さな、薄暗い道があり、その角にキャフェが一軒あるが、小さな、薄暗い道に面して下宿屋が二軒向かいあっている。一軒はもう廃業してしまったが、昔、若い頃の永井荷風がそこに泊っていたことがある。貧しい、暗い、小さな下宿屋である。もう一軒の下宿屋はいまでもあるが、それもおなじくらい小さくて、暗くて、親密な家である。ここにリルケが泊って仕事をしていたことがあるとわかったのはずっとのちになってからであった。コクトォのエッセイの一節にこの下宿屋の窓のことがでてくる。それによるとコクトォが夜遊びにふけってへとへとに疲れ、パンテオンのあたりにさしかかると、スーフロ大通りを右へ入る小さな道があり、二階の窓に、夜明けにもかかわらず、淡い灯のついているのが見える。その灯を見てコクトォはリルケが徹夜で仕事をしていたと知るのだが、そのことを

「……ああ」

　と書いている。

「またリルケが痛がっている」

　書いているのがコクトォで書かれているのがリルケなのでこの感想はキザでも誇張でもなくひびいてくるように思う。灯に向かっているときの作家はすべて〝痛がっている〟わけだが、ここでは適句が適所に使われている。たったひとことでいわれた人

物の仕事の本質がいいあてられているようである。

何も知らないで私はこの下宿屋の二階の部屋で寝起きしていた。この家はとても気がきいていて、どんなに夜おそく帰ってきても、ベルを鳴らしたり、誰かを起したりしなくても家のなかへ入れるようになっているのである。ドアはがっしりとしまっているのだけれど、そのドアの下半分がじつは切ってあってくぐり戸のようになっているのである。その小ドアをあける鍵さえ持っていたらいいのである。その鍵は下宿するときまった日におかみさんにいくらかの保証金を払いさえすれば誰もがわたしてもらえる。だから私は毎夜のようにあちらこちらへ夜遊びにでかけた。昼のあいだはずっと一日じゅう部屋にこもって、ベッドのなかでうつらうつらしてすごし、夜になると町へ這いだしていき、夜明けの淡いが鋭い蒼白さのなかを酒にくたびれて酸っぱくなった血管を抱いてもどってきた。

この下宿屋でリルケが痛がって書いたのが『マルテの手記』であったかどうかについてはコクトォはふれていなかったと思うが、私はそうなのだとひとりできめこんだ。私の泊っているこの部屋に泊って、このベッドで寝てリルケはあの作品を書いたのだと思うことにしたのである。その部屋は薄暗くて小さく、床板がすりきれていて、歩くたびにギシギシと音をたててきしんだ。くたびれきったレース編みまがいのカーテンをひくと朝から部屋のなかが黄昏のように暗くなり、昼とも夜ともつかないのだった。スチームの管が入っていることは入っているが故障を起していて、ゴロゴロと鳴ったり、ブツブツとつぶやいたりするが、気まぐれをきわめているので、部屋はいっこうにあたたかくならなかった。パリの冬は全市が北海の底に沈んでしまったように暗くて、冷めたくて、きびしく、いくら酒を飲んで毛布にしがみついていても首や足がしんしんとひえこんでくる。寒さは壁からも酒瓶からもしみだしてくる。夜になると石の森のようにひっそりしてしまう。ほんのときたま隣室で咳の音がしたり、廊下を歩いていく気配がしたりするだけである。これなら書けそうだと私は思った。作品の冒頭第一行にふいに、人びとはこの街へ死ににやってくるのだろうかと、書けそうだ。ここの孤独は岩穴に一匹ずつ棲《す》むエビの孤独であるようだ。私はその石灰質の肌ざわりを愛しながらおびえた。空をふと仰いだ瞬間の女の灰青色の瞳はあまりに淡くていまにも水にとけそうだが、のぞきこむと凍《こご》えそうである。

この冬があるからこそあれだけの数の花屋があるのだろう。春と初夏にいってみると花の微笑が眼にしむようである。リラ。バラ。スミレ。ゼラニウム。すべてが微笑している。ゼラニウムだけをとってどこにあるか、どこに咲いているかとこの市を歩きまわって地図を作ったら、または自分の持っている地図にマークをつけていったら、いい記念になるだろうと思う。飾窓だけでもいい。それは鉢植にされ、切花にされ、束ねられ、群がり、一本にされ、編まれ、字にされ、模様にされ、肉のよこで、魚の頭のふちで、香水瓶のかげで、人びとの頰のふちで、閃く血の滴のように咲いている。テラスを白い木箱でかこったキャフェがあるが、その木箱のなかには肥えていることで有名なこの国の黒い、むっちりとした土がつめられ、ゼラニウムの葉の緑と花の赤があふれそうになり、花綵《はなづな》となってテーブルや椅子をとりかこんでいる。アパルトマンの窓は各階とも大きくひらかれ、カーテンのかげでバラいろに輝く若い頰が閃いたり、消えたりするが、古い鉄枠でかこまれた窓のふちにはきっと鉢植のこの花が咲いている。人びとにとってはその一鉢こそが自分の庭なのである。その一鉢の花だけが持つことを許されているただ一つの庭であり、庭のすべてなのである。

東京でオリンピックのあった年に、某日、ヘリコプターに乗ってみたことがある。全区の上空を気ままにあちらこちらと流れてみたのだが、上空から鳥の眼で見おろしてみると二つのことが私を愕《おどろ》かせた。一つは東京には道路がないということ、もう一つは意外に〝緑の都〟であることだった。幾本かの幹線道路がその後造られたので現在はこのイメージが少し変っていることと思われるが、そのとき眼に映ったのはとめどない屋根、屋根、屋根の、干潟になった海であった。〝海〟という比喩を使ったのはで少し延長してみると、屋根は貝殻であった。何十万、何百万と数知れぬ貝殻がおしあいへしあいひしめきあい、せめぎあいつつ茫漠とひろがっていて、市と郊外のけじめがつかず、黄や赤の工業地帯の煙霧のなかにかすんでいた。その毒どくしい、いがらっぽそうな煙霧のなかで、奇妙なことに干潟の海が〝緑の都〟になってもいるのである。これは思いもかけないことだったので眼を瞠ったが、やがて判明した。

アパートやマンションはべつとして東京の住人たちはネコの額ほどでもいいから庭を作りたがる。家の建坪を減らしてでも、自分の寝る面積を切りちぢめてでも、庭を作りたがる。〝黒い土〟と触れたがる。そしてたとえ一坪でも〝庭〟ができたらそこに一本の木を植えたがるのである。下界にいるときはうつむいて歩くばかりだしブロック塀でさえぎられるやらで、ほとんど気にしたこともなく眼で見たこともないのだが、上空に昇ってこれの集団になったところを見おろしてみると、一軒一軒の家の一本一本の木が集って〝緑の都〟となるのである。これはにがい発見であった。現代の都市生活では都内の個人の住宅に個人の庭を持つことは想像することもできない贅沢なのに私たちはそれを犯して平気でいるのである。江戸時代にはおそらく東京は首府ではあるとしても田園であったにちがいないのだが、明治維新で工場や、高層建築物や、線路などを輸入しておきながら住人の意識だけは田園のなかにとりのこされてしまって今日にいたった。現在の東京は工業都市、行政都市、××都市、○○都市、△△都市……などでありつつ、同時に田園都市でもあるのだ。パリなら市をでてよほど郊外へいかなければ個人の家に庭を持つなどということはできないから、庭を持つか持たないかという意識から見れば東京は田園都市であるわけだ。

窓べりに一鉢のゼラニウムをおいてそれを庭だとして眺めるしかないパリの住民たちは、めいめいの家に造るはずの庭の面積をいわば市に寄附し、市はそれを集めてあちらこちらに公園を造ったという形になっている。公園は、だから、まさに公の、おおやけの、全住民の庭なのである。東京の住人——日本人がみなそうだが——たちは公園を汚して平気でいるのでしばしば非難されるが、もしいま、お前の家の庭を全住民のために提供しろといってとりあげられてしまったら、窓べりにゼラニウム一鉢をおいてがまんするしかないが、そうなれば〝公園〟という紙屑と小便とスモッグで荒涼となってしまったコトバもいくらかは息を吹きかえすことになるかもしれない。都内に個人の庭があるかぎり東京には公園はあり得ないだろうといってもいいすぎではない。公園はあってもその名にふさわしいものとなり得ないだろう。住民の意識のなかにあり得ないだろう。私たちは寝る面積を切りちぢめて一坪の庭をつくり、それをブロック塀でかこい、一本の木を植え、公園では紙屑をまきちらかし、家へもどったらエビのように体を曲げて重税と地震におびえつつ眠るのである。そのブロック塀も道なき道を走ろうとするダンプさまのためにしょっちゅうドシンドシンとぶつかられ、コツコツと削りとられていくのだが……

フランス人はゴーロワ精神の伝統のせいと思いたいが不潔が好きで、ヨーロッパじゅうでいちばん美しい都はパリだが、同時にいちばん立小便の多いのもパリである。

セーヌの橋のしたへいってみると御叱呼や雲古でいっぱいである。渦巻きパンやカレーライスが盛大に放出してある。なかには紙のついてないのがあったりして、通りすぎしなに、これは風で紙がとんでしまったのだろうか、それとも、バナナの木がないのでそのままですませてしまったのだろうかと考えさせられたりする。そのちょっとはなれたところで熱烈な愛撫にふける姿があり、瞑想に陥没している姿が見られ、釣竿と浮子《うき》にむかってかがんだきりの背がある。初夏の頃にためしにガラス張りの観光船にのってみると、船首にサーチライトがつけてあって、大構築物のあたりへくるとそれをふりむけ、ノートルダム寺院やルーブル美術館が夜空に浮きあがっては閃いて消えていくのだが、ときどきいたずらで河岸を照らしてみせることがある。すると胸壁のしたで陥没している二人組が一瞬見えて消える。ときにはズボンをおろしたアポロンにスカートをたくしあげたアマゾンがうちまたがっているのが見える。アマゾンは光芒を浴びせられても恥じも臆しもせず、白い歯を見せて晴朗に高笑いし、こちらをふりかえってちょっと手をふってみせたりする。その白い、みごとな臀《しり》に光輝が衝突して、まるで蒼白い青銅の果実のようである。

アジア人の観光客は

「………」

息をつめる。

ヨーロッパ人の観光客は

「……！」

拍手喝采する。

ハエは

「……？」

そちらへとんでいく。

古い中国の文章の一節に《柳絮霏霏《りゅうじょひひ》トシテ雪ノ如シ》とあったと思う。柳絮というのはヤナギの種子に綿毛のついたものだと思うが、それが初夏の頃に深い山の湖畔で微風に吹かれるままに飛んでいくのはたしかに古人の形容するとおりである。しかし、おなじようにパラシュートを持った種子にはタンポポがあると思っていたところ、ある年、これも初夏だったが、マロニエもやっぱり微風に雪のように綿毛を散らしているのを見た。その初夏の雪はつぎからつぎへひっきりなしに群れとなって橋へ、水へ、古本屋の緑いろの箱へ、舗道へと飛んでいくのである。そして雪が道ばたでたちまちよごれて古綿のようになるのと似てこの初夏の白い雪もまた水たまりや胸壁のかげにつもると、古綿のかたまりにそっくりのものとなってよこたわる。灰いろによごれ、泥水を吸ってべっとりと重くなり、リルケが見たら痛がるようなものとなってよこたわる。

マロニエの枯葉が老人の掌のようになって道を走っていくのは冬のあいだによく見たが、おなじ木から雪が初夏に飛ぶとは知らなかったので、私はポン・ヌフの島の先端に腰をおろして釣りをしながら、黄濁した水のゆっくりとした流れに小人国のパラシュート隊員がつぎつぎと消えていくのを眺めていた。石で畳んだ岸の水ぎわに緑いろのべとべとした藻がついているが、それをとってきて小さく丸めて鉤のさきにつけるといいのだと釣師に教えられて、私は日本から持ってきたハヤ釣りの鉤に藻の団子をつけてみたのだが、どうしてか、グウジョンもガルドンも食ってくれない。釣ったら一匹のこらず逃してやろう。そのときは〝アデュウ！〟といおうか。〝オルヴォワール！〟といおうか。それとも〝ちきしょう！〟といおうか。科白《せりふ》をあれやこれやと考えてあるのだが、いっこうに食ってくれない。河岸のペット屋へいって金魚の餌にするアカムシとアスティコ（ウジ虫）も買ってきてやってみたのだが、やっぱり食ってくれない。私は釣りに心を集中していない。プラハへいこうか。サイゴンへいこうか。東か、南かと迷っている。プラハではソヴィエトの戦車が行進し、サイゴンには北ヴェトナム正規軍と解放戦線が二月と五月につぐ第三波の総攻撃をかけるという噂がある。どちらへいったらいいか。誰にたのまれたのでもないが、ここにこうしてはいられないが、どちらへいったらいいか。どうしたらいいか。水は流れていくが私はとらわれていて、漂っているはずなのにこわばっている。水銀を散らしたように淡い陽がキラキラ輝くなかを白い綿毛がとめどなくかすめていく。対岸のアパルトマンは垢を洗いおとされて史前期の巨獣の骨をつみかさねたようだが、どうしてかそこに一つだけ窓があいている。それが頭蓋骨の眼窩のように暗い。そこに真紅の血が一滴輝いている。声もなく輝いている。茸のように輝いている。

ゼラニウムが咲いているのだ。

指紋のない国

ある年の冬おそくから私は下降をたどりはじめ、翌年になってもたちなおれなかった。それればかりか、いよいよひどく下降する兆候があらわれてきた。人に会う気力もなく、戸外へでていく圧力もなく、字を書くこともできなくなって私は毎日をすごしていた。部屋にこもって窓ぎわにすわり、病院の庭におちている古綿のような空を眺めて、ウィスキーをちびちびすするだけであった。酔ってくるとトドのようにごろりとたおれて眠り、眼がさめると顔を洗い、口をゆすいで、また飲みにかかった。空虚をきわめているのにそれゆえ神経の繊毛がそよぎたち、ちょっとした物音にもとらえられていらいらし、影が射したり、響きがいつまでもこだましたりして、あてどなく胸苦しく、また、焦燥にみたされた。おなじような兆候を描いた文学作品はさまざまな国で、さまざまな文体で生産され、指を折って数えているひまもないが、私はどの一冊もとりあげて読もうとしなかった。

《すべての書は読まれた
　肉はかなしい》

そう書いたのはマラルメである。

《すでに本はたくさん書かれすぎている》

そういう諺がトルコにあるそうだ。

すべての書を読んだわけではとうていなく、また、もうちょっと書いてみたいこともあると思っている私だが、本が山積してネズミの巣のようになった部屋にすわってじわじわとアルコールを吸っていると、あてどない、泥のような憂鬱は数知れぬ活字からもしみだしてくるのではあるまいかと感じられた。もしくは鉛毒に犯されつつそれらの活字を薄暗くて蒸暑くいがらっぽい工場のすみで一つずつ拾っていった労働者たちの怨みがしみだしているのだとも感じられた。

たちあがることだ。一日でも早いほうがいい。部屋をでることだ。活字や、ペンや、内省以外のものに触れなければならない。部屋のなかの自身から眼をそらさなければならない。どこか裸になれるところはないか。裸になれる裸の国はないか。シベリア。カナダ。アラスカ。この三つがうかんでくる。シベリアはいまだに北アメリカ大陸の2/3という厖大な面積が〝タイガ〟と呼ばれる未踏の大森林に蔽われていて、ユーヴェルマンスというベルギーの学者などはそのどこかにまだマンモスが生存しているのではあるまいかとほのめかしているくらいのわくわくする国であるが、外国人はおろか、現地人も自由には旅することを許されていない。カナダは国民の三人に一つというくらいの割合で湖が配給できるくらいのぞくぞくしてくる国だが、何となく〝文明〟の匂いもただよっている。となると、のこるのはアラスカだ。これこそは男の国、裸になれる裸の国ではあるまいか。地図を見るとアンカレッジと、シトカと、ケチカンの三つの点のほか、線らしい線は何も引かれていず、まったくの白ではないか。ものすごくでかいサケが泳いでいるのではあるまいか。

冬から春にかけて私はサケの本ばかり読んですごした。荒野を流れる河に浸《ひた》って雨と風にたたかれつつサケと格闘してみたいとだけ思いつめて私はすごした。海から帰ってきたサケには食慾がないからふつうの釣りではダメで、毛鉤かルアーで誘いこむしかないのだが、わが国ではプロの漁師のほかサケは釣ってはならないということになっているから、アチラの本を読むしかないのである。そこでアチラの本を手あたり次第に買いこんできて、つぎからつぎへと読んでいった。福田蘭童氏がアラスカのルシアン川でシルヴァー・サーモンを釣ったことがあるというので意見を聞きにいったが、天才は語頭と語尾のけじめがつかないくらいの早口であるうえにたえまなく笑声をたてるので、さっぱりわからないで帰ってきた。そしていろいろな本を読みに読んで、理論面ではどこから攻められても即応でたたきかえせるくらいの完成をめざした。しかし、ときどき思いいたることだったが、子供のときからこれくらい親しんでいながら、これくらい未知の魚もないのだった。サケといえば塩漬か、燻製か、罐詰かである。アルミの弁当箱のすみの、冷めたい破片である。水族館へいっても見られないのである。生きてうごいているサケとはどんな魚であるか。そもそものそこからがわからない。まったく未知、未見の魚である。これくらい親しんでいながらこれくらい未知の魚もないのだから、忘恩の徒といってもよいのではないか。釣れなくてもいい。ただ河で泳いでいるところを見るためにだけでもはるばるでかけていく価値があるのではあるまいか。

分裂症の想像力と釣道具だけをたっぷりと持ってアンカレッジの空港におり、改札口をとおりしなに、役人に

「何しにきました?」

とたずねられたので、釣りです、釣りだけです、キング・サーモンですと答えたら、むっつり顔がふいに崩れて、役人は、休暇でイリアムナ湖にいったときに二五ポンドのチャノ（イワナ）を釣ったことがあります、といって両手をおおざっぱにひろげてみせた。二五ポンドといえばおよそ一二キロはあるだろう。まるでサケである。それもよほどのサケである。そういう体重になれば体長もさぞやすごいものであろう。わが国のイワナは三〇センチ大のが釣れたら、〃尺イワナ〃といって奇蹟のような騒ぎになる。

旅館に入ってから秋元カメラに

「吹くぜ」

といったら

「吹いたな」

と答えた。

けれど、ベッドにひっくりかえって、なにげなく穴場案内書を読むと、このイワナは湖に棲《す》む〃レイク・トラウト〃と呼ばれる種族のことかと思われたが、深い湖で餌の小魚が豊富なところに棲むイワナは想像を絶する大きさに育ち、アラスカの記録は三〇ポンド、ほぼ一五キロだ、というとてつもない数字と記述が淡々と書かれてある。このガイド・ブックはいいかげんな観光書ではなくて、アラスカの『魚類・野鳥局』

の編集した精密科学調査のパンフレットだから信用していいのである。私は茫然となったまま、モスコーへいったときに釣狂の作家が窓のそとに紐でぶらさげて冷《ひ》やしておいたアルメニア産コニャックの瓶をひっぱりあげつつ、ロシアには釣りの話をするときは両手を縛っておけという諺があるのです、といったときの微笑を遠い小景として思いだした。改札係がけだるそうにひろげてみせた両手がおおざっぱをきわめたものであったことを思いだすと、何もいわずに枕をかいこんで寝てしまったほうがよさそうであった。

キング・サーモン村は荒野のなかにあり、すぐよこにナクネク河が流れているということのほかには何もなかった。道路というものがないので隣村へいくには飛行機でいくしかない。釣竿を片手にインディアンがセスナにのるところを何度か見かけたことがある。ここでは飛行機は贅沢でも何でもなく、〝エアー・タクシー〟と呼ばれて、靴がわりであった。東西南北、どちらを見ても、工場、煙突、煙、ビル、屋根、壁、アスファルト、機械、自動車、ガラス、何もなかった。ただぼうぼうとツンドラの原野がひろがり、夜の十一時、十二時になっても太陽が輝いた。河にはきれいな、青い、冷めたい水がたっぷりと流れ、岸ぞいの草むらやツンドラのなかには消えがてな、細い道がついていて、釣師の通ったあとだとわかるのだが、足跡も、タバコの吸い殻も、コカコーラの空瓶も、何も落ちていなかった。ここは指紋のついていない国であった。

砂の一粒一粒が無垢であった。

朝早く河をさかのぼっていくと楽園がひらきっぱなしになっている。数知れぬハクチョウが空をとび、カモが群れをなして遊び、ビーヴァーがきまじめな、丸い頭をあげて泳いでいる。カワウソが二匹浮きつ沈みつしてたわむれているのを見たこともあるが、彼らは水のなかで仰向けになり、おなかに子供をのせ、波にゆられるまま気持よさそうに下流へ流れていく。ボートが通りかかるとその姿勢のままで、小さな、丸い頭をひねってこちらを眺め、べつに気にもせずに、ゆらゆらと流れていくのだった。ハクトウワシといってアメリカの紋章にでている、頭の白いワシがいるが、それが低い灌木林からとびたってゆっくりと空を舞うのを見かけたこともある。全アメリカで採集されたこのワシを解体して調べてみたところ、肝臓から毒物が検出されなかったのはたった一羽、アラスカ産のだけだったという報告を読んだことがある。春を求めるには北へいくしかないのである。楽園は北にしかないのである。南は指紋と血である。

薄暗い木賃宿『キング・サーモン・イン』の二階の小部屋で秋元啓一と私の二人は垢まみれ、ヒゲだらけで輝いていた。小窓から深夜の太陽を眺めつつウィスキーを飲んだり、おしゃべりにふけったり、リールを解体して油をさしたりした。

ときどき顔をあげて、何となく

「くそくらえ！……」

といった。

この河で釣れるサケは月によってちがうが、キング、レッド、シルヴァーなどであり、いずれもベーリング海からブリストル湾を経由して帰ってくる。暗くて深くてきびしい海から彼らは甘くて透明でキラキラ輝く河へ入ってくると、ひたすら上流へと進む。上流の河床には昨年産卵後に死んだサケの死骸が無数に散らばっている。なかには草むらへ跳躍して息絶えた、動物のかと思うほど巨大なキングの頭骨が枯れるままにころがっていたりする。脂肪も、肉も、精液も、力という力を一滴のこらず消耗したはずの彼がなぜ最後の力をふりしぼって陸へジャンプしたのかは誰も知らない。キリマンジャロの頂上近くの雪冠地帯で一匹のヒョウの死体が発見されたことについてヘミングウェイは短篇の冒頭に短いプロローグを独白として書きつけたが、このキングの頭骨を見ると私もいつか書くかもしれない作品の冒頭におなじ感想を、と思いたくなってくる。

サケより大きくて重くて強い魚はたくさんいる。北にはオヒョウがいる。南にはマーリンがいる。しかし、生涯の悲愴と孤高というロマネスクではサケの右にでるものがない。彼は徹底的に孤独である。親を知らずに生まれ、何百キロ、何千キロと旅をし、誤《あやま》たずふるさとにもどり、子を見ずに死ぬ。ことにキングである。河でも海でも集団をなしているところを見られるが、学者の分析するところではその集団はイワシが群棲するという意味での集団ではなくて、孤立した一匹ずつがたまたま進行方向をおなじくすることから起るための集団、いわば〝さびしい集団〟なのではないかとされている。河に腰まで浸《つか》り、一本の杭と化して竿をふったり糸を巻いたりをやっていると、ときどきフカのように背ビレをだして巨大なサケが腿のあたりを通過していくのが見られて、どきどきしてくるが、少年のサケが雲のような群れとなって一塊また一塊と青い水のなかを下流へ移動していくのを見ることもある。成魚と稚魚がそうしてすれちがいあうが彼らはおたがいにまったく断絶しあっている。たがいにめいめいの目的を追っているのであって、挨拶もなければ、親近もなく、接触もないのである。生の劇がすぐそこの水と光の縞のなかに目撃される。意志なき偉大が石のうえを淡い影を落してすれちがいあっているのがまざまざと目撃される。そこで私はでていく群れを眺めて、ブリストル湾、ベーリング海、さらに南下してブリティッシュ・コロンビア、さらに南下してカリフォルニア沖、サン・フランシスコ沖、彼らの旅の地図のことを考えて気ままな思いにふけることができるのである。入ってくる一匹ずつについてもそうなのである。私が一生かかってもできないような果敢を彼らがやっている。それをまさに眼前に見せてくれている。不抜の意力をもって、何ひとつ知ることなく、見せてくれている。

スプーン鉤の赤と白の閃きが鼻さきをかすめたので、食慾は失っているが満身に激情をつめこまれている彼は、おそらく怒りか、でなければ好奇心からか、とっさに口をひらいて噛みつく。鉤がくちびるをつらぬいて顎骨に刺さる。しぶとい圧力が細い糸をつたって、もがこうが、あばれようが、どこまでも追ってくる。彼はとっさに衝動のまま上流めざして一度走り、それからひるがえって下流へ下流へと疾走する。巨大な尾で水をたたいて跳躍する。一度、二度、頭をふりつつ、跳躍する。河床へもぐりこむ。岩かげへ走りこむ。岩に糸と鉤をこすりつける。釣師にとっての危機は発端から終末までの全過程のいたるところにある。リールをしめすぎていたら切られるし、ゆるめすぎていたら一瞬か二瞬のうちに糸の全長をのばされて切られる。たえまなく指を星形ドラッグに走らせて、しめたり、ゆるめたり、しめたり、ゆるめたりをしなければならない。糸はたえまなく優しく、しかし断固として張りつめておかなければならない。サケは賢いファイターだが、とりわけキングは手に負えない衝動的戦略家なのである。一匹一匹がどう反応するか、まえもって誰にも予言できない魚なのだとされている。赤銅と菫《すみれ》と銀白に輝く、まるで砲弾のようなその巨体が岸のさびしくて荒あらしい石の群れのうえによこたえられたのを見たとき、私は全身がふるえ、眼がかすみ、息を切らしてかけつけた秋元啓一と手をとって踊った。

私たちは、竿を捨てて

「……！」
「……○△×□？！」
「……」
「…………」

アルコールの口にこもった残香を吐きちらして笑い、かつ、叫びあった。上昇し、上昇し、キラキラ輝く破片となって、散乱した。指紋のない石と砂のうえで……

キング・サーモンはまさにその名のとおり川の王だが、アラスカを象徴する〝ステート・フィッシュ〟と指定されている。アラスカ人が〝フィッシュ〟といえば、それはキングのことである。だから保護もひとしお手厚くて、釣師が年間に釣っていいのは五〇〇匹を限度とされ、どこかで誰かが五〇〇匹めを釣ったとなると、ニューズは全土に通達され、それ以後は一匹も釣ってはならぬということになる。たとえ河にたてた棒がたおれないくらいキングがひしめいているのが眼に見えても、そのままでほっておかなければならないのである。だから知るのだが、アラスカの自然のはちきれそうな豊饒は野放しのそれではなくて、管理され、抑制されたそれなのである。

キングの悲愴、強大、孤高、不屈にくらべて、花が〝ステート・フラワー〟としてワスレナグサを指定されていると聞くと、ちょっと首をかしげたくなる。アラスカにはもっと大きな、香りのある花もあるし、いい果実をつける木もたくさんあるのだが、淡い空色の、香りらしい香りもない、このよわよわしい道ばたの小さな花が、名からしていたましいほどにつつましやかな花が、この豪壮、広大、苛烈な国の象徴とされているということには、微笑をおぼえずにはいられない。村から河へいく道のはたにさりげなく雑草の一種として咲いていたこの花のことを思うと、アラスカ人たちの自負、謙虚、おおらかなユーモアなどを感じないではいられないのである。地上最大の巨人の一人である男が、おっとりとした小さな声で

〝Forget me not（おれを忘れるな）〟

とつぶやいている光景を考えてごらんなさい。おだやかで愉《たの》しい微笑がひろがってこずにはいられないのではありませんか？……

茶碗のなかの花

ジャスミンの花は小さい。小さくて白い。小さくて、白く、その香りは高い。北京の初夏は涼しくて乾いて爽やかだったせいか、この花の香りは〝清鮮〟だったように記憶しているが、カイロの夏はむしむしとしてねっとりと重かったためだろうか、おなじ花の香りを〝濃烈〟とおぼえている。北京ではたしか天安門広場のすみでおばあ

さんが小さな屋台をだし、氷のうえにこの花をのせて売っていたと思う。花を氷にのせるのは珍しい光景であったが、通訳の中国人の説明では、そうやって冷やしておくと花の香りが散らないで永もちするのだということだった。おばあさんは小さな三角の紙袋に入れて売ってくれるのだが、それをホテルに持って帰り、皿にのせて部屋のすみにおくと、やがてしなやかな香りが糸のように、煙りのようにたちのぼって、部屋じゅうが芳《かんば》しくなってくるのである。花を切花や鉢植ではなくて花そのものを氷にのせて売るということが私には珍しく思われ、また、花を皿にのせて部屋のすみにおいて香らせるということも珍しく思われた。ジャスミンの花は小さいので、いかにもつつましやかで幽雅なことと感じられた。けれど、ちょっと外出して帰ってきてみると、この小さな花から、皿がまるで香炉になったのではあるまいかと思われるほどのゆたかな香りが、音も形もなくたちのぼって、部屋が春の温室のようになっているのだった。サイゴンでホテル暮しをしていた頃は、よくパイナップルを買ってきて部屋のすみにころがしておいたが、三時間ほどシエスタ（昼寝）をしてから眼をさましてみると、甘くねっとりとして芳烈な香りがまるで縞目が見えそうになって幾筋も部屋に漂っていたものである。ジャスミンとパイナップルの香りが部屋にたちこめているたたずまいはいまでもすぐに思いだすことができる。と同時に、もちろん、そのまわりと日々にあった無数の記憶も、ざわざわと顔をもたげてくる。

北京ではそうやってジャスミンを氷にのせて屋台で売っていたのだったが、カイロでは数珠《じゅず》にして売っていた。この小さな花を木綿糸で縫いつないで長いのや短いのや、さまざまな数珠にして、足までかくれる白い長衣を着た男たちが腕にかけ、客と見ると町角からかけつけてくる。長い数珠はおそらく首にかけるのだろうが、短い数珠が自動車の天井にピンでとめられてゆれているのを何度か目撃したことがある。せまい自動車のなかがやっぱり春の温室のように芳しかったこと、少し汗ばんだ女の熱い指のように耳や首にまつわりついてくると感じたことなどを思いだす。カイロの街にたちこめる匂いは、夏や、貧しさの匂いだったが、むれた立小便や、乾燥ナツメをつめた麻袋や、南京虫などを連想させられたはずである。早朝の澄みきった空にうねり、ひびきわたる、朗々としたコーランを誦する声が、まるで塔を築いては消し、築いては消しする波濤のようだと思ったことも思いだされてくる。それらの記憶のなかでジャスミンの甘く、ひめやかで、しかも濃烈な香りが、何かしら凜とした気配をたたえていたことを、ことに追憶したくなってくる。

ジャスミンの香りはさまざまに仕立てることができる。それは香水になるし、タバコに仕込まれるし、茶にもなる。ジャスミンの香りの入ったタバコはイギリス製の『ジャスミン』を知っているが、タバコの香りはどちらかといえば伝統的に辛口を愛しているはずのイギリス人なのに、このタバコだけはしっとりと湿ったような、沈着と幽雅の漂う甘さがあって珍しいものである。成熟した年齢の、胸の厚い男のまわりに漂うのにふさわしいのは、むしろ葉巻やパイプ・タバコの香りであるような気がするので、きっとこのタバコはレディー向きに作られたものなのだろう。ジャスミンの香りなら、むしろ私は、熱い茉莉花茶《モーリーホアチャ》の茶碗からたちのぼる、最初の優しい一撃が好きである。中国の茶にはおびただしい種類があり、東南アジアの各市にある大きくて荘厳な茶舗に入ると、棚にずらりと並んでいる華麗、精妙、奇怪、不可解、それぞれの茶の銘をひとつひとつ読んでいくだけで圧倒されてしまって、何を買っていいのか、わからなくなってくる。花の香りを仕込んだ花茶《ホアチャ》だけでも、ざっとかぞえたところでジャスミン、ハマナス、バラ、モクセイ、クチナシとでてくる。花茶は安物の茶をごまかすために花の香りをつけたのだという説と、いや、あれはあれで立派な独立物なのだという説と、いろいろ耳に吹きこまれて、迷ってくるのだが、これは安物だ、あれは上物だ、安物の茶はこうである、上物の茶はああであると〝論〟らしい論をたてるにはこちらがあまりに無知でありすぎ、相手があまりに鬱蒼としすぎている。何しろ世界各国語の〝茶〟という単語の音源はことごとく中国語のそれではあるまいかといわれているくらいなのだからこちらの無知はあたりまえのことで、はずかしくも何ともないことである。

中国へいったのは十二年前のことである。野間宏氏を団長とする文学代表団の一人としていった。それが私には生まれてはじめての海外旅行で、これをきっかけにしてあと十年は機会とお金さえあればどこであろうとかまうことなくでかけていくようになった。旅行も流産に似たところがあって、癖がつくとどうにもとめようがなくなる。広州、上海、北京、蘇州とおきまりのコースを通訳につれていかれるままに歩いてまわり、五〇日か六〇日ほどをすごした、そのあいだ一日の休みもなく、毎日毎日、朝・昼・晩、お茶を飲むといえばそれは茉莉花茶のことであった。このお茶は中国へいく以前にもよく飲んでいたけれど、これくらい徹底的に飲んだのはそれがはじめてのことであった。お茶もこれだけ香りのきついのを毎日毎日飲んでいると、自身にはわからないことだけれど、汗腺にも浸透するのだろうか、日本に帰ってくると、シーツや寝床へ汗にまじって匂いがこぼれだしてしまい、妻が

「おかしな花の匂いがする」

しばらくいいつづけた。

「ジャスミンだよ」

「そう。ジャスミンらしいわ」

「香水の瓶になったみたいだナ」

「話が大きいじゃないの」

そんなことをいって笑っていたのだが、まもなく〝日本〟が食べものや飲みもので

再浸透をはじめて、ジャスミンの香りは消えていった。

人によると茉莉花茶は胃や神経を刺戟しないから気持がやすらいでいいのだという説をたてる。日本料理のあっさりしたもののあとでは個性がつよすぎて舌が負けてしまうけれど、中国料理や西洋料理など、つよい食事のあとですする熱い茉莉花茶の一杯はまことにふさわしくて、ほのぼのとし、のびのびとしてくる。熱いお茶のなかから清艶な香りが陽炎のようにゆらめきつつたちのぼってくるのに出会うと、しばらく無碍《むげ》の放心にふけることができる。私はこの茶のファンになったので家に常備するようになり、横浜へ食事にいったときなどは中国料理の材料をいろいろと売っている店にたちよって大罐で買うことにしている。冷《さ》めた茉莉花茶は香りが逆に作用して妙な味になってしまうし、日本風のお茶漬に使うこともできなくて、いわば用途に制限のあるお茶なのだけれど、熱《あつ》あつの淹《い》れたては、芳香が熱と湯気のなかでゆらめき、踊っていて、たまたま茶碗のなかにジャスミンの花が一つ、二つ、漂っているのを眺めながらゆっくりとくちびるを焼きつつすすっていると、砕けてひからびてくたびれきったこころもしっとりと、うるおってくる。この茶を作るのは少女たちで、彼女たちは寡黙だがきびきびとはたらき、ときどきひっそりと笑声をたて、痛烈なまでに澄んだ眼をしているのだろうか。

ためしに手もとにある書籍文物流通会の編集した『中国食品事典』を繰ってみると、

この茶のおおむねの製造法が書いてある。ジャスミン茶だけではなくて、バラ茶、ハマナス茶、たいていの花茶《ホアチャ》はつぎのようにして作られるものであるらしい。茶を人にたとえれば、まず、体になるのは、緑茶のなかでは〝毛峯〟という安徽省の黄山あたりに産する種である。それを摘《つ》んできて、よく選りわけたあと、70度から80度であぶる。つぎに摘みたての花といっしょによくかきまぜて密室に積みあげ、十二時間ぐらい布で蔽っておくと、花の香りが茶の葉にしみこむ。分量は茶が四、花が六といったところ。つぎに茶をひろげて熱を放散させ、38度ぐらいになったところでふたたび密室に積んで十二時間ぐらいおく。これで香りはたっぷりと茶に移るのだが、花がまだ湿っているから、茶と花をふるいわけて、べつべつにする。茶は茶だけで100度から130度ぐらいであぶる。あぶりすぎると茶が乾くのはいいけれど花の香りも散ってしまうので、よく気をつけなければいけない。つぎにこの茶をひろげて熱を放散させ、35度ぐらいになるまで待つ。そして、新しく摘みたての花をまぜて香りをつける。密室に閉じこめて茶と花をまぜあわせ、それを熱したりさましたりということを繰りかえすわけであるが、それを二回、三回、四回と繰りかえせば繰りかえすだけ香りが高くなり、回数をかさねたものほど逸品になるとされているが、四回ぐらいが普通である。花がジャスミンなら『茉莉花茶』、ハマナスならば『玫瑰花茶』、モクセイならば『桂花茶』となる。

茶については私はこの花茶と緑茶が好きである。カフェインに自家中毒してめまいを起す体質なので強い茶が飲めないということもあるけれど、砂糖で味つけをして茶を飲むのがイヤなのである。紅茶は中国製、セイロン製、インド製、イギリス製、ロシヤ製、ずいぶんいろいろのをいろいろの場所で飲んだけれど、一度もしみじみと好きになれたことがない。砂糖を入れるとたいていのものの持味が壊れてしまって幼稚な味になってしまうが、茶もおなじである。日本の中国料理店では紹興酒をたのむときまって氷砂糖をつけてくる習慣だが、あれこそは安物の酒をだまして飲む苦肉の策である。甘くすると舌がバカになるから飲みやすくなるというわけである。だから、紹興酒に氷砂糖をつけてだす店は、うちの酒は下等なのでございますと自分で宣伝しているようなものである。紅茶を砂糖を入れないで飲むということはちょっと考えられないし、そうして飲むように作られた茶であるように思いこんで私も飲んでいるのだが、××印だ、〇〇印だ、英国王室御用だと、いくら宣伝文句を聞かされても、これは幼稚な茶なのではあるまいかと思うことにしている。どの味が幼稚で、どの味が高貴であるかは人さまざまだからお好きにやってよろしいのだけれど、私にいわせれば〝甘い〟のが幼稚で、〝ホロにがい〟のが幽雅なのである。たとえば淹《い》れたての緑茶である。とれたての山菜である。渓流のワサビである。キリキリと冷えこんだスーパー・ドライ・マティニにおとす半滴のビターズである。魚のはらわたのあら煮である。革の手袋である。雨がすぎたあとの深い森に漂う苔の匂いであり、辛酸をなめた男のふとした微笑である。

茶そのものが分泌した甘みにはみがきぬかれた端麗の舌ざわりがあってみごとなものだと思わせられるが、ときどき茉莉花茶に砂糖を入れて飲んでいる人を見かけると何かいいたくなってだまってしまう。あれはやはり砂糖も何も入れないで、眼がしっとりとうるむような熱のなかで芳烈がいきいきと躍動するのをたのしむものではあるまいか。淹れたての熱い茶碗にかがむようにして顔を近づけ、じっとしていると、香りに音があるように思えてくる。ジャスミンの花に音があるように思えてくる。香りが眼にしみて、しみるままに、その箇処、その箇処から澄みわたっていくように思えてくる。夜の北京駅の空にこだましていた少女の澄んだ声、カイロ市を制覇していたうねるような朗誦、壮烈をきわめた砂漠の落日、バンコックの茶舗の薄暗い影のなかにうごいていたパンツ一枚の男たちの腹、天幕のなかで裸足でヒョウのように踊っていた女の精妙な腰、陳毅の眼に閃いた憎悪、太って満足したような毛沢東の低いだみ声、やせて精悍な周恩来の口もとにあった皺、そのまえをよこぎってきたこれまでのさまざまなものがよみがえって茶碗のふちのすぐそこまでやってきてひっそりと明滅する。

老舎《ろうしゃ》のことをジャスミンの香りがひきだしてくれるが、それはキクの記憶である。

北京であったか、上海であったか、某日、私たちの一行は彼の家に招かれて、キクの鉢をいくつも見せられた。彼はどちらかといえば背の高い、やせた、眼光の鋭い老人であったが、寡黙だったという気配しか私にのこっていない。丹念に育てたらしいキクの白や黄の花にじっと眼をそそいでいた横顔が遠い薄明のなかに明滅する。私の知人の中国人は彼が革命後にはじめて日本へ代表団としてきたときに通訳をしたのだが、〝革命後の知識人たちの生活はどんなふうでしょうか？〟という質問をしても何も答えてくれなかったそうである。知人は知識人だからその質問が痛切だったので何度もくりかえしてみたが、一度も老舎は答えようとしなかったそうである。ところがあるとき、何かのはずみに、重慶か成都か、そのあたりの、ちょっとした部屋ぐらいもある巨大な釜に百年も二百年も火を絶《た》やさないでつぎからつぎへと肉や骨や野菜を手あたり次第に投げこんで煮つづけている料理屋があるという話をはじめたとき、それまでだまりこくっていた老舎がふいに口をききはじめた。そしておよそ五時間にわたって徹底的に釜と中身とそのまわりに群がる客たちの風俗を、あの『駱駝祥子《らくだのシアンツ》』の描写力で、ただし口で、描きだしてみせたそうである。そしてその五時間が終ると、またださまりこんでしまい、北京へ帰っていったという。この挿話はスターリン時代にショーロホフが毎日毎日朝から晩までひたすらウォツカを飲みつづけ、べろべろに酔いつづけて粛清を切りぬけたという挿話を思いださせ、私にはちょっと忘れられない原情景となっている。文化大革命で老舎が紅衛兵の子供たちに撲殺されたとか、あるいは、それをいさぎよしとしないで二階の窓から体を投げたのだという知らせを聞いたとき――おそらくどちらかであることは決定的らしいのだが――この挿話と、キクの花と、眼を私は思いだし、何事か、胸につきあげてくるものをおぼえた。若いときの私なら、《歴史ハ浪費ヲ求メル》などといったかもしれないが、そのときはただ暗くて激し、あてどがなかった。白い、小さな、芳しい花のことを書きだして、また、話が血で終る。

寒い国の花

私は北海道が好きである。人が優しいし、原野がある。これまでに何度となく訪れた。作品の取材のために火山灰地地帯の開拓部落にもぐりこんだこともあるし、近頃では釣りのために毎年一度はきっといくようになっている。道産の淡水魚類でまだ釣っていないのは降海性イワナのアメマスだけとなった。これを釣ると私の魚鑑は完成する。

五月、六月の北海道の原野には野生のスズランが咲きみだれている。穢れきった東京から這いだしていった眼はそれを見て瞠りたくなる。道産子にいわせるとスズランもハマナスも近頃はめっきり少なくなったということで、それは開発のためや、観光客が手折《たお》ったり根こそぎ掘っていったりするためだと聞かされるのだが、またしてもと暗い気持にならされる。それでも原野の林のかげや、川のふちや、牧場の柵のあたりにスズランが咲いているのを見ると、生きる余地がまだ何とかのこされているような、吸いこまれるような気持になる。

スズランの咲くところでヤマメが釣れるのはわが国ではおそらく北海道だけである。それだけでもありがたい。釣りに飽いて川岸の草むらに腰をおろしてタバコをふかしているとウグイスの鳴声がし、スズランが咲いているのが眼にとまる。くちびるからタバコをとって口笛を吹いてウグイスの鳴声の真似をすると、ウグイスはホーホケキヨ、ホーホケキョと鳴きながらだんだん近づいてくる。羽音も聞こえず姿も見えないけれど、枝から枝へ、木から木へとび移りながら接近してくるのがよくわかる。彼女は、しかし、ある点までくると、それ以上近づこうとしないで、いつまでもそこで鳴いている。どこかそのあたりの枝のなかに姿をかくしてジッとこちらをうかがいながら鳴いている気配である。

彼女が一声鳴く。私が一吹き吹く。また一声鳴く。また一吹き吹く。陽はあたたかく爽やかで透明である。小さな川はたえまなく鼓動をうちつづける。口笛を吹いたり、タバコをふかしたりしながら私は足もとに咲いているスズランを眺め、花の数をかぞえたり、どこの国で見ただろうかと薄暗い記憶をまさぐったりしている。ドイツではバイエルンの高原でこの花のことを《五月の小さな鐘》と呼ぶのだと教えられた。イギリスでは《聖母の涙の花》と呼ぶのではなかったかしらとも聞かされた。ヨーロッパのスズランはこの高原で見たのもパリで見たのも、いずれも日本のよりは姿が大きく、葉が厚く、緑が濃く、花が大きかったようである。パリでは五月一日のことを《ル・プルミエ・メ》と呼ぶが、これはスズランの日である。花屋にはスズランがあふれるが、ほかの場所でもいっせいに売りにでる。地下鉄の階段をいそぐ用事もないのにいそがしい足どりでおりていこうとするとその口のところにもお婆さんがスズランの花束を手にして立っていたりする。

「……一本のスズランに鐘がいくつあるか、ごぞんじ？」

「いや。知らない」

「かぞえたことないの？」

「ない」

「たまには花の数ぐらいかぞえるものですよ。西洋のは十七コか十八コ。日本のは十三コか十四コついてるの。ドイツじゃ《五月の小さな鐘》ともいうし、《天国の階段》ともいうけれど、階段は十七あるの。日本のは十三だから死刑台の階段の数とおなじだけれど、どっちがさきかしら。スズランの花は下向きについてうなだれてるみたいだから、それを見てるうちに死刑台もおなじにしてやろうって思いついたのかしら。花もて語れといいますからネ」

高原の深い牧草のなかによこたわって女友達はひくく含みわらいをした。牧場の目印としてだろうか、なだらかな丘のそこにたった一本だけ栗《カスタニエン》の木がのこされていて、たくましい枝の影が二人の額に射していた。

北海道で聞かされたところではシラカバとスズランはやせた土に生えるので、農家としてはあまり自慢できないという。よくよくやせてどうにもならない土のことを〝シラカバも生えねぇ〟とにがにがしくつぶやいているのを何度か聞いたことがある。スズランもやせた荒地に生えるのだが、ときにこの花は農家にシラカバよりもいやがられることがある。ことに牛を飼っている農家にはいやがられる。いやがられる以上に憎まれたり、恐れられたりする。というのは、この花にはジキタリスという毒が含まれているからで、牛が過って食べると、下痢をしたり、妊娠がうまくいかなかったり、いろいろと厄介なことが起るのである。牧草だけしか生えていないところに牛を放すのはいいけれど、冷害の年に飼料が不足して雑草を刈ってくるとついスズランがまじって、ひどいことになるのだそうである。かわいい顔をしているがこの花は危険である。美には毒がある。あの法則である。

昔、浅草の性病院には

『手折《たお》るとも

心ゆるすな

花うばら』

とあったそうである。

ハマナスは私がよくいく道東地方なら海岸のどこにでも咲いている。根室は寒い国だがこの花は荒い海岸のいたるところに根を張りめぐらしている。落石《おちいし》海岸、標津《しべつ》海岸、ことに野付《のつけ》半島の大群生はすばらしいものである。このあたりでもハマナスが少なくなったという声を聞くことが毎年ふえていくようだが、それでも季節にいくとみごとな光景に出会うことができる。春から秋まで。

ハマナスはバラ科の花である。サケ科の魚に小さな油びれがついているようにこの科の花には鋭いトゲがある。ハマナスをつむときには注意しなければいけない。大きいのや小さいのや、鋭いトゲが、美しい、濃い花のかげにひそんでいる。この花はさしあたって素人としては北国のバラと考えておきたいところだが、荒涼とした海岸の暗い砂地に一重五瓣の赤紫が咲きみだれているところを見ると、最初の一瞥には、美しいというよりは、何か異様な劇的なものを感じさせられる。耐えに耐えた果てに激情が炸裂した場景に出会ったようなのである。すぐうしろに荒い波。暗い沖。さらされきった砂丘。ひくい空。くもった夏の日に赤いハマナスの群落を海岸で見ると、いつでも、一歩たちどまりたくなる。いちめんに血が流されている。それもたったいま流されたばかりである。まだ乾いてもいず、転化もしていず、腐ってもいない。濡れぬれとし、うごき、ゆれ、危険なほどいきいきと輝いている流血現場である。または数知れない大群衆がいっせいに歓呼の声をあげている大広場である。血が流れている。歓声がどよめいている。いつもこの二つのうちどちらか、または二つとも、ハマナスを見るたびに、おそってくる。

ハマナスは香りが高いので札幌の香水会社がしきりに買いあつめるそうであるが、この花を仕込んだものなら香油のほうがいいように思う。東南アジアならどこでも香油店へいくとこの花の香油を売っている。この花はアジアの亜熱帯、温帯、寒帯、どこにでも咲くし、たくさんとれるので、店では大きなガラス瓶にちょうど日本の縁日でイチゴ水を売るようなぐあいに真紅の液をみたしている。薄暗い店のなかで大きな赤や緑の瓶が深い夜をたたえて沈んでいる。売ってくれというとその香油を小さなヒシャクで汲みとり、いちいち天秤で目方を計ってから小瓶につめなおしてわたしてくれるのだが、愉《たの》しみは店主がガラス瓶の大きな蓋をとる瞬間である。その瞬間には広口瓶からいっせいに香りがワアーッと声をあげてとびだしてくる。薄暗い、ひっそりとした店内にとつぜん爽やかで豊満な香りがみなぎりわたり、打撃をうけて緊迫するのだが、瞬後には眼も鼻もひらいてうっとりとなる。この瞬間があまりに豪奢なので、蒲焼きの匂いだけ嗅いでそれをオカズに御飯を食べるという落語を思いだして、いちいち小瓶に香油を買わないであの広口瓶の蓋をとらせるにはどうしたらいいだろうかと真剣に考えたくなってくる。

北海道へいくたびにここは花の国だということを一つまた一つと教えられるのだが、網走自然公園の一部である、いわゆる〝原生花園〟を例にとってみる。ここだけで一六〇種以上の花があるという。赤いハマナス。淡く黄いろいエゾキスゲ。淡く橙色のエゾスカシユリ。黄いろいセンダイハギ。淡く赤いチシマフウロ。青と紫のハマエンドウ。白いエゾノコギリソウ。紫のヒオウギアヤメ……かぞえていくと、とめどない。北の花には帰宅してから思いだそうとすると清潔な透明が無数の色と形になっていたのだとしかいいようのないようなのが多いのだが、それもここほどおびただしく、贅沢に、およそ惜しむことを忘れて咲きに咲いてくれると、あとに微熱と眩暈がのこされる。このあたりの道産子のある人びとにいわせると、この原生花園は馬と牛がつくったのだそうである。もともと網走の海岸はオホーツクの波に洗われる荒地で、湖、水、湿地などしかなかったわけだが、そこに牛や馬を放牧しているうちに食用植物が食べつくされて、あとに食用にならないこれらの花たちがのこされた。そして蹄で耕やされ、糞で養われしているうちに気がついたらこういうお花畑になっていたのだ。

はたらいたのは人間じゃない。馬と牛だ。というのである。

いつか十勝の原野を走っているときに林のかげにたくさんの木箱をおき、顔にネットをかけてはたらいている人びとを見たので自動車をとめた。この人たちは蜜バチを放して蜜を集めているのだった。薄暗くくもり、空が低くさがり、いやなこまかい氷雨が降りみ降らずみの日だったように思いだすのだが、そんな日でもハチはせっせとはたらくらしかった。寄っていっていろいろと話を聞いたのだが、一仕事終ったところで家へつれていかれ、お茶をだされて、ずいぶんたくさんのことを教えられた。そして、いまとったばかりのアカシアの蜜と王台をおみやげにもらった。アカシアの蜜はいい香りがするが、香り、味、どれをとってもいちばんすばらしいのはスミレの蜜だそうである。この人たちはトラックにのって春、鹿児島から出発し、季節とともに花を追って日本列島をつぎつぎと北上していき、北海道でその年を終る。いわば花のジプシーとしての暮しを毎年繰りかえしているのであるが、現実はなかなか楽ではない。農民たちはハチに媒介してもらって植物を結実している事実を無視してハチ屋はタダで蜜を盗んでいるのだといってイヤがらせをするし、ハチ屋同士がお花畑にハチを殺す薬をこっそりまいておいて仲間争いをするのだ。そういう種類の話をたくさん聞かされ、またまた暗い気持にならされた。やっぱり花のかげにはトゲや毒がひそんでいるのである。

ハチ蜜の採取量が日本ではおそろしく少ないので、どうしてもブドウ糖や何かを入れて水増しして市販することになる。その種のものを業者は〝ハチミツ〟といわないで、〝ハチミズ〟と呼ぶのだそうである。これまでに私が味わったもののうちではブルガリア産のバラのハチ蜜とバラのジャムが記憶にのこっているのだが、いつかそのうち、ハチミズではないスミレの生無垢《きむく》の蜜を食べてみたいものだと思う。北海道にはスズランとハマナスの香水があるが、ハマナスの実はジャムになるそうだからこれもつぎにアメマスを釣りにきたときに食べてみること、そしてほんとに生無垢だと信用のおけるハマナスのハチ蜜があればそれも食べてみることである。その養蜂家のいうところでは北海道は広大で花の種類が多いから、いろいろの蜜がとれるそうである。素人の、ただの通過者の眼で見てもあれだけの花が咲いているのだから、と思いたい。サケ科の魚の探求をしながらこれからは花の探求にも手をつけてみたいと思うのである。スズランの花の数を教えてくれた女友達はもう死んでしまった。けれど、花は咲く。年々歳々、咲く。まずかぞえることからはじめてみようか。十三とかぞえ、十四とかぞえることからはじめてみようか。

北海道の花の話を書いているとどうしても羅臼の村田吾一老と樹氷のことを一行ずつでもいいから書いておきたくなる。村田老は小学校の校長先生をしたり羅臼村長をしたりした経歴の持主で頑強な体軀、底なしの大酒飲みである。けれど骨の厚い、荒皺で蔽われたそのしぶい肉のなかに不屈と優しさをひそめている。知床半島の高山植物を一本ずつ研究して分布図をつくり、道ばたにあるのを育てたり、種子をとったりして自宅の庭をギッシリと花で埋め、『草楽園』と名づけた。政府から一文も援助金をもらわず、誰にたのまれたわけでもなく、たった一人で黙々とやっているのである。北海道ではよくこういう佶倔《きっくつ》な、優しい独立人に出会うものだが、老が花のことを話しながら眼を小さくしたり、微笑したりすると、まるで孫のことを話している人のようである。

老が調べただけで知床には三〇〇種の高山植物があるそうだが、まだどれだけあるか、見当がつかない。『草楽園』だけで百数十種集めたという。上下二冊のアルバムにカラー写真を入れて『知床はなごよみ』と金泥で題したものを見せてもらうとその一部がうかがえる。フクジュソウ。フキノトウ。ミズバショウ。ザゼンソウ。エゾエンゴグサ。イヌナズナ。リウキンカ。レブンコザクラ。エゾコザクラ。シロバナユキワリザクラ。エンレイソウ。シロバナエンレイソウ。エゾヤマザクラ。チシマザクラ。ミネズオウ。シムカゼ。エゾツガザクラ。アオノツガザクラ。ヒメシャクナゲ。シロバナヒメシャクナゲ。キバナシャクナゲ。チングルマ。サンカヨウ。イチョウカモメ。ミヤマオダマキ。シロバナオダマキ。クジャクシダ。ヤマハナソウ。クロユリ。ミヤマアズマギク。スズラン。チシマキンバイ。サカエツツジ。ツバナオモト。シレトコレンゲツツジ。エゾニシキ。コマグサ。シロバナノコマグサ。シレトコスミレ。ヒトリシズカ。ヒカリゴケ。イワウメ。キンロバイ。ギンロバイ。イワギキョウ。シロバナイワギキョウ。チシマギキョウ。メアカンキンバイ。マルバシモツケ。エゾイソツツジ。ツマトリ。シコタンソウ。イブキジャコウソウ。チシマフウロウ。シラタマノキ。ダイモンジソウ。イワヒゲ。ゴゼンタチバナ。チシマアサツキ。ヤマビル。ワレモコウ。シナノキンバイ。アツモリソウ。ウサギギク。ウコンウツギ。タルマイソウ。エゾスカシユリ、アナマスミレ。オニノヤガラ。

　オオバユリ。オオヨブスマソウ。ホザキナナカマド。サワギキョウ。シロヨモギ。アサギリソウ。アラシグサ。ウンラン。コメツツジ。シロバナシャジン。ムラサキモメンズル。タイツリオオギ。キツリフネ。コジャク。シシウド。オニシモツケ。オオカメノキ。ハマナス。ハンゴンソウ。フイリバイケイソウ。ハマハコベ。ハマエンドウ。マルバヒルガオ。クモマグサ。ヤマブキショウマ。チシマヒナゲシ。ラウスダケリンドウ。シャジュクソウ。イワガラミ。ヤナギラン。イワベンケイ。ゴゼンミセバヤ。アカバナキリンソウ。キバナキリンソウ。アランゲハンゴンソウ。フランスギク。ハマギク。コハマギク。カワミドリ。シロバナエゾハギ。イワオトギリソウ。シコタンハコベ。イブキトラノオ。エゾミソハギ。クルマユリ。エゾニウ。シロバナミズギボウシ。ミズギボウシ。ミヤママタタビ。ノコギリソウ。シレトコトリカブト。チングルマの実。エゾノアヤメ。ヒオウギアヤメ。シカギク。ミズヒキソウ。オオカメノキの実。ミヤマナナカマド。ベニバナヒョウタンボクの実。コケモモ。ツルウメモドキの実。ナナカマド。モミジ。エリマキの実。エゾスグリ。エゾゴゼンタチバナ。

そして、年に二、三回あるだろうかといわれるのだが、壮烈な吹雪の翌日に山の木を見ると、枯枝にいっせいに氷華が咲き、朝陽がそれに射して、思わずことばをのんでしまう。

南の海の種子

B・アンポール殿下にはじめて出会ったのはバンコックのラマ・ホテルのロビーだった。日本の水産庁から技術指導に派遣されている井上さんがひきあわせてくださった。釣りをしたいが穴場がわからないので誰かタイの人を紹介してくださいということからはじまったのである。ロビーで話しあってみて殿下は快活、寛容、はなはだおおらかであり、機智や冗談の好きな、まことにこのましい人物であると知覚したが、釣りのほうはさっぱりで、やったこともなければ関心を持ったこともないのだとわかった。けれど、友人に好きなのがいるからいろいろ聞いてみましょう、それから、アンダマン海に私は島を一つ持っていてシロチョウ貝で真珠を養殖していますが、そこには桟橋のしたが真ッ黒になるくらい魚がいますから、そこへ御招待いたしましょうとのおことばをいただいた。殿下は長身で堂々とした体軀、日本語と英語が流暢で、柔道をよくし、戦時中、若いころ、台湾と日本に留学したという経歴の持主である。チェンマイ王朝の外戚のおひとりである。

（タイにはアユチャ、チェンマイ、バンコックと、三つの王朝があった。現在の王朝はバンコックである。しかし、三つの王朝のそれぞれたくさんの王族がたがいにからみあって分裂・増殖したので、〝殿下〟と呼ばれる人がずいぶんたくさんいる。そこで某日、私が冗談に、タイで石を投げたらプリンスにあたりますかとたずねたらアンポール殿下はしばらく考えてからニヤリと笑い、タイで石を投げたら少佐からうえの将官にあたります、という答であった）

どうしたものか、私と秋元啓一は殿下にひどくかわいがられることとなった。秋元啓一はカメラマンなので長年月にわたってヒトと事物にズカズカ踏みこんでいってしかもきらわれないというテクニックをきたえ、親和と忍耐の力を蓄積することが深い。同時にそれは広くもあって、あらゆる対象に吸引され、かつ吸引するという習慣を練磨した結果、ときには得体のしれないものまでそれと知らずに吸引してしまうのである。アテネの通りを二人で散歩していたらポン引がコソコソささやきながらいいよってくるが、毎夜のように彼だけが狙われた。タイの田舎にナコンサワンという集散地の町があるが、その河岸を歩いていると、片目でビッコというひどいなりの婆さんがしつこくつきまとって〝ナンバー・ワン・ガール！　テン・ダラー！　チープ……！〟と連呼しつづけた。アテネは夕方か夜だが、これは白昼であった。いつもきまって彼だけが狙われ、私にはけっして発生しないことである。しかも彼はガンをトバスこともせず、ひとことも口をきかず、ただニヤニヤしているだけなのである。

「……どうやらおまえさんには、動物電気というものがあるらしい。それがいつもプラスにスイッチ・インされてるらしい。それでなければスカンクかアユみたいに何か特別の分泌腺があるらしいナ。リンパ・ポンビキエという名でもついてるんじゃないか」

私がそういうと

「ナニ。おれはオトコなのさ。サムシングがあるのさ。そういうことですよ。何となく、というものですよ。これがいつもキメ手だがね。ことばはいらねぇ」

彼はそう答えながら、しかし、書いてはいけないヨ、いいな、ぜったい書いてはいけないヨ、と何度もダメをおす。けれどその横顔にはまんざらでもないような、オトコらしい、書いてもらいたがっているなと誤解したくなるようないろが見えた。『週刊朝日』との当時の私の契約はもうとっくに解消されたので、ここに書いておくこととする。広い世のなかにはこういう〝オトコ〟もいるということである。

殿下は自家用車と運転手をホテルにさしむけ、私たちのリュックサックや釣竿など、荷物をひとつのこらずお邸へはこびこませる。そしてお邸の庭にあるパヴィリオンを私たち二人に開放し、好きなだけ泊っていきなさいとのおことば。見ればチーク材を壁に張った、小さいが洒落たパヴィリオンで、キッチン、トイレ、テレビ、冷房、ことごとく完備されてある。村松梢風氏と、きだみのる氏も泊めたことがあるとのこと。何週でも、何カ月でも泊っていきなさい。開高さんは何ならここにこもって小説でもお書きなさい。お二人には毎日、ツバメの巣を食べさせてあげます。蔣介石があんなに頑強に永生きできるのは毎日これを食べているからだということですよ、とのおことば。いただいたタイの絹のズボンはベルト、紐、ゴム、何もついていず、ただ両側からひきよせてつくったたるみをからませて内側へさしこんでおくだけというユッタリしたものであるが、翌朝それをはいて階下の食堂におりていくと、さっそくテーブルにむかってツバメの巣をどんぶり鉢で。

窓から庭を眺めると、色さまざまなブーゲンヴィリア、ハマナス、ハイビスカスなどが咲きみだれて、爽やかな微風にゆれている。ウミツバメの巣を精製したものを氷砂糖といっしょにどんぶり鉢で蒸してとろかしたのをもう一度冷《ひ》やした、そういう爽快、精妙なゼラチン状の極上品をゆっくりとすすりながら、

（ハイビスカス……）

おだやかに考える。

（あれは中国語では「佛桑華」と書くのではなかったか。そして、フー・シャン・ホアと読むのではなかったか……）

ツバメの巣のあとでお粥がでる。小川の小魚の干したのや醤油で煮しめたの、日本の佃煮《つくだに》にそっくりのものをそえてお粥をすする。殿下がタイ語の新聞を読みながら、ああいうことがある、こういうことがあると、お聞かせになる。毎朝そうなのである。私はタイ語で叫んでいる九官鳥の声を聞くともなしに聞きながら、ひらいた窓にむかい、ハイビスカスの花の数をかぞえる。くたびれてくると、ブーゲンヴィリアの花の数をかぞえる。

秋元啓一は私とおなじ昭和五年の生まれで、この年に生まれたのは男も女もぶどう酒なら瓶の肩にテープが巻かれるくらいの出来栄えなのであるが、何しろあどけないはずの育ちざかりを焼夷弾・機銃掃射・飢え・焼跡・闇市・マメカスでしごかれたものだから、極限状態には強いが、優しさには手も足もでなくなるという衝動がある。おおらかに、そして徹底的に殿下に優しくしていただいたものだから、さすがの〝オトコ〟も分泌腺がどうかなってしまった。夜になってベッドに入りながら、しきりに、不安そうに、

「いいのかなァ、いいのかなァ」

という。

「いわれもないのに。こんなにされちゃって。おれたち、これでいいのかなァ。何だかおちつけなくて。どうしたものかね。スウェーデンでも、ドイツでも優しくされちゃって困ったけど、こりゃどういうわけだろう」

眼をパチパチさせる。スウェーデンではグスタフ殿下やフィンランドのケッコーネン大統領閣下のお成りになる釣竿大王の山荘を全面開放で滞在させてもらったし、ドイツではパンティ大王のギュンター・スピースホファー氏に湖とボートと下男とコッテージを全面開放で提供されるというメに私たちは会っている。そのたびごとにオトコはベッドのなかで不安になって、いいのかなァ、いいのかなァとつぶやきつづけてきたのである。それもことごとく、ただ釣竿を持っていたためにそうされたのであって、いわばいきずりにヒョイとうけた歓待であった。オトコが不安がるのも無理からぬところである。二度あることは三度ある。スウェーデンの山荘以来私たちはふざけておたがいを〝殿下〟、〝閣下〟と呼びあってきたが、とうとう三度めに本物の殿下に出会ってしまったらしい。

「……どうするったって、どうしようもない。こういうときはだナ、万事おっとりかまえて、先様のいうなりになるのだね。まかせちゃう。べったりと甘えさせていただく。それが最大のお礼というものですヨ。ジタバタしちゃいけない。ア、ソウといってればいいの。あがいたってどうしようもあるまい？」

「あ、そう」

「もっとおっとりとやる」

「図太いやつだナ」

そうなのだ。ベッドからたっていって、窓から庭を見おろしてみると、暗い、湿ってうるんだ、ギシギシと怪物的な生のあふれ、ひしめいている南の夜のなかに、花が見えるじゃないか。咲くままに咲き、散るままに散り、また咲くじゃないか。おれたちだってたまには花になってもいいじゃないか。もう咲いてもいいころじゃないか。

この国で花に眺められた記憶をたどっていくと、やっぱりライ島の渚になる。これはアンダマン海にある島だが、殿下はその静かな岸近くに筏をうかべて真珠を養殖していらっしゃる。陸を一つの川が流れて、マングローブの原生林をつらぬき、海へそそぐ。島と陸のあいだが水道になっている。淡水が海へおしだされてきて、水道には潮目ができ、長い筋がゆれているが、ここに大量のプランクトンが発生する。それがシロチョウ貝の養分になる。ここではなりすぎるくらいである。貝が育ちすぎて、真珠にはかえってわるいくらいである。

島は背がインド洋の一部であるアンダマン海で、腹が水道なのだが、背の海は世界でも指折りの荒海である。けれど、水道はおだやかでひっそりしている。渚のすぐ近くにバンガロウがあって、それを私たち二人に開放していただいたが、夕方、テラスにでてデッキ・チェアにもたれて眺めていると、音という音が、いっさい、微粒、閃き、波、消えてしまい、ただ静寂と浄白があるだけとなる。一日に一度、かならずスコールがやってきて、暑熱と音を海や、木や、渚や、空、すべての隅と全体から消してしまうのである。その太初の静寂のなかを、何頭ものイルカが、浮きつ、潜りつ、跳ねつしながら、あらわれては去っていくのが見える。そして、おそらくジャイアント・パーチ（南海の、スズキの一種）だろうと思うのだが、ふいに筏のあたりで、心臓のとまりそうな音をたてて跳躍する。一メートル近い体がドサッと落下して飛沫を散らす。

　この白い渚に根を張りめぐらせてはびこるままにはびこっていたのが、いま思うと、ハマナスではなかったか。島には殿下の部下と三重の真珠村から挿核のためにきた青年たちの何人かがバラックを建てて住んでいるのだけれど、面積の九五パーセントが未踏の熱帯性降雨林で、イノシシ、ニシキヘビ、サル、それから数知れぬ種類の鳥の王国なのである。ヒトの足の踏む面積と筋はごくわずかであるから、ハマナスも、ハイビスカスも、ブーゲンヴィリアも、咲くままに咲き、はびこるままにはびこっている。ハマナスは香りのたかい花だが、北海道の海岸で顔をよせていったときのほうが香りがよく聞けたような気がする。南の花はおそらく暑熱と湿気のせいではないかと思いたいけれど、どういうものか香りが高くたたないし、よく聞けないように思う。赤。黄。白。淡青。淡紅。エロティクな連想をさそわれる、奥からヌッとつきだしている、長い花芯。香りの記憶はとっくに滅びてしまったが、色と形の、気まぐれなままの自然のいたずらぶりを、ありありと思いだす。清浄と、豊饒と、広大と、静寂の、島のいつどこにいても体のまわりにつきまとってはなれなかった記憶といっしょに。

これらの美しい花のかげに伝説そのままに毒蛇がひそんでいる。グリーン・スネークとか、キング・コブラである。グリーン・スネークはバンコックの蛇園で見たところでは眼もあざやかな浅緑色をしていて、細《ほ》っそりとした体つきで、小さく、また、かわいい。けれど、たいへんな凄腕の持主で、牙をたてられたらその場で最期だと思えといわれる。コブラは何種類かあって、キングだけではないのだそうだが、なかには怒ってたちあがって、あの眼鏡模様のついたキンチャクをいっぱいにふくらませつつ、フーッ、フーッと、まるでネコみたいな息の音をたてるのもいる。こういう机竜之助たちが澄んだ、小さな眼を光らせつつ裏山のジャングルからひっそりと這いだしてくる。草むらをつたい、花をかすかにゆらめかせながら、音もなく浸透してくる。夜である。花のあるところでは気をつけることと、教えられる。

渚に下男がたててくれた空罐、空瓶、石ころ、木ぎれなどを、テラスのテーブルに一挺ずつ弾薬箱をつけて並べたベレッタ、ウィンチェスター、炭酸ガス銃などで、かわるがわる、ひまつぶしに射ちながら殿下が私におっしゃる。私は望遠つきのウィンチェスターでコカコーラの瓶を狙いながら聞く。

「夜になるとヘビをふせぐためにアヒルをはなしておきます。ヘビとアヒルはおたがいこわがっています。ヘビはアヒルがこわいし、アヒルはヘビがこわいのでさわぎます。ヘビはアヒルのウンコがこわいのです。火傷《やけど》するのです」

「ウンコで火傷⁉」

「そう。火傷」

「ヘビが⁉」

「ええ」

「ただれるというんじゃないのですか？」

「私たちは火傷するといってます」

何度聞きかえしても〝火傷〟とおっしゃる。信じこんでいらっしゃるらしい気配である。そこで私は質問をやめる。白い渚の、赤い花のかげの、緑の瓶を射つ。

南の海の花としてシロチョウ貝の内壁、海の種子《たね》として真珠のことをちょっと。日本の真珠母貝を見慣れた眼にはシロチョウ貝は巨大といってよい印象をあたえる貝である。真円、半円、3/4と三種の真珠を殿下は養殖していらっしゃるのであるが、いびつだったが直径16ミリの真円が一年半後にでたことがあるという。それを20ミリまで持っていきたいのが今後の目標なのだそうである。日本で〝南洋玉〟と呼んでいる真珠である。とろりとした緑の海から金網の籠をひきあげ、水垢のべろべろと生えた、憂鬱そうな茶褐色の石灰殻を、ナイフでこじあけると、白くてどろりとした厚肉のかげから、瞬間、淡紅、淡青、白銀の、光の飛沫が散乱した。光の滴が濡れぬれとした海の花からこぼれ、桟橋の板のうえで燦《きら》めき、閃いた。ゆたかに背を丸めた半円の、海の種子が、なまめかしく輝いた。

殿下が貝を一枚ずつとりあげ

「おみやげにさしあげます」

とおっしゃる。

「……！」

「…………！」

二人はまたしても不安な眼を見かわす。

ああ！……

子供のときから〝古典〟というものに手こずらされている。〝古典〟にもいろいろあって、いまの時代では五年か十年でたちまち〝現代の古典〟と銘をうって再発売、再々発売される本がちょいちょい見かけられる。しかし、私が手こずらされるのはそういう不思議な本ではなくて、古典中の古典、きわめつきの古典、それを読んでいるとひとことといえば話相手がフトだまってしまうような、そういう種類の古典である。『旧約聖書』とか。『史記』とか。『イリアス』とか。ホラ。ちょっとだまりたくなったでしょう？……

なぜ手こずらされるかというと、簡単なことで、最後まで読みとおしたことがない。読みとおせたことがないのである。これはたいへんな本なのだ、恐しい本なのだ、ぜひ読んでおかなければならないのだといい聞かせ、いい聞かせして読みにかかるのであり、今度こそはと決心してとりかかるのであるけれど、きっと途中で腰くだけになってしまう。それも、毎回、ほぼおなじ場所で蒸発してしまうようである。前回蒸発したあたりのちょっと手前か、ちょっと越えたあたりで蒸発してしまう。それを知るたびに吐息をつき、分厚い背表紙を眺めて、どうやらオレの精神の射程は原作者の爪の垢を出ないようだナと思う。前回にもそう考えたことを思いだすのでなつかしいようでもあり、腹だたしいようでもある。で、灯を消して、寝返りをうち、ちょっとモゾモゾしてから、うっとりと眼を閉じる。これからさきの文章は、だから、安心して読んでください。

　ギリシャ神話によれば、――これまた何度やってみても腰くだけで、登場人物の名と肉親関係をおぼえるだけで、それを考えただけで顎が出てしまったけれど――たくさんの男神、女神、美少年、美少女たちが花や、木や、鳥に化している。ある美少年《ナルキッソス》は水に映る自身の美貌に恋して溺れ死んでスイセンとなったし、べつの美少年《アドニス》は女神《アフロディテ》に恋をされ、その女神は大願成就のまえに沐浴をしていたところ男神《アポロン》の息子に裸体を見られたのでカッとなってその子をめくらにしてしまった。男神は怒ってイノシシに化け、女神を殺せばいいのに件《くだん》の美少年を突き殺す。その美少年の血から咲いたのがアネモネであり、その死を悼んで泣いた女神の涙からバラが咲いた。また、大洋神《オーケアノス》の娘は太陽神《アポロン》に愛されたが、やがて心変りされるところとなり、それを密告したところ、いやしいといってしりぞけられ、悲しみのあまり死んだが、そのあとにヘリオトロープが咲いた。この神《アポロン》は血のゆらめくままに美少女にも美少年にもかまうことなく手をさしのべるという癖がある。あるとき円盤投げをしていたときに過って円盤が少年にあたる。少年は鮮血を流して死ぬ。それは過ちではなくてじつはおなじ少年をねらっていた西風の神が意趣返しに風を吹いてわざと円盤をそちらへ流したのだという。

　少年の血からヒヤシンスが咲き

《ああ！》

花瓣にはそう記されてあった。

月桂樹。松。柘榴《ざくろ》。ポプラ。キツツキ。カラス。フクロウ。ニワトリ。チドリ。カワセミ。ウグイス。シラサギ。ハト。ハクチョウ。すべて、これ、神々のたわむれの指さきの瞬間に発生したとある。オリムポスの神々は純潔にして稚《いとけな》く、絶大にして気まぐれ。いろごのみにかけては夜討ち朝駈け、百花斉放、百家争鳴そのものであったから、当時、たまたま美少年や美少女に生まれついたら、どうなることやら知れたものではなかった。二〇世紀にはキツネになった奥さんや、カブト虫になったセールスマンやらがいるが、ヒトはすでに太古からその本質が不定形なのであった。ヒトのころは定形か不定形か、存在がさきか意識がさきか、追われれば問うすきもなかった。苦悩も何もあったものではなかった。同性だからとか、異性だからとか、あれは神さまだからとか、オジイチャンだからとか、善悪美醜、おのずから秩序が観察されつつ、同時にそんなものは何のけじめにもならないのである。現代日本の〝性道徳の混乱〟とか、〝無秩序〟とか、そんなことはとっくの昔からのことなのであり、よくよく静かな場所におちついてから考えをめぐらしてみれば、〝混乱〟でも、〝過渡期〟でも、〝崩壊時代〟でもないことが、おのずからわかってくるのである。変れば変るだけ、いよいよおなじなのである。

ヒヤシンスの花瓣には少年の声として
《ああ！》
としかなかったというではないか。
神話のギリシャはそのように百花斉放であった。古譚としてのトロイ戦争は神とヒトの縦横に入りみだれる百家争鳴であった。私のように発作的で持続力のない、無数のこまぎれの知識の持主ですら、それら神話や古譚から感じとることのできるのは明澄のなかの激情、素朴、繊妙、壮大、微細、奔放、真情などの渦動である。物語は予測できるのとおなじ程度に予測できず、いっさいが必然の明晰のうちにはこばれつつそれとおなじ程度に無秩序きわまる偶然のはたらきに左右される。明察のなかに即興があり、真摯とおなじほどにたわむれがあり、矛盾や逸脱をあまさず微笑と冷知をもって眺めているので、惑乱的な豊饒に接する陶酔が登場している。ゼウスにしてもアポロンにしても、それぞれが神でありながら絶対や純粋という、虚無を内蔵した自己拒否の彼岸願望からとらえられていないから、どんな非情、むちゃくちゃの言動にでてもそこで絶望しないで、つぎの頁にすすむことができる。
（くたびれるのはそのとめどなさのせいである。疲労は人間の氾濫からにじみだしてくる。もしこれらの神話のなかの神々が、絶対願望でとらえられて秩序づけられ、造形されていたなら、物語は十分の一、百分の一の短さですんでいたことであろうと思われる。ヒトも神もことごとく矛盾の束なのだというレアリスムの広さと鋭い認識があるために、永い史眼のうちでは一つの挿話にしかすぎないはずのトロイ戦争があもとめどなくなるのである）

私はギリシャへ二度いった。二度とも夏であった。パリとロンドンで刊行されたギリシャ遺跡の分厚い解説書を二度ともアテネのホテルの売店で買って、明日はデルフイへいこうとか、明後日はミケーネへいこうなどと思いたつたびに細字の解説でギッシリとみたされた精細な図を読もうと努めたのだが、たいてい努力はウーゾの二杯か三杯で足をすくわれた。これはギリシャの特産のアニセットで、きつい茴香《ういきょう》の匂いのする、冷《つ》めたくて涼しくて強力な酒である。大きなコップに指二本分ぐらいそそいでから角氷をほりこみ、冷水でふちいっぱいになるまで割る。パリで飲むペルノー、パスティス、リキュール、トルコのイスタンブールで飲むアラック、ブルガリアのソフイアで飲むマスティカ、みな同族の酒である。昔、ヴェルレーヌなどが連夜あおっていた〝緑の悪魔〟アプサンにはニガヨモギのエッセンスのアプシンチウムが入っていたので飲みつけるときっとレロレロになるのが末路だったが、いまはアプシンチウムを各国ともぬいているので、ただ香りと口ざわりだけが魔酒である。その一つのペルノーは、レッテルにペルノー・フィスとある。Pernod Fils である。これを（Je）perds《ペール》 nos《ノ》 fils《フィス》（息子ヲ失ウ）と読んで、アレがだめになるのだぞと酒場でささやくのがいるけれど、ほんとだろうか。

予備知識がだめになるのは何も蒸し暑い近東の夜に飲む涼しいウーゾのせいだけではないような気がする。花なら花の知識だけでもいい。ナルキッソスがスイセンになり、アフロディテの涙がバラになり、アドニスの血がアネモネになり、円盤に殺された美少年の叫びがヒヤシンスになったのだぞ、いいか、そうなんだからな、といい聞かせ、いい聞かせして田舎へでかけていくのだが、街道筋のどこにも花らしい花は一つとして見あたらないのである。わびしく貧しい農家の垣根、前庭、納屋のよことい ったあたりに、それらの花のうちのどれかが咲いていたのではないかという記憶がおぼろながらもないではないような気がする。しかし、こちらは二日酔いのいい気な観光客で、アタマにはどうしても神話時代の百花斉放、百家争鳴のイメージがあるものだから、それとくらべての現代ギリシャのあまりに貧寒な光景、そして呆れるほどの醜《ぶ》男醜女しか見られないことにおどろいてしまって、眼が花までとどかないのである。山も、ヒトの容貌も、建築も、ギリシャは過去と現代があまりにもひどく相違しすぎるので、不幸である。そして過去と現代があまりに相違しすぎるにもかかわらず、おなじ場所に一歩とへだたらないで併存しているというのも不幸である。

古代と変らないのはおそらく空と海だけである。青い、澄明な、広い空に、自意識や、個性主義や、煙霧にゆがめられることのない白い神殿がそびえている。田舎から夜になってもどってくると、サーチライトを浴びたパルテノンの神殿がまるで進水式の船のようにアテネ市の上空にうかびあがっているのが望まれる。その壮麗と独立ぶりには、暗いバスのシートのなかに汗と土埃りにまみれるままであっても、思わず声をあげたくなるのである。しかし、私には、今日一日、どこまで走っても、いけどもいけども、ただこの国は山だけであり、その山は峰から麓まで、ことごとく、まるでカミソリで削《そ》いだように木らしい木が一本もなかったという記憶がある。これほど徹底的な禿げの連続、ただそれあるのみというのは異様であり、稀有である。しいて他に例を私の記憶のなかで求めるとすると、アイスランドであろうか。しかし、この島にヒトが住みつくようになってからの歴史は北欧神話の『カレワラ』があってもやっぱりギリシャとはお話にならないのではないかと思いたいところである。アイスランドの禿げぶりはことごとく自然の造成そのままなのであり、ギリシャの禿げぶりはおそらくことごとく過去の人為によるものである。戦争と、奴隷制度と、大建築物造築のためである。そのうち、わけても、戦争のせいである。古代の〝戦後〟が現代の現実にそのままつづいているのがギリシャの不幸ではなかろうか。

ホメロスに語られる神話としてのトロイ戦争は、十年間におよぶ間断ない戦争である。ヘレネという美女をめぐって総帥アガメムノンにひきいられる全ギリシャ同盟軍と一城市が、オリムポスの神々にそそのかされたり、はげまされたり、助けられたり、棄てられたりしつつ、十年間にわたって繰りひろげる戦争である。ヒトとヒトがたたかい、英雄と英雄がたたかい、名もない雑兵が名もない雑兵とたたかい、不和の神、愛の神、嫉妬の神、戦いの神、風の神それぞれがそれぞれのひいきの英雄を助けたり、棄てたり、また助けたりし、そのうちに神々もまきこまれてヒトといっしょ、または独立した戦場で、神々またはヒトとたたかいあう。その十年間に正規戦、指導者同士の個人決闘、謀略、他国の援軍、和解、一時休戦、また再開、また和解、また決戦、オトコ、オンナ、ヒト、ゴッド、いっさいがっさい、組んづほぐれつの、とめどない流血の闘争である。それでいて、アキレウス、ヘクトル、アマゾン、パリス、アテネたち、無数の英雄と神の、そのときどきの容貌や、気質や、武具や、言動などは、うんざりするほど精細に語られているのに、かんじんかなめの事件の真因であるヘレネについては、私たちは、絶世の美女で、凡庸な良妻であるということのほかには、ほとんど何も知らされることがないのである。トロイの王子で臆病者の美男子であるパリスがスパルタの王の留守をねらってその妻をさらってきたことから戦争が勃発し、戦中、しばしばヘレネの名が叫ばれることは叫ばれるけれど、私たちがもっぱら知らされるのはアガメムノンの決意、アキレウスの剛勇、ヘクトルの奮戦ぶり……である。トロイ戦譚を読んでいて教えられることは、だから、つぎのようである。

戦争というものは、進行過程にくらべて発端や動機はさほど重要ではないのだということ。まぎれてしまって見えなくなってしまうものだし、誰もさほど気にしなくなるものなのだということ。ヘレネの美女ぶりはほとんど語られないが、戦役全史をみたす惨苦痛恨の総和がそれを語らずして語っているのだと考えれば、この世にはひょっとしてそういう、語りようのない超絶的美女が発生することもあるということ。気質やオツムやマゴコロについてはとくにどうッてことがなくてもそういう超絶的美を保持する女がたまにはいるということ。無数の英雄と、将と、雑兵が双方ともに肝脳地にまみれて青血のぬかるみに埋もれたあと一人の美女が生きのこってもとの夫のところへもどっていくだけであるということ。これは現代でも戦争そのものと戦後にくるものとについての本質が何ひとつとして変ることのない宿命的生理であるらしいこと。ヘレネの扱いかたのひどい軽さを見ればこれを現代語のどんなイデオロギー用語や宗教用語のスローガンに入れ替えてもピタリとハマるものではあるまいかということ。オトコ、そしておそらくはオンナも、ともに夢中になれるのは遊びと危機だけではあるまいかということ。『イリアス』、この古典中の古典のきわめつきの豊饒な傑作は、ちょっとした読みかたの相違で現代の平和論には何もプラスするものがなく、むしろそれをうかうか唱えるものを頭から否定することになるかもしれない毒の持主なのではあるまいかということ。

……強烈な陽の輝く街道を走っていくと、ミケーネの遺跡につく。花も、木も、何もない。ただゴロタ石に蔽われた褐色の丘である。点々と華やかな色が丘のそこかしこに散っているのは諸国からの観光客である。古代の壁、礎石、城門が、条痕として、影として、消えることのないこだまとして丘を縫っている。褐色の凄《さび》しき寡婦《やもめ》は土のなかからあらわれたが顔を失ったままそこにうずくまっている。けれど断固として季節と歳月に抗して大いなる稚い時代のあったことを証しつづけている。その沈黙が私たちを丘のむこうへ、空のほうへ、海のほうへかるがるとつまみあげていく。この遺跡の入口近くではじめて私は花らしい花を目撃する。キョウチクトウである。緑の茂みのなかに血を散らしたように桃に似た、けれど真紅の花が、いま誰かが切られたばかりらしく全開している。

叫んでいる。

《ああ！》

《ああ！……》

ソバの花

山に棲《す》む魚を標高順に順位づけていくと、イワナ、ヤマメ、ハヤ……ということになる。イワナは渓谷の源点、またはそれに近いところに棲み、ややさがってヤマメ、それからややさがってハヤとなる。けれど、場所によってはイワナとヤマメが混棲しているところもあり、ときにはイワナとヤマメとハヤの三者が混棲しているところもある。しかし、本州の山釣師が〝イワナを釣りにいく〟ということになると、たいていの場合、渓流の最深部、最高部までもぐりこむことを意味する。足ごしらえをしっかりし、食糧を持ち、しばしばロック・クライミングまがいのこともする覚悟と準備をしていかなければならない。例外は北海道で、私のよくいく道東地方や知床半島一帯では、平野でヤマメが釣れたり、海の見えるところでイワナ（オショロコマ）が釣れたりするので、たいそう異質の魅惑にふけることができる。

イワナの釣れる場所にはしばしば〝平家の落人部落〟と呼ばれるものがある。そのあたりにはたいてい鬱蒼とした、斧知らずの原生林があり、風倒木が苔むすままにころがり、枯葉が厚くてふくよかな床となっていて、倒木の暗い洞《うろ》のなかにはのぞきこむとヒキガエルが不動の姿勢でうずくまって金《きん》いろの眼を光らせていたりする。〝落人部落〟なるものは、急峻な断崖のうえの二、三軒、四、五軒の藁葺屋根の群落であり、小さな山畑を裏に持っていたりするが、いつ見ても人影がなく、ひっそりとしていて、土間には鍬といっしょに冷《ひ》えびえとした闇がよどんでいる。近頃ではおきまりの過疎現象で、人がひとりも棲んでいない、戸をあけはなしたままのゴースト・ヴィレッジを見かけることも稀れではない。石垣が亡びるままになっているそういう寂滅の道をたそがれのころに歩くと、太古の時界にさまよいこんだようで、マッチや罐詰を何個持ってきたかと、何度もそらでかぞえかぞえしていきたくなってくる。

　季節がうまくミートしてくれると、そういう道をたどっていて、ときどき道ばたの小さな山畑にソバの花が咲いているのを目撃することがある。私は何度も目撃しているのだが、いつも、ああ、ソバが咲いていると見るだけで、たちどまってゆっくりと観察したことがない。おそらくイワナをめざすはやりがこころをしめていて、一刻も早く朝まずめの短命な、澄明でひきしまった時刻のうちに穴場へたどりつきたいものと、あせっているからであろう。けれど、やや汗ばんでうわずった私の速い眼にのこっているのは、白い花、緑の葉、赤い茎である。花が白くて、小さくて、簡素そのものであるらしいということのほかは、それがどんな形をしているのか、じッと手にとって眺めたことがないので、どう思いだしようもない。茎の赤はアカザとおなじくらいか、それよりやや濃いか、それとも、やや淡いか。思いだそうとすると、やっぱり迷ってしまう。

　花の白。茎の赤。葉の緑。これにときたま東京の老舗のソバ屋でだされる〝ソバ味噌《み》〟にまぜられているところを思いだしてつけたすと、あれは煎ったものだけれど、実は黒いということになる。黒くて、プチプチと歯ごたえがよくて、淡泊な香ばしさがあり、おとなしい、ひかえめな酒量の日本酒のサカナには品のいいものである。この小さな、黒い実の核心の部分だけを挽いて粉にしたのが純白の〝一番粉〟、〝さらしな〟、〝御前ソバ〟と呼ばれるもので、甘皮を挽きこんだのがやや薄黒い〝二番粉〟、〝藪〟、店によっては〝生粉《きこ》打ちソバ〟などと呼んでいるもので、いくらか辛口であり、ひなびた香りがある。私は大阪生まれの大阪育ちなので、ウドンになじむほどにソバにはなじんでいないので、力みこんだ批評は東京人にいっさいまかせるとして、ただ純白無雑の〝さらしな〟と、いっそ徹底的に黒くてゴワゴワモクモクとした〝出雲ソバ〟なら、二つのうち、二つとも好きだと書いておきたいだけである。そして、どちらも、刺身とおなじで、やたらに手を加えず、おつゆにつけてただツルツルとするのが、いちばんであると思っている。ソバやトコロ天をサカナにして酒を飲むことを教えられ、開眼したような気になったのは、東京に住むようになってからのことで、これには感心させられた。

シラカバとスズランは見た眼には美しいけれど不毛地に生えるものなのだということを北海道でよく聞かされるけれど、ソバも不毛地の産物なのだということを聞かされる。よくよくの不毛地のことを〝ソバも生えない〟とか、〝シラカバも見放した〟などといって、あまり名誉なことの代名詞に使われない気配がある。だから、信州のソバがうまいということは、ソバのうまいのはいいとしても、信州の土はまずいのだといってることにもなり、ちょっと肩身のせまい思いがするのだと信州人に教えられたことがある。けれど、もうちょっとたずねていくと、ソバは不毛地でないと育たないのではなく、肥えた土でも立派に育つのであるが、そういう土ではほかに育つものがたくさんあるので、たまたまソバには不毛地をあてがってやるまでのことなのであると教えられる。それに、ソバが麦や米にない絶妙、独自の味をだせるのは高原の不毛地にありがちな霧と寒冷のおかげなのであるから、その剛健と忍耐があのかるみと純潔を生みだすのだ。あまりばかにするな。何もいってないのにそう力みこんで教えられる。こちらは感心しているいっぽうなのに……

おそらく畑でなくて山の道ばたに咲いているだけならソバはアカザや何かの、名もない雑草の一種として見すごしてしまうしかないだろうと思われる姿態である。けれど、よく手入れされたことが一瞥してわかるつつましやかな山畑にいちめんに白い花が咲いているところを見ると、豪奢な華やぎはないけれど、野性と透明さの漂う、はかないような、可憐なような、声のない歓声を感じさせられるのである。花としてはワスレナ草とおなじくらい小さくて、つつましやかで、けなげではあるけれどひっそりとしている。しかし、それがいちめんに、群生して咲いているところを見ると、まだ声をだすことも知らない幼女たちがいっせいに拍手しあっているような気配をおぼえさせられることがあって、ほほえましいのである。人の姿も鳥の影も犬の声もないような寂滅の山の道で、とつぜん澄明なにぎわいとすれちがうのである。それを見てはじめて、ああ、ここにも人が住んでいるのだなと、知らされる。太古が、太古のままで、ただしそのときむっくりたちあがってくるようである。

近頃、魚通《つう》といっしょにスシ屋へいくと、タイはオーストラリアからきた、エビはメキシコだ、イカはアフリカだ、ウナギはメソ（仔）をフランスから輸入して育てているのだなどと聞かされ、いくらも聞かないうちに暗澹となってくる。ソバも似たようなもので、あの白い花をどこにおいて考えたものか、迷いに迷うのである。

「初物を食べると七十五日生きのびられるってのはソバからきたハナシですよ。昔、ある罪人がお白洲で、この世のさいごの思い出に新ソバを腹いっぱい食ってみたいといったところ、粋なおはからいで、さっそくソバの種をまいた。すると七十五日でデキたので、そのあいだ当の罪人は生きのびられたのさ。と、まあ、いうぐあいでしたのさ。けれど、当今じゃ、わが国のソバの六割か七割は外国産でしてナ。春ソバ、秋ソバのけじめのつけようもない。中国、アフリカ、カナダ、ちと飛んでブラジルなどというのもあります。ブラジルはコーヒーだけじゃないんですよ」

「ソバは高原の霧の多い寒冷地がいいそうだけれど、そうなるとアフリカならキリマンジャロか。コーヒー通がキリマンジャロだ、モカだ、何だといってやかましいけれど、ソバもそうなるか」

小さな、白い花をキリマンジャロの大高原においてみるのは雄大な対照の効果があって愉しいけれど、わが国が全土にわたってソバもできなくなってきたのかと思うと、荒寥がしのびよってくる。どこの産でも味がおなじならいいじゃないか、食べられればそれでいいじゃないか、というぐあいにはいかない。《味》は事物そのものと、それ以外のさまざまなものからくるのである。これほどの荒寥をかかえさせられては、眼をつむるしかないのか、ただまじまじとあけたままにしておくのか。

ソバの花の咲くあたりでとれるもののことも書いておきたくなってきた。このあたりでは山菜がとれる。ワラビ、コゴメ、ヤマウド、ヤマブキ、木の芽、トンブリ（ホウキ草の実）、ミズナ、マイタケを筆頭とする何種類もの茸類、そのほか。ソバ畑の切れたあたりから崖づたいに渓谷へおりていこうとするとヤマウドが芽をだしているのをよく見る。イワナ釣師はそういうものを見つける眼が鋭いので、釣竿のほかに鉈を一梃腰にさげて山へでかけるのである。そして、魚が釣れないとなると、山菜とりに転じて、崖をサルのようにつたい歩きしながら鉈でヤマブキを掘りおこしたり、切りとったりして宿へ持ってかえる。みずみずしい、剛直なヤマブキの茎には気品高いホロにがさが含まれていて、山家の手作りの、塩辛い、大豆がポツポツとつぶされのこってまじっている味噌につけてパリパリとやると、お酒がいくらでも飲めるのである。ホロにがさこそはあらゆる味のなかで舌を洗い、ひきしめる効果もさることながら、もっとも貴い、峻烈を含んだあえかな味なのだという感想はいつかの稿で書きつけておいたはず。山菜によくあるホロにがさこそはそれだ、ということも書いたと思うのだが。

山をいくと急峻な崖っぷちや谷のちょっとした平場に粗末な掘立小屋があって、ドラム罐で湯を沸かしているのを見るが、あれはワラビとりである。山からとってきたワラビはすぐ湯につけ、そのあと、むしろにひろげて天日で乾かさなければならない。これは聞けば聞くほど、たいへんな労働である。さかりの短い植物だから一週間か十日ほどは夫婦二人で山ごもりして一日に何十キロというものをとってきては湯掻いて干さなければならない。夜もおちおち眠れないのである。一日に何十キロもとる、といっても、崖をよじのぼり、けもの道をつたいしての上り下りなのだから、とても人間業とは思えないような重労働である。ろくな食事もできないのだが、かといって栄養をとらないとまっさきに眼が見えなくなってくるから、町で塩をたっぷりきかしたクジラの脂肪のかたまりを買ってくる。それを縄でくくって小屋の天井からぶらさげる。食事時になると鍋に味噌汁を作り、そのなかへドブンと脂肪を浸す。味噌汁に大きな、ギラギラ光る、生臭い脂の輪がひろがる。いいころを見てひきあげる。そうやって三度三度、毎日毎日、つけてはひきあげ、つけてはひきあげしていると、しまいに脂肪のかたまりは脂がぬけて、すっかり小さくなり、ちぢんでしまう。両親にかまってもらえず、兄弟もいず、遊び相手もいない這い歩きのひとり子は、使い古しの石鹸のような、飴色とも何ともつかなくなった脂肪の滓《かす》を噛み噛み、一日をぼんやりとすごすのである。

ヤマイモをすりつぶして、それだけをつなぎにして裏の山畑でとれたソバを打つと、見たところは四番手とも五番手ともつかないまッ黒の田舎ソバであるが、それをモクモクゴワゴワと食べながらルンペン・ストーブのよこでタヌキをとる話、クマを追っかけて山から山へ新潟県から栃木県までいってしまった猟師の話、クマの胆にはときどき〝水胆〟といって苦味の薄いのがあるという話などを聞かされる。どの話も毎日のように繰りかえし聞かされるのだが、こういう場所では奇妙にいつも何がしかの味があって飽きがこないものである。新潟県北魚沼郡湯之谷村銀山平《だいら》の村杉小屋のカアチャンは気立てのやさしい、こころあたたかい山の母さんであるが、マイタケをとる話になると、眼も声も一変する。何しろこれは親子はもちろん夫婦の仲でも見つけた場所をいわないというほどの超越的逸品であるから、どうやって村の連中をだまし、たぶらかし、眼をそらさせ、あとをつけられないようにしてぬけがけの功名をやったかという話になると、カアチャンは愉しくて愉しくてならないのである。眼がキラキラ輝き、声がせきこんでもつれ、ついぞ日頃見かけたことのない辛辣や嘲笑があらわに登場してきて、その変貌ぶりには毎度のことながらおどろかされる。

カアチャンの観察するところによると、男と女ではマイタケとりの方式がまるで異なるのだそうである。そして、男の方式ではしばしば他人に先回りされて失敬されてしまうのだそうである。トウチャンはあそこのあの木のあたりがクサイとにらむとまっすぐにそれをめざして山をのぼっていくから、たちまち露見してしまう。けれどカアチャンは老獪である。あの木がクサイとにらむと、まっすぐにそっちへはいかず、どんどん右へ右へといく。それからちょっとのぼり、今度は左へ左へと、ずんずん歩いていく。そうやって遠く、広大に、迂回し迂回ししながら、半日も一日もかけて、しぶとくジリジリと目標へ接近していくのだそうである。けっしてあせらぬことである。鍛えぬいた健脚と不屈の意力にものをいわせ、一見のんびりした、晴朗な顔をよそおって、ジグザグ状に山を縫っていき、何が何でも、かならず、めざす獲物を手に入れる。こうなるとトウチャンは正直すぎるうえにせっかちすぎてだめである。

カアチャンはマーガリンを舐めつつ

「マイタケとりは女の勝ちですヨ」

満々の自信でわらう。

村杉のカアチャンはいよいよ健在のようである。けれど、よその山の宿でマイタケとりの話を聞くと、やっぱり女のほうが男よりはるかに狡猾、貪欲、不屈、執拗だという点では変らないけれど、ときどきそれゆえに深入りしすぎて谷へ転落したという話を聞くこともある。すべての茸には一匹の魔が棲みついている。

死の海、塩の華

ザルツブルグの岩塩坑に一本の枯枝を投げこみ、しばらくたってとりだしてみると、枝という枝のすみずみまで白い塩の結晶に蔽われている。〝開花〟ともいえるこの結晶作用のことをスタンダールが〝昇華〟と呼んで恋や芸術の説明に適用した。それ以後、世界のあちらこちらで暗い岩塩坑を想起することなくこの言葉だけがとめどなく使用されるようになった。その簡潔さと強力と美しさを考えるとそれ以上の言葉は以後、発見もされず発明もされなかったが、今後も当分あるまいと思われるほどである。

私はザルツブルグへいったことがなく、そこの岩塩坑をのぞいたこともない。暗い、静寂な塩の闇のなかで枯枝に白い華が芽生え、ひらいていくありさまは、ただ、想像するしかない。この小枝が類比に使用されたときに重要なことは枯枝に花が咲くということの意味のほかに、それが闇のなかで準備されるものなのだということ、誰もそれを眺めることも、さわることも、感知することもできない箇処でおこなわれることなのだということではあるまいかと思われる。なぞらえていえば恋や芸術で私たちがかろうじて感知できるのはわずかに花の部分だけであって、その発生や過程は依然として深くて遠い闇のなかにある、ということであろうか。

白い鉱物質の華がいちめんに咲いた小枝というものを私は目撃したことがないので――血のそれなら疲労をおぼえるほどおびただしいが――ああだろうか、こうだろうかと、ただ想像をめぐらすしかない。けれど、この二月に知床へ流氷を見にいったときに、吹雪の翌朝、羅臼の町の山肌に樹氷がいちめんに咲いているのを見たことをすでに書いたと思うが、あれなら塩の華に近いにちがいない。ひょっとするとそれ以上であるかもしれない。この樹氷は蔵王などで見かけるのとちがって木が綿帽子をかぶるか、マントをこんもりとかぶるように雪をかぶって凍りつくのではなく、水の飛沫と滴がそのまま枝に凍りついたものである。レース編みのように錯綜したその数知れない枝の一本一本がくっつきあうことなく氷にくるまれるのである。そこへ北の朝の日光が射すのである、光の飛沫、光の滴がキラキラと燦めき、その透明な、はかないような、けれど即興に情熱を蕩尽した、いきいきとした乱舞の静止は、無邪気とも、清艶とも、いいようがない。ザルツブルグの小枝もこのようであるのだろうか？

けれど私は渚で塩の華を見たことがある。

死海はイスラエルとヨルダンの境界線地区にあるが海抜ゼロの標識からさらに四〇〇メートル近くおりていった砂漠のなかにある。地上で海面下もっとも低いところにある塩湖である。海抜ゼロの標識は赤ちゃけた灰褐色の岩砂漠を走る道路のよこにたっていたと思うが、そこから見おろすと、地平線のかなたまで茫々と荒涼のネゲブ砂漠がひろがるのが見え、そのなかに一点、濃緑色の眼のおちているのが見える。それが死海である。ソドムと呼ばれている。あらゆる悪徳、淫蕩、同性愛にふけったために天の火によって滅ぼされたと旧約聖書がつたえているソドムである。六一年にいったときにはこの塩湖のほとりに壊れかかった工場が一つあり、湖のまんなかにはヨルダンの真ッ赤に錆びついた砲艦が浮かんでいた。湖岸に標示板がたっていて生傷のある人はここで泳いではいけないとか、あまり遠くまでいくのは危険であるなどと書いてあったと思う。あまりに塩分が濃厚だから生傷があると膚がただれてしまうのであるし、遠くまで泳いでいくとヨルダンの砲艦に発砲されるのである。ためしに私がフラフラと泳ぎながら近くまでいってみると古鉄の凸凹の箱のように見える砲艦にすえつけられた大口径の機関銃が一台、人影も見えないのに、じりじりとこちらを狙って右や左へ動くのが見えた。国境は生きているのである。飛ぶ鳥、歩く人、すべる魚、閃く蝶、なにひとつとして見えない、なまぬるい緑いろの死の海、空と大地のあいだに透明な火がゆらめきたって水も、水平線も、艦も、砂漠も、前景も、中景も、後景も、すべてが厖大な静寂のなかで逃げ水《ランニング・ウォーター》のようにゆらめいて見えるなかでじわじわと私を直視して微動していた黒い穴、それを見たときに奇妙な、とらえようのない、けれど激しさをどこかにひそめた期待のこころがうごいたのはなぜだろうか。何を私は期待したのだろうか。

子供のときに夏休みに増刊号の分厚い『少年倶楽部』を友達から借りうけ、こちらからも見返りに『蛸の八ちゃん』か何かを貸しておいて、木のかげにすわりこんだ記憶は忘れがたいものである。そのころは父や母や祖父がしきりに〝くさい〟と話しあっているのを聞きはしたものの〝戦争〟はまったく前方にも左右にもあらわれていなかったから、木のかげにすわりこんで何時間でも中断されることなく夢中になっているることができた。山中峯太郎の小説に樺島勝一のペン画の挿画がつき、本郷義昭、明智小五郎、のらくろ、無数の超人や好人物たちが活躍するのを全心身で味わったあとで、南米のどこかでは胴回りが二メートルもある大蛇が一中隊を動員して機関銃を乱射したあげくやっと殺されたとか、ヨーロッパのなんとかいう奇術師は舞台で一生ガラスを食ってすごしたけれど死ぬときはふつうの人のように鼻風邪がもとの肺炎で死んだのだとかいうような世界雑報欄を愉しむ。そのあとで『どりこの』だとか、『大学目薬』だとか、『ハリバ肝油』だとか、『真空ホリック式』の広告を愉しんだものである。『人にいえない男の悩み』とか、『短小の煩悶』を一挙に解決するというようなことがやたらにしつこく書いてあるけれど、何をどうするのかはわからないまでも、何となくアレをどうかして真空圧をかけてポンとひきのばす器具ではあるらしいと見当のついた、この『真空ホリック式』は、じつのところ、さいごのさいごまで、事物認識を経ずに終ってしまって、今日にいたるのである。いったいあれはどんな器具だったのだろう。何かほんとに効果があったのだろうか。

そういう広告欄や雑報欄のなかに、あるとき、この地球のどこかには『死海』というものがあり、塩分がものすごいので体が浮いてしまうのだという記事と写真があった。写真を見ると、ひとりのやせた男が胸と足を水から露出し、足はこれ見よがしに高くかかげ、手には新聞を高くかかげて、頭には水泳帽か浴室帽かをかぶっているのである。この湖では泳ぎながら新聞を濡らさずに読むことができますなどと、キャプションがついている。キャプションどおりにおっさんは笑っていて気楽そうに足と胸をあげて新聞を読んでいる。そこで私は、三十年も以前に一人の編集者が外国通信社からまわってきたのをあくびまじりに穴埋めとして挿入したその記事と写真をありありと思いだし、死海の渚につくと、一も二もなく裸になって浸透していった。体のどこにも生傷はなかったが、あいにく、新聞も雑誌も持っていなかった。死海は砂漠と太陽にあぶられてなまぬるく、水面にはおびただしい陽炎《かげろう》がゆらめき、その底は泥地だから足の指をつっこむとヌラヌラとして気味わるいが少年時代の川ざらいを思いだして親密である。けれど、古風な抜き手で泳ごうとしても、比較的に新しいクロールで泳ごうとしても、どこか不安で、重心がキマらない。背泳でやってみようとしても、何となくなじめないで、どこか原因のわからない障害のために、頼りなくなる。原因はすぐにわかった。抜き手、クロール、背泳、どの泳法も、体がずっぷり水に浸って沈んでいるものである。その重量を手や足のバタバタで前方へ推進させようというのがこれらの泳法なのである。しかし、死海では体がコルクのようになってしまう。ことに、お尻の重量がまったくきかなくなってしまうのである。沈まないのである。手や足でひっ掻いても、その推進力より浮力のほうが強いのである。水が重すぎるために体が軽くなり、反撥力がことごとく減殺されるのである。体が軽くなるここでは体が重くなるよそより不自由なのである。ここでもっともふさわしいのは、いつでもどこでも同じことだが、条件に体をゆだね、条件を体に吸いこませることである。手や足をバタバタさせずに、ただあのおっさんのように、漂うことである。漂うよりほかないのである。これは《自由》と《不自由》の関係について何か深切なことを暗示していはしまいか。

浸って泳いでいるときにはそれほど感じられないが、ねっとりとした緑色の水を体につけてあがってくると、たちまち砂漠の太陽に照射されて水が消えていき、膚がチリチリに皺ばみ、乾いてくる。そのこまかい皺と皺のあいだに白くておぼろな塩が析出されてくるのである。舐めてみると、いがらっぽくて、ほろにがいような、暗いところのある、未整理のままの塩である。明晰な食塩の味ではない。この塩がそのまま湖岸に砂とまじったまま析出されている。泥まじりのネトネトとした渚のうちで乾いた部分には天然の塩が毒薬の白い結晶のようにいちめんに燦めき、輝いている。塩の華がいちめんに閃き、輝いているのである。〝ザルツブルグの小枝〟の比喩を延長していくとすると、その小枝には塩の華が条として咲いているのだが、この渚では苔のようにいちめんに、根も、茎もなく、ひろがり、散らばるままに、足もとのすぐそこからとめどないかなたまで塩が咲いているのである。そして、生傷をただれさせ、靴を腐らせ、空罐を分解し、徹底的に〝生〟を掃滅し、一コのアミーバーも滴下されればここではたちまち収縮して枯死してしまうのである。アミーバー、細胞、胞子、植物プランクトン、動物プランクトン、いっさいの分裂による繁殖活動という繁殖活動がここでは塩の華のために掃滅されている。塩の華はこの湖と渚のいっさいの生を封殺し、掃滅し、浄化し、寂滅させてしまったのである。

この波うたない渚のうしろに〝丘〟とも〝山〟とも記憶のさだかでない隆起の一脈がそびえている。ふり仰ぐといいたくなるような高さでそびえたってつながっているのである。木も草も生えていず、花も咲いていなかったとおぼろに記憶している。見たところは赤ちゃけた灰褐色の、ザラザラした粗革のような肌の山であるが、じつは、何億トンとも、十何億トンとも、何十億トンともつかない岩塩の山なのである。ここにも標示板がたっていて、山のなかの洞に入るのはかまわないけれど、そこで大きな声をだしてはいけない。反響で山が崩れることがあるかもしれないから、と書いてある。ひとが声をたてたぐらいで崩れる山とはどういうことなのだろうか。岩塩の結晶が年老いてもろくなり、ヒビが入って、崩れやすくなっているということなのであろうか。空気の震動で崩れるということで私たちが知っているのは雪崩《なだ》れぐらいであるが、史前期の巨獣がうずくまったように見える、これほど厖大な質と量を積みあげた山もたかが声ひとつで崩壊するのだろうか。山裾にあけられた一つの洞に入っていくと、ちょっと鍾乳洞に似た形相の陰暗であるが、土にしては透明があり、岩にしてはもろい感じのある、土でもなく岩でもなく、混濁した透明がおぼろな日光のなかにうかびあがる岩肌である。そこをまさぐりまさぐり歩いていくと、ある箇処でたちどまらされる。山頂にいつか、どうしたことかでたまった夜露の一滴が、一滴なのに水であるからには塩をとかす力を帯びていて、それがひそかに、まるで錐《きり》をもみこむようにして、山に細い穴をあけてしまったのだという。闇のなかでふり仰ぐと、穴とも、糸とも、粉ともつかない光がのしかかってくる岩塩の闇のなかで輝いているのが見える。もし声をたてれば、そのささやかな震動と圧力がこの糸のような穴をつたってのぼっていき、穴のなかでふくらもうとして、そのためにもろくなった山の肌理《きめ》にヒビを入れ、すでにできているヒビに食いこんで、それもひろげようとし、そのために崩壊がおこるのであろうか。一滴の夜露がつらぬいた、山を上から下に縦貫するその一筋の光を眺めて私は、一つの徹底的な意志の力のあることをまざまざと痛覚させられたのである。地上にはこれほど痛烈な、寡黙な、容赦することも妥協することも知らない意志の力、それによる溶解の力というものがあるのである。この徹底的な忍耐と工夫のしるしは、ひさしく忘れていた〝抜山蓋世ノ勇〟というような言葉を思いださせてくれる。

塩の華が無数にこまかく閃いている渚を歩きまわることに気をとられていたので、イェルサレムに帰ってからわかったことだけれど、私の靴はすっかり侵されてしまい、革が縫目のところからボロボロになってしまった。塩の浄化力は死海そのもので教えられたような気がしていたが、そこまで浸透してこようとは知らなかった。おそらくそれほどの浄化力があるのだからという、〝信仰〟に似た気持からであろうが、八年後の一九六九年に再訪してみると、対岸のヨルダンからいつ迫撃砲弾が降ってくるかもしれないというのに、イスラエルのゾウアザラシのように肥りかえったおばさんたちが何人も水着姿で渚で泥を体にまぶしてウトウト、眼を細く閉じているのを見た。糖尿、血圧、皮下脂肪削減、何にきくのかを聞こうとする気持も失せるほどそれらの白い脂肪のかたまりは巨大で、だぶつき、異様で、そして声をあげてはしゃぐのにふけっていた。火でよみがえる鳥があるという伝説は聞くが、死の海でよみがえる女体というものもあるらしい。

死海から、ベトベトに濡れて渚にあがってきてあたりを見まわすと、朽ちてつぶれかかったような板張りの小屋がポッンとたっている。入ってみると、水道栓が赤く錆びたまま一つ、たっている。なにげなくひねってみると、いきおいよく湯玉を散らしながら水がとびだしてきた。砂漠のなかを走ってきたので熱湯のようになっているのである。けれど、それを舐めてみると、まぎれもなく淡水であった。火傷しそうなと思うほど熱いけれど、サラサラとした淡水であった。彼らはこんな地の果てまで水道をひいてきている。いつ破壊されるか知れず、誰も住むものもなく、工場も壊れたままの、こんな砂漠の、そのドまんなかまで、いつ、誰のためとも知れず、わざわざ、水道をひいてきているのである。全身にふきだしはじめた、いがらっぽい塩の華を洗いおとしながら、私は深い感動と、若干の恐れをおぼえた。これは、イスラエルは、小さいけれど、たいへんな国である。異様な精力と情熱でハチきれそうになっている、恐しい、賢い国である。

その思いが直下《じきげ》に体にしみこんだ。

バリ島の夜の花

イェルサレムのメイン・ストリートはやはりヤッファ・ストリートということになるが、アイヒマン裁判を傍聴にノートを片手に毎日そこを上り下りして地方裁判所にかよったものである。オレンジやメロンを町角で買って映画館の屋上にトリ小屋のように作った部屋へ持って帰り、ひとりで『カルメル山』という銘の赤ぶどう酒をすすりながら果物の皮を剝《む》くのがたのしみであった。オレンジは〝ヤッファ・オレンジ〟が世界的に有名であるが、このあたり中近東一帯でとれるメロンは巨大で、肉が厚く、おどろくほど安いうえ、その味のみごとさは忘れられない。甘さが豊満濃厚なのにくどくなく、食べたあと咽喉に二、三日、いつまでも消えずにのこっていそうなのである。

イスラエルの知識人と食事をしていると、セム族はアジア人なのであるから、アジアのいちばん向うに日本人がいて、いちばんこちらにセムのユダヤ人がいて、われわれは遠いけれど同胞《ブレズレン》ですという話を聞かされることがある。田舎の町やキブーツでは起らなかったがヤッファ・ストリートではよく私はユダヤ人とまちがえられて、ヘブライ語で話しかけられたものである。アラブ系ユダヤ人やアジア系ユダヤ人のなかにはときどき日本人とそっくりなのがいて、なるほどこれでは〝同胞〟といわれるわけだとわかってくる。死海で泳いだあと、水浴小屋で体を洗っていると、素ッ裸のユダヤ人が何人か入ってきて、見ず知らずなのに水をかけてくれるやら体を洗ってくれるやら、まさに〝一族再会〟の親密さであった。

「シャローム！」

「シャローム、シャロム！」

「マシュロムハー？」

笑ったり、叫んだりした。

ところが、パリではときどきヴェトナム人とまちがえられた。パンテオンの裏あたりにヴェトナム料理の学生食堂があるので、ときどき私はいって、〝スープ・ハノイ〟をとったり、〝スープ・サイゴネ〟にしてみたり、皿のなかで南北を自由にいったり来たりしたものである。そういうところで顔をあわすヴェトナム人からはけっして見まちがえられたことはないのだが、フランス人のあいだにまじると見まちがえられるのである。ところが、南ヴェトナムも最南端のカマウ岬に近い田舎町で、ある朝、乗合バスに乗ると、よこにすわったヴェトナム人のカトリックの坊さんから

「アメリカ人ですか？」

とたずねられたこともある。

見る眼によって私はユダヤ人になったり、ヴェトナム人になったり、アメリカ人になったりするのである。こんな顔のどこにそんなたくさんの種類の血があらわれているのだろうか。しげしげと鏡をのぞいてみるが、私にはどう見たって日本人としか見えない。日本人は異種混合だとはよくいわれるところであるが、何種類ほどの血が入っているのだろうか。友人、知人の顔をあれこれと思いうかべ、なるだけ型の変ったのを抽出して、朝鮮顔、中国顔、蒙古顔、アイヌ顔、インドネシア顔……といったぐあいに分類してみることがあるが、いくつかの典型はハッキリと指摘できそうなのに、変種がたくさんありすぎ、その変種にも何種かの典型がすでに定着されてあるようなので、しまいに朦朧となってくるのである。

けれど、東南アジア諸国を歩きまわっていると、どうやらオレはこのあたりらしいぞと思う経験をすることがある。ことにインドネシアへいったときは、ハッキリ、そうだ、そうなんだ、オレはここらしいぞと思ったものである。ジャカルタの町やバリ島の海岸で、ことに私が眼鏡をはずして歩いていると、しょっちゅう向うからくるインドネシア人にインドネシア語で話しかけられたり、問いかけられたりするのである。それで眼をあげ、相手の顔をまじまじと眺めるが、ナルホドこれなら無理もないとこちらが思わずうなずきたくなるような顔をしている。その眼、その鼻、唇、皮膚、いたるところに血が呼応しあいそうなしるしがある。父方か。母方か。私のどちらかの遠い遠い先祖は、丸木舟もしくはイカダにヤシの実か何かを積みこみ、太平洋を潮のまにまに島伝いに北半球へのぼっていく旅に出たにちがいない。フンドシはよれよれでメモ用紙ほどの役にもたたなかったが、そして自身それと気づいてもいなかったけれど、そのなかにムーン・ストーンのような一滴を彼はかくしていた。

ここ以外なら
どこへでも！……

そう叫んで出ていったにちがいない。
その頃、インドネシアではスカルノが健在であった。それ以上であった。至高至大の〝国父〟、ブンカルノであった。あらゆる党派をいっさい一点に集合して彼は象徴であり、その言動は一行、一句読点、ことごとく肯定され、讃仰されているかのようであり、批評などということは思いつくことすら不可能であるかのようであった。私は『アジア・アフリカ作家会議』の〝緊急委員会〟に出席するためにでかけたのだが、そこで接触する作家、詩人、ジャーナリスト、大学生、女子大生、通訳などにスカルノの評判をたずねてみると、心底から好感してか、不満ながらも好感してか、それとも、好感しつつ不満でありながらもこれよりほかに道がないと感じてか、真情はどうまさぐりようもないとしても、誰しもが〝ブンカルノ！〟の一語をあげるのだった。毛沢東やホー・チ・ミンは国内の右派と左派の血で血を洗う、底知れぬ兄弟殺しのあげくに左翼独裁体制を完成させたのだが——ホーの場合は国の北半分においてだけだったが——スカルノの場合にはそれがなく、兄弟殺しの血の洗礼ぬきで独立を入手することができた。彼だけではなく、インドネシアの左翼も右翼も、そうだった。そのため、ひとたびあの右派クーデターが起ると、スカルノと左翼はほとんど何の抵抗力も見せずに悽惨な流血のなかで瓦解したのだった。というように数年後の歴史は説明したがっていると私には見えるのだが、その頃は誰も、そんなことは、予想はおろか、語ることも感ずることもできなかった。事後のいまとなっては観念的泥酔ということになるかも知れないが、たまたま私が接触することの多かった左翼人たちはことごとく、毎日、潑剌として壮語を口にし、言動すべて中心から末端まで自信満々であった。瓦解に際しての子供じみた脆弱さとその当時の猛烈さとを夜ふけにときどき私はくらべてみることがあるが、洩れることばもない。

それはそれとしておこう。

どの国の国民も自国語の匂いをつけた英語をしゃべるので、いったい世界には何十種類の英語があるのだろうかと思うことがある。日本人のしゃべる英語、ジャピングリッシュはかなり不思議な独特さを持っているが、インドネシア英語も相当たのしいものである。たとえばインドネシア語では複数は一語を二度繰りかえせばいいことになっている。《友達》は「ブン」であるから、二人以上の友人をさすときには「ブン・ブン！」となるのである。ホテルで食事をしているときに給仕を呼ぶのに「ブン！」と声をかけるが、なかなかやってこないのに焦《じ》れ、それに面白い発音だしするものだから、茶目気も手伝って、「ブン・ブン！　ブン・ブン！……」とやってみたら給仕が一人ではなく二人とんできたことがある。これはほんとに目撃したことである。あるときスバンドリオ外相の出席するパーティーにでたところ、ス氏はたちあがってスピーチを英語ではじめた。それを聞いていると、〝国内の統一を保ちつつ旧・新植民地主義と断固としてたたかうのがわれわれのポリシーである〟ということをいうのに、しきりに〝ポリシー・ポリシー〟、〝ポリシー・ポリシー〟という。これがわからない。どこで文章が切れ、どこから新しいのがはじまっているのか、一生けんめい耳を澄ますが、どうにもわからない。そこでとなりにすわっていた西園寺公一氏にそッと、たずねてみたところ、オックスフォード育ちの氏も不思議だ、不思議だと頭をひねるばかりである。ス氏は〝ポリシーズ〟といいたいところを、つい、お国風にそうかさねていたのである。けれどこれはよく考えてみると日本語にもある習慣で、おもしろがっているだけではすまないことである。げんにこの紀行文の題は「眼《まなこ》ある花々」ではないか。

花々、木々の思い出思い出をたどる。

シンガポールの植物園はみごとなものだが、インドネシアのボゴール植物園も木をたくさん集めていて立派なものであった。さまざまな木が自然公園風に植えこんであって、鬱蒼とし、壮大な気品があり、深遠そして珍奇である。〝ハンカチの木〟というて大きさも形もハンカチにそっくりの葉のついている木があると思ったら、それは葉ではなくて花だというので二度おどろかされたものである。男を立派に張りきらせてくれる草根木皮はたくさんあるが、昔から定評のあるのではヨヒンビンの実である。その木がこの公園にもある。太くてたくましい幹をしているが、とくにこまかい特長がいま思いだせない。白くて小さな標示板にラテン語の学名が書いてあって、〝ヨヒンビヌス〟の一語が眼についたことが思いだせる。公園の入口におじいさんが一人いて、たどたどしいけれど日本語を話し、私を日本人と見て案内をしてくれ、いろいろと木の説明をしてくれたが、この木のところまでくるとニコニコ笑った。

「インドネシア人、コノ木ノ実食ベテ元気ナラナケレバイケナイ。インドネシア人、寝テバカリイル。イケナイネ」

そういうのである。

そこで口真似でやってみた。

「コノ木ノ実食ベル。寝テイラレナイ。ワカリマスネ。インドネシア人元気ニナル。

元気ニナルト子供タクサンデキル。子供タクサンデキルト、オ米食ベラレマセン。イケナイネ」

おじいさんはとつぜん閉口したように笑い、何度も頭をふってうなずいた。その眼は静かに笑っているが、深いところもあって、人口問題に苦しんでいる国の人の影が射している。おじいさんはつづいて道のさきにたって案内をしていったが、さいごに入口の自分の小屋に私をつれていき、さまざまな蝶や、羽根のある——薄膜であるが——空を飛ぶトカゲなどをギッシリと剝製にして並べたガラス箱を、安イヨ、安イヨといって、むりやり買わせた。どうやらおじいさんはひまなときに昆虫採集をして小遣銭をかせいでいるらしい様子であった。もう年が年だからヨヒンビンは案内するだけでいい。昔はこっそりやってみたこともあったのかもしれないが……

バリ島は踊りで有名だが、水田がたくさんあって、水田のほとりにはヤシの木が並び、おだやかな島である。海岸にはビーチ・ホテルがあり、小さなパヴィリオンがヤシの木、フェニックスの木、ブーゲンヴィリアやハイビスカスのたわわに開花した茂みにとりかこまれてあちらこちらに点在している。ちょっと歩くとそこが渚で、遠くまで珊瑚礁がひろがり、渚は砂ではなくて無数の漂白された、波で丸くなった貝殻である。はだしになって遠くまで歩いていくと、どこまでいっても砂のように膚にくっついてくることがなく、清浄な水のなかで足が白い骨のように見える。漁師がひき潮になったところを見てあちらこちらのタイド・プールにのこされた魚を長い竹竿で一本釣りして歩いている。腰にさげた竹のびくを見せてもらうと小さなカサゴやウツボなどが入っているのだが、通訳の大学生は漁師の言葉として、〝青い魚〟〝赤い魚〟〝黒い魚〟というような訳をする。

ヤシの木かげに夕方頃からガメランを大きさの順にいくつも並べる。陽が珊瑚礁のかなたに没すると、ターバンを頭にまきつけた楽師諸氏があらわれ、ガメランのまえにあぐらをかいて坐りこむ。どっしりとした花輪を首にかけた、小さいけれど肉づきのいい娘たちがあらわれる。私たちは円陣を作って見物する。ガメランは底がちょうど出臍《べそ》になったお鍋を伏せたような打楽器で、楽師たちはそれをガンガンぼんぼんとたたくのである。めったやたらにたたいているようだが、やがて慣れてくると、さほど長くない主調を無限に繰りかえし繰りかえししているのではあるまいかと聞こえてくる。毎日毎日一定の時刻に満潮になり、一定の時刻に珊瑚礁のかなたへ去っていく潮の往復のように一つの主調があらわれては消え、消えてはあらわれる。娘たちはハンカチを手にして藻のように腰をゆらめかせて踊り、ときどきそのハンカチを見物人に投げる。それを手にした男たちは臆せず出ていっていっしょに踊らなければならない。娘たちは西欧のように視点を男に凝らそうとはしないけれど、灯をうけて眼が宝石のように閃く。燦めく。輝く。指がスイレンのようにつぼむ。ひらく。ゆれる。

お姫さまがあそんでいるところへ悪魔がやってきて誘拐しようとすると、その危機が頂点に達した瞬間に空からガルーダ（タカ）が急降下してきてお姫さまを救ってくれるというこの国の古い物語が踊りで演じられる。善悪の二元闘争に救済者が、自然なる魂が空からか、海からか忽然と登場するという古譚は日本にも、ヴェトナムにも、インドネシアにも豊富にある。このヤシの木かげ、ブーゲンヴィリアの花の茂みの闇に灯をともして踊る場所では、悪魔とガルーダがお面をかぶっておどろおどろと闘争するのであるが、ちょっとカラス天狗に似た顔つきの悪魔がカッと口をあけると、その瞬間、二枚のおそろしく長い舌が地面へ滝のように落下するのである。その舌は二枚あり、そして足にからまりつくほど長いのである。どこでも人間はおなじことを考えるものだ。二枚舌。口達者。あまりにおなじで、あまりにそっくりなので、私は笑いださずにはいられなかった。

「どうしましたか？」

私によく似たところのある顔をした大学生が怪訝そうにふりかえってたずねるので、私は悪魔を指さし、

「セイム・セイム（おなじ、おなじ）」

という。

「ジャパン。セイム・セイム！」

英語まで似てきたナ。

寒い国の美少年

知床半島の氷花やアラスカのワスレナ草など、寒い国の花のことを書いたので、真冬の深い雪のなかで咲くスイセンをぜひ追加しておきたい。スイセンはギリシャ神話では美少年が水に映る自身の像をしたって投身したあとに咲いた花だとされているし、これまで野生で群生しているところを見た私の記憶でもそうなので、ずっと私はこの花は水辺に咲くものとばかり思いこんでいたのだが、ある年の冬に越前岬の深い雪に埋もれた山の段々畑に咲いているところを見せられて、眼が大きくひらいた。このあたりではスイセンが、真冬、雪のなかで、しかも山のなかで、咲くのである。

一九六五年の冬のことだった。第一回めのヴェトナム旅行から帰ってきた年だったが、暮れもずいぶん迫って師走の頃に、私は越前岬へいった。『旅』の編集部に観光ズレしていないほんとの漁師宿のような旅館があったら教えてほしいとたのんで、一軒の旅館を紹介されたのである。福井県にはそれまでときどき行ったけれど、冬の越前岬に泊るのはそれがはじめてであった。ここは背が山で腹が海という地形だから、道路が山に沿ってくねくねと一本走っているきりであり、大阪、名古屋、東京のどこからも工場を誘致することができない。海は荒磯で巨岩が海獣の群れのように水にもぐったり、うずくまったり、背を出したり、立ちあがったりしている。道路に沿ってところどころコブができたようにわびしい漁師村があるが、ネオンやジューク・ボックスなどは何もなく、防波堤が一本か二本あるきりの、小さな漁船たちの小さな、わびしい港を荒波が白泡をたてて洗っているきりである。その水は冷めたくて、荒あらしく、あくまで辛《から》く、あくまで澄み、あくまで暗い。徹底的に苛烈な意力をみなぎらせた水である。

さすが『旅』はプロであった。その撰択眼には敬服させられた。紹介された旅館へいってみると、それは〝旅館〟というよりは、〝旅籠屋《はたご》〟といわなければならないような家であった。古くて、わびしくて、頑丈で、暗い。一目《ひとめ》見てこれをさがしていたのだという気持にならせられた。国の内外を問わず私はずいぶん旅をするけれど、なかなかそういう気持になれる旅館には出会えないものである。その家はすぐ裏が海で、風のきつい日には波しぶきが二階の窓にかかるのである。朝から暮れてしまったような薄暗くて小さい二階の部屋でコタツに入り、酒をちびちびとすすっていると、天井、廊下、障子、床柱、すべてわびしく、古く、荒《すさ》んでいて、およそ一〇〇年になろうかという老いぶりだが、あらゆる箇処から〝日本の闇〟が分泌されている。足のない寡黙な獣のようなそれらにとりかこまれて酒をすすっていると、盃のなかから疾風と怒濤のこだまが聞こえてきそうである。空が鳴り、海が叫び、戸が音をたて、柱がひくくきしむ。

「今日は吹雪で外へでられませんが、明日にでもやんだら散歩をなさってはどうですか。海沿いに一本道です。山にスイセンの咲いているのが見られますよ。いまがシーズンです」

「スイセンは冬、花が咲くの？」

「ええ。雪のなかで咲きます」

「それは知らなかった」

「あとでお風呂に入れておきましょう。ショウブ湯は五月ですが、ここでは真冬にスイセンをお風呂に浮かべるんです。茎の匂いも花の匂いも、ちょっといいものですよ」

「スイセンを風呂に入れるとは知らなかった。はじめて聞きます。それはぜひ試してみましょう。スイセン風呂があるとは知らなかった」

よくはたらいてきたらしい、厚くて大きな手を静かに膝にのせて若主人がいろいろと教えてくれる。風の容赦なさ。海のすさまじさ。そして精が棲《す》みついていそうな闇の群れ。酒がベタベタといやらしく甘くなくてイワナの棲む渓流のように剛直で淡泊な辛口であることもこころをほぐしてくれる。

吹雪がやんでからすすめられるままに磯沿いに歩いてみる。山肌は急傾斜に削られたようになっているが、その斜面のところどころに、小さな段々畑のようなものがある。段々畑といっても平《たいら》にならしたものではなくて、急傾斜のままである。これでは花のめんどうを見たり、刈ったりするのに、ちょっときつい仕事になりはしまいかと思わせられたりする。けれど花の育成のためにはこのほうが水ハケがよくていいのだそうである。降りつもったばかりのふんわりとした純白の新雪のそこかしこに強健そうな葉の緑があり、花もところどころ、顔をのぞかせている。花瓣は純白で、お椀のふくらみのところが黄である。淡い冬陽をうけて雪片がまばゆく燦めき、かげろうが澄んだ煙りのようにゆらめくなかでこの清冽と豊満をそなえた花はけなげに顔をあげている。この寒い国の美少年はここでは十一月頃から咲きはじめて、正月花としてあちらこちらの家の闇に鮮やかな閃きをあたえ、翌年三月頃まで咲く。あたたかい冬だといそいで咲ききってしまうが、日本海をわたってたたきつけてくるシベリア風が冷めたければ冷めたいだけ花はそれに呼応して香りも増し、色もよく、咲く時期も永くなるのだそうである。清冽。豊満。感じやすいが剛健で、早熟でもあるのに忍耐強いのでもある。純潔な豊頰のかげにさまざま意外なものをひそめているらしい花である。

「……見てきた。いい景色です。冬の日本海岸は暗いけれど、花が雪のなかでヒのようです。ヒというのはファイアの火ではなくて、トモシビの灯です」

「そうですか。スイセンは夏のあいだに山に火をつけて草を燃やし、その灰を栄養にして冬に咲くんです。大阪や名古屋や新潟なんかに切花にして出荷します。あたたかい国へいくときはちょっと早いめの、まだ咲いていないのを、ツボミのままで持っていくんです。ちょうどあちらについた頃に花が咲くよう、そこを見計らって切るわけです」

この家のすぐ裏が海である。そこに巨大な岩がそびえている。岩は壁のようになっている。その壁と家のあいだが池のようになっていて、たえまなく新鮮な海水が出たり入ったりする。そのためここは自然の生簀《いけす》にもなり、プールにもなる。湯殿はこのプールに直面してつくられている。あらしの夜になると沖から走ってきた波は岩の壁にぶつかり、難なくのりこえてプールになだれこみ、さらに余勢をかって家めがけて襲いかかるのである。そういう夜に湯につかっていると湯殿そのものが海中にあるような気がしてくる。白い泡をたてて海はガラス窓の外で走り、渦巻き、砕け、飛沫になり、まるで私はガラス玉を海中にぶらさげて、そのなかで湯につかっているようなのである。海の圧力の厖大さと、それが飛散する瞬間の暗い叫喚。いまにも窓と壁が壊れ、私は浴槽に入ったまま日本海へさらいこまれそうである。その叫喚と震動のさなかでゆっくりと手と足をひろげると、鼻のさきへスイセンを束ねたのがひっそりと漂ってくる。強健な茎の切口からは青い、鋭い香りがたち、花は湯に浸って衰えているが、それでも鼻を澄ませるとほんのり甘い香りが発散しているのがわかる。よどんだ酒精、にごった思考、石灰質の硬化したことば、指紋にまみれて脂でかすんだ回想、私を蔽っているこれらの垢が青い香りと甘い香りのなかでくずれていき、みずみずしい新皮の生まれてくれそうな予感につつまれる。ある不屈で容赦ないものに触れなければ、それに直面してたたきのめされなければ、そしてそこから一歩もしりぞくことなく、その場で一片ものこすことなく敗北しなければ発生しないような更新の、変貌の、代謝の起りそうな予感の爽やかさをおぼえさせられる。

マドリッドへ行ってジプシーのプレイヤーが弾くギターを聞いたときにはじめて私はこの楽器が壮烈と虚無の土地にふさわしいものであることを朝の三時頃の蒼白のなかで痛感させられたが、冬の日本海の雪の降る夜に三味線を聞くと、これまた凛りんとこだましてみごとなものであることを教えられる。何度か冬の日本海岸を訪れているうちに、老女の、皺ばんで、骨太の、いきいきと精悍に走る指のしたから走る三味線のこだまはたとえようなく精妙に雪と呼応しあい、照応しあうものであることを教えられた。太郎の家にも次郎の家にもしんしんと降りつもる雪は弦を一変させるかのようである。雄々しい炸裂の瞬間にも、秘めに秘めた忍び音の滴下にも、眼を瞠りたくなるような艶《つや》やかさがあらわれ、ひとつひとつの音がしめやかな重量と充実のある、ずっしりとした象牙の球のように思われてくるし、肉眼に見えてくるのでもある。それらが輝きつつ縦横にとびかい、走り、ぶつかりあって部屋がいきいきと浮揚する気配に浸っていると、沖で無数の小さな、敏感な手が拍手しあうのが感じられる。

福井県では三国《みくに》にも一軒、いい家がある。この家には三好達治氏や高見順氏などがよくきたそうであるが、戦災に会っていないので界隈は家も道も古い北陸そのままである。ネオンのめくるめきなどのない道は狭くて、暗く、影にみち、木立のある小さなお堂や石橋などがあったりする。家も古くて、しめやかで、ひっそりしている。玄関、廊下、階段の上り口、踊り場、厠など、ふとしたすみっこにはきっと寡黙な精が一匹ずつ棲みついている闇がたまっていて、その闇を追放するにはいくら電燈をつけてもしようがなく、家そのものを壊すよりほかなさそうである。埃りや騒音をことごとく吸収する装置なのではあるまいかと思えたりすることがある。そういう闇を横目に見ながら廊下から明るい部屋に入ると、きっと床の間には青磁にスイセンが活けてあり、そういう夜にしばらく待っていると古九谷の巨大な錦皿にカニが満載されて登場する。

このカニはメスが小さくて、オスが大きい。メスは甲羅のなかにつまっているさまざまなものを食べ、オスは足の殻につまっている肉を食べる。自分でやるのもよろしいが、誰かにやってもらうと一層よろしいようであるナ。赤い、つやつやした足の殻を縦に切り目を入れてパチンと割り、箸でズイーッとやってもらうのだ。すると冷めたくて白くて豊満でおつゆたっぷりのところへ紅を霜降りに刷いた肉がむくむくッと起きてきて、生唾呑みこんで見守るうちにドンブリ鉢に落ちる。のどが鳴って手がムズムズしてくるのをこらえにこらえ、ようやく鉢いっぱいになったところで、やおらお箸をひらけるだけひらいてからガップリとはさみとり、ポン酢をあしらった醬油にちょっとつけてから下品に大口あけて、口いっぱいに頰張るのである。お座敷風にチマチマとおちょぼ口で食べたのではダメである。すべて事物の本質に推参してこれを把握するにはナリフリをかまってはいけないのである。美食家はかならず大食家であり、その哲学は《量ガ質へ転化スル》を第一条としている。そこでオスはオス、メスはメス、いずれもべつべつのドンブリ鉢でやる。そうしなければいけない。あとでソッとだされる小さな紙片の数字を見ると足がガクガクしてきそうであるが、男なら一言も洩らしてはいけないナ。《食》であれ、《色》であれ、およそ《美》なるものはドストイェフスキーが登場人物の一人に痛嘆させているように、《おっかない》のである。玩物喪志を怕《おそ》れてはならない。

ブリ、イカ、スズキ、カレイ、アマエビ、およそ日本海はその顔貌の容赦なさにもかかわらず絶句するしかないような汁と肉にみたされているが、あまり知られていない逸品にバイ貝がある。ふつう東京あたりでバイというのはタニシの兄さんぐらいのものであるが、ここらあたりのはサザエぐらいもある。それを殻ごと火にかけてジュクジュクわいてくる口へ醬油をつぎつぎして壺焼きにするのであるけれど、その肉の柔らかさ、おつゆと香りにある気品の高さ、とりわけ青黒いウンコの部分にある風味のよさは、とてもサザエなど、比較にも何にもならないのである。私はその焼きたてをフウフウ吹きながら食べているうちに、これだけ淡泊で癖がないのならきっとエスカルゴ（カタツムリ）風に料理してみたらと思いついた。そこであの越前岬の若主人に、パリにいる頃におぼえこんだところを説明した。パセリをこまかくきざんだのをバターと練りあわせ、そこへニンニクのすったのをちょっと入れる。これをバイの口にたっぷりとつめこみ、フライパンのなかへたおれないような工夫をしておき、火にかける。やがてバイがへたばると、その口ではバターが金いろの泡をたててはじけ、そのわきたつ泡からニンニクのゆたかな、ムッチリした香りがたちのぼるはずである……

「それはぜひやってみましょう。若い人によろこばれるかもしれません。おもしろいですね。今度おいでになったときはぜひやってみてください。それまでに腕をみがいておきますよ」

東京に帰ってから食道楽の友人にこれを説明し、いい思いつきだろうと自慢をしたら、鼻でせせら笑われた。そんなことはとっくに実験済みだというのである。新潟県の市長だか知事だかがパリへ行ってエスカルゴを食べたときにおなじことを思いつき、帰国してから東京のあるホテルでやらせたのだそうである。ホテルではその着想に感心し、以来、メニュにのせたという。

「名前もちゃんとつけた」

「へへえ」

「わるくない名前だよ」

「何というの？」

「バイカルゴというんだよ」

「……！」

知恵のあるやつはいるものだ。感心したり、吹きだしたりしているうちに、さきをこされたくやしさを忘れてしまった。

〝越前〟という字を見るたびに私は暗い空、暗い海、暗い雑木林を思いだす。柔らかくて深い新雪に淡い陽が射し、雪片の燦めきとかげろうのたゆたいのなかで一点、二点、まさに灯がついたようにいきいきと、咲くというよりは閃くようであったスイセンを思いだすのである。それを眼にした瞬間に私の荒涼とした内部に何かかすかな音がしたようだったことも。

不思議な花

外界に関心を喪《うしな》うこと、対応するこころの力を喪うこと、節《ふし》がなくなり芯がなくなること、そういうことをさして〝植物化〟とか、〝植物人間〟などと呼ぶ習慣がここしばらくのうちに流行から定着にむかいつつあるように思われる。狂気と正気の境界は朦朧をきわめ、錯雑をきわめ、少なくともまさぐりようがないほど広大だということは月を追い、年を追うごとに知られてきて、これもまた、どこからどこまでが病いで、どこからこちらが情熱なのか、よくわからない。

けれど、ある少年がモヤシのようにたよりなくて手ごたえがないからといってすぐに〝植物人間〟と呼んでいいかどうかは疑っていいことと思われる。少なくとも私にとってはそうである。植物の寡黙だけれど執拗をきわめた精力の殿堂のような繁茂と破壊力をまざまざと私は見ているので、つい用心深くなってしまうのである。植物はどれほど一見よわよわしそうに見えても、たえまなくそれは何事かを待機しているのであって、何万年、何十万年もモノともせずに耐えぬく忍耐力をひそめている怪物なのであり、一度条件があたえられて進軍を開始したら、あのイナゴや、アリや、ネズミの突発的な、掃滅的な大移動もとてもかなうものではない。あらゆる植物は多足の怪物なのである。多頭の蛇なのである。人をさして〝植物的〟と呼ぶ場合にも、どこかにそういう認識、または覚悟をひそませておくことが必要なのではあるまいかと思う。

カンボジアのアンコールの遺跡を見たときの衝撃を私は忘れることができない。あれを見たことのある人なら私が何をいいたがっているか、もう読まなくてもおわかりだろうと思う。クメール人はフランス人に教えられてその木を〝フロマージュ〟と呼んでいるが、ロックフォールやグリュイエールのチーズにそっくりの肌理《きめ》をした、灰白色の、ぶよぶよしているように見えるけれど頑強に固いその気根が東西南北、天地、地上地下、いっさいがっさいおかまいなしにのたうちまわり、這いまわり、からみあって、ジャングルから行進してきている。ジャングルからその怪物の群れが行進してきたというふうに見えるのはクメールの遺跡をきわだたせるためにジャングルを刈りこんだからなのだが、ちょっと人間が油断すると、たちまち昨日空地だったところが今日はジャングルと変ってしまいそうである。それら無数の多頭の蛇は石の壁を破壊し、男根の像を倒し、塔をつらぬき、望楼を地へ落し、テラスをひび割り、巨大な人面像を癩《らい》さながらに犯し、なかには自在天の像をたくましい腕でからみとったまま倒れて、像を空中に投げあげたままその一点にとどめているのもある。

〝永劫〟と呼びたくなるほどの時間をかけての侵蝕なのだが、いたるところで無数の劇がおたがいてんでんばらばらのまま進行してしかもいま最高潮の瞬間へいっせいに達して大地の内臓をさらけだしたのではあるまいかと思われる光景である。

この気根は石のうえでも育つことができるといわれている。夜露が一滴でものこって翌朝へ持越されたなら気根はたちまちかぎつけて、盲目だが誤つことなく、そっとしのびよって吸収するのである。そして柔らかい、細い、煙のようにあわれな触手を石のうえにおくのである。しばらくたつとその石は無数の条、無数の血管、無数の指に蔽われ、網をかぶせられたようになる。根たちは石にとけこみ、食いこみ、同化する。ちょっと時間がたってから引き剝《は》がそうとすると、古傷のかさぶたをとるようなぐあいにはいかなくて、かさぶたといっしょに肉もとれ、骨もとれ、しばしばあることだが足そのものが崩れてしまうのである。無辺際の壮麗を誇ったクメールの大構築物はそうやって壊され、腐らされ、分解され、砕かれ、つらぬかれ、たたき落され、投げあげられたのであり、いまも一瞬の休みもなくつづけられているのである。広大な夕陽の光耀のたゆたうさなかに凄惨な崩壊の劇が眺望される。全身を癩に犯された人間の体内を無影燈の明るさで眺めたらこのような光景が見られるだろうか。血の輝きのなかで筋が崩れ、組織が崩れ、管が崩れ、穴と、影と、腐汁と、朦朧のなかで燦爛と音なくとどろきわたるものがある……

夜ふけにバラの花を眺めているうちにクメール帝国の夕陽、石と木の無言の大野戦を思いだすのはどうしてだろうか。あそこではハマナスや、ハイビスカスや、ブーゲンヴィリアの花は見たけれど、バラの花を見た記憶はない。一ミリの狂いもなく花瓣がかさなりあい、くるまれあい、包みあい、また開きあっている、整序の象徴のようなこの花のどこにもあの史前期的な、または史後期的な、氾濫と蕩尽と混沌を連想させるものはないはずなのに、アンコールの黄昏がまざまざとよみがえってくる。花瓶にさして卓上に旅館の女中さんがおいてくれてから三、四日たつので、花びらのあるものに早くも枯渇と腐敗の小さな、黒いしみがあらわれている。何日もたたないうちにそれは全体とあらゆる細部へはびこり、この花は顔を失う。その予感の領域は小さいけれど、確実さが深くて、しかも、どう避けることもできないとわかっているので、だからもう一つの、あの厖大な戦場を思いだしてしまったのであろうか。一滴の水滴にも天と地が含まれているといったのはブレークだが、その幻のたわむれに私もふけっているのだろうか。昔からこの花を眺めているうちに数知れぬ人が数知れぬ連想をさそわれて言葉と文字を費消してきたが、不思議な花である。精妙と深奥が完璧すぎるので、その完璧さが人を狂わせにかかるのであろうか。

一枚一枚の花びらが暗い血の輝きのなかで精巧に組みあわされているその回廊のめぐりぐあいを覗きこんでいると、豪奢な迷路をおぼえさせられる。ヴェルサイユの宮殿をあちらの部屋からこちらの部屋へ、その廊下からあの扉へと迷い歩いたときのことが思いだされる。前世紀に建てられたフランスのある石炭王のいまは苔むす館へつれていかれた夜のことも思いだされる。知りあいのマダムがいたずらっぽく笑いながら今夜は遺物の勉強をしにいきましょうよといってつれていってくれたのだが、その館は天井が高く、窓が大きく、廊下が深く、どこもかしこも冷えびえとし、古くて、肉が枯れ、ただ頑強な骨だけがのこされ、いまはそれすらひびだらけになっているといった気配であった。天井、廊下、曲り角、隅、窓枠、カーペットのはしのほつれ、壁の傷、いたるところに深い、暗い影がよどんでいる。トイレを拝借したあと水を流すと、まるで巨人が立腹して唸るような音がし、老いて傷だらけになって硬化したその大きな穴はひとしきりごろごろと野太い咽喉声で呻めいたあと、まるで奈落を覗きこむような口をあけたまま静かになった。

その夜、私は部屋から部屋へ、いくら照明してあっても明るくすればするだけいよいよ翳《かげ》りが体を起して肉薄してくる気配のある廊下をわたって案内されていったのだけれど、いったいそのために何枚の扉があけたてされたことだろうか。かつてこの館が巨大な、精悍な生物であったころに主人だった人が起居していた寝室にたどりつくまでに、何枚の頑強な樫材の扉が、あけたてされたことだったろうか。私は歩いていくうちにのしかかってくるような疲労をおぼえ、いつ退散できるのだろうかとばかり考えていて、老執事とマダムの説明をいいかげんに聞き流したので、その石炭王がどれだけ豪富を蓄積しながらどれだけ生涯変ることなく節約家であったかという話を、いまではほとんど思いだすことができない。いまバラの花を覗いていて書きたいと思うのは、あの夜にあけたてされた扉の一枚一枚がこの花の花びらの一枚一枚だったということである。バラの花びらと花びらのすきまには回廊といえるほどのスペースはないし、部屋らしいものもないけれど、私の眼に見えないだけのことである。一枚の花びらが一枚の扉なのである。それが一枚めくられるとき、枯れるとき、落ちるとき、二つの世界大戦を送迎する歳月のうちに排出されたもの、気化しながらも精の群れのようにギッシリそこにたてこもって一歩もでなかったものが、雪崩《なだ》れをうってあふれだすのだと、考えてはいけないだろうか。野心、裏切り、情事、蜜語、沈思、倦怠、瞬間、口論、ぶどう酒の香り、焼肉の匂い、灯の光耀、女たちの眼の宝石のような閃き、男たちの哄笑、舌うち、冬の夜に壁板のひっそりと乾割れる音、クリスタル・グラスのひびきあい、それら、潮のように入ってきて砂のように流出していったものが棲《す》みつかせたもの。あと何日かたてば一枚また一枚と剝《は》げ落ちて、すべてが館から空中へ気化し、花芯の主人だった人物もついに知ることのなかったすべての部屋と、そのなかにこめられていたものが、消えてしまう。

「オ・ラ・ラ！」

老執事の卵のようなつるつる頭にかがみこむようにして話を聞いていたマダムが上

体を勢いよく起して笑ったはずみに、笑声が闇のなかでグラスの砕けるようにひびいたことが思いだされる。数日のうちに黒死病が全身にひろがって顔を失ってしまうとわかっている花だが、いかにも精緻、いかにも従容としている。これほどまでの完璧があっけなく崩壊するのに額を高くあげたまま微動もしない。それは宮殿であったし、館であったし、城でもある。無益な完璧という思いにとらえられるので私はルドヴィヒ二世のノイシュヴァンシュタインの城のことも思いだす。二世は幼少の頃から意想奔出の病いがあり、彼岸と此岸のけじめがさだかでなく、短かった生涯の後半は彼岸に住み、自身を、讃仰するワグナーの楽劇中の白鳥の騎士に、なぞらえていた。なぞらえていたというよりは心底からそうだと信じこんでいたので、バヴァリア公国の国費を傾けて急峻な山腹にいくつかの城を建築し、とりわけこのノイシュヴァンシュタイン城は徹底的に楽劇中の古譚にあわせて設計したのだが、そのため公国は疲弊、怨嗟の声あふれ、ついに業半ばで城から脱出し、対岸のオーストリア領に亡命の途中でと臆測されるが、侍医と二人して湖におぼれて死んだ。第二次大戦後にドイツ連邦共和国は永いあいだ半建てのまま放棄されてあったこの城にマルクを注入して、優しき狂王の意図を完成してやり、〝ロマンティック街道〟の終点を飾るものとしてドルや、フランや、円をたいそう観光客から吸いとることに成功したのである。

この城は狂王の脳髄をそのまま石化させたもの、いわば、石になった童話といっていい。この地球上のところどころにある狂人の夢の現実である。回廊、望楼、会議室、舞踏室、引見室、書斎、寝室、ことごとく、すみからすみまで、一ミリものこさず狂王の意想のままである。たいへん急峻なバイエルン・アルプスの山中にあるので、たしかにここまで石と木をはこびあげて城を建てたら一つや二つの小さな国の財布はぺしゃんこになってしまうだろうと実感がつたわってくる。けれど雨の日には、鬱蒼とした森から濃霧がわきたち、霧と霧の裂けめに湖が見おろされ、それは黄昏の微光をうけるとギラギラ凄い鏡として輝くのである。遠くからこの城を見ると、暗澹と激怒した大山塊のなかに砂糖で建てたように見え、その白い尖塔と望楼が湖岸の葦原のなかの水にくっきり倒影として映っている。

この城は完成されてからまだそれほど歳月がたっていないし、ドイツ的勤勉と清潔で管理されているので、のべつ観光客がぞろぞろと出たり入ったりしているはずなのに傷や垢がどこにも見られない。クメール帝国の宮殿の石と木ののたうちまわる大格闘もないし、パリの化けもの屋敷の荒寥とした奢りもない。しかし、すべて完璧なものの持つ無残さがある。ルドヴィヒ二世は自身を白鳥の騎士だと思いこんでいたから、ふだんも鎧や、鎖衣をつけ、タイツをはきして、騎士そのままの装束で起居したとつたえられているのだが、暗い雨しぶきに追われてバルコンから金いろの寝室へ入ってみると、荘厳な天蓋つきのベッドの奥処からいま異域の人物がしなやかな身ごなしで起きあがってくるのが、まざまざと眼に見えそうなのである。天井の絵。壁のタピストリー。舞踏室の床の嵌木細工。あらゆる細部に一ミリの空白もなく執拗な意匠があり、全空間、全面積、全瞬間が息苦しくなる、うつろな華麗さで充填されているので、いらいらしてくる。過剰を感じさせるのは完璧ではないのに、その鉄則が無視されている。完璧に完璧の実現をすると、それは死んだ過剰となってしまうのに、そこが無視されている。けれど、階から階へ、部屋から部屋へ、過剰ばかりに追いたてられるようにして歩いていると、こちらが麻痺してくる。嘲弄や抗議の気力を奪われてしまって、狂気と正気のけじめがつかなくなってくるのである。正しかったのは徹底的にルドヴィヒ二世ではなかったかと思えてくる。なぜなら王と公国は亡びたが、城は実現されたのだから。徹底的に実現されたのだから。

バラの花は完璧である。けれど過剰ではない。自然のいたずらだからである。死んでいないからである。けれど、ワグナーの青銅のとどろきをうしろに聞きながらその花芯の見えない奥処をまさぐっていたとき、二世は城をこの花の展開であり、変奏であり、昇華であり、石化なのだと感じ入っていたことは、おそらく疑えないだろうと思われる。あの扉をあけ、あの花びらをめくり、この室に入り、この扉をあけ、この花びらをめくり、その扉をあけ、その花びらをめくり、その室に入り、青銅の叫び、大太鼓の威迫のなかで、青年王の澄んでうつろな眼は螺旋《らせん》階段をのぼるようにバラの花の迷路のなかを進みつづけていたのであろう。
やっぱり、不思議な花である。

V　詩と洋酒

詩と洋酒

或る夜、例によってサントリー・バーへ立ちより、チクとのどにお湿めりをくれていたところ、何のハズミからかこの雑誌に原稿の約束をしてしまった。話の相手はバーの主人、藤生さんである。おまけに話がはずんで、ご秘造物らしいハイ・ライフ・ビールのベビー瓶までもらってしまった。こんな大通を向うにまわすからにゃァと、原稿用紙を前にあれこれと作戦を練ったがいい智恵も浮ばない。そこで本棚の前にゆき、ラチもなき古本の埃を払い、しかつめらしく頁を繰る段どりとはなった。落語の口上ではないが、お古いところを聞かせる浅学菲才の程はご海容ありたい。

大正八年刊行の木下杢太郎の詩集『食後の唄』の自序文を読むと日本橋は小網町界隈にあった東京最初の洋酒場で有名な「鴻の巣」のことが、かなりくわしくでている。この家は当時、北原白秋や木下杢太郎、高村光太郎、その他、錚々たる『パンの会』のいわゆる日本の青春期の担い手たちが毎日毎夜たむろして詩作に論争にふけっていたところで、まずは日本の洋酒史上、最大の話題の一つとなるものである。このメエゾン・コーノスについては、ほかに高村光太郎の詩などもあり、書きたいことはゴマンとあるが、今は省くことにする。ただ杢太郎の詩だけ引用してその雰囲気をしのぶことにしよう。

後街時調

該里酒

（「鴻の巣」の主人に）

冬の夜の暖爐《ストオヴ》の
湯のたぎる静けさ。
ぽつと、やゝ顔に出たるほてりの
幻覚か、空耳かしら、
該里玻璃杯《セリイグラス》のまだ残る酒を見いれば
ほのかにも人の声する。
ほのかにも人すすり泣く。

「え、え、ま、あ、な、に、ご、と、

ぞ、い、な……あ……」と
さう云ふは呂昇の声か。
この春聴いた——京都の寄席の、
それをきいて人の泣いたる——。
乃至その酒のしわざか。

冬の夜の静けさに
褐《あか》く澄む、該里《セリイ》の酒。
さう云ふは呂昇の声か、
乃至その酒のしわざか。
幕あけて窓から見れば
星の夜の小網町河岸
舟一つ……かろき水音。

(XI. 1910.)

古き、良き日の詩である、尚、この他、杢太郎の詩集に登場する洋酒は、「薄荷酒」、「金粉酒」、「コニヤツク」、「ヰスキイ」等である。一つ一つについてたいへんよい詩がついているのだが、枚数がかさむから割愛することにした。ご希望の篤学の士は河出書房刊行の「日本現代詩大系」第四巻「近代詩」（一）が巻間に布されている。もっとも手に入りやすい文献だから、一度読まれたい。

コニャックは杢太郎の詩では楂古聿（チヨコレート、とルビがつく）に入れて飲んだことが書いてあるからメエゾン・コーノスの主人はかなりの洋酒通であったらしい。もっと調子がでていてサワリたっぷりの詩は「ヰスキイ」について『街頭初夏』というのがある。おもしろいので全文引用する。

紺の背広の初燕
地をするやうに飛びゆけり。

まづはいよいよ夏の曲、
西《ざい》――東西と簾《みす》巻けば
濃いお納戸の肩衣《かたぎぬ》の
花の「昇菊昇之助」※
義太夫節のびら札の
藍の匹田《ひつた》もすずしげに

街は五月に入りにけり。
赤の襟巾《ねくたい》初燕
心も軽く舞ひ行けり。
※珈琲の中にヰスキイの酒入るるを好み給ふほどの人は、
この行の次に「いよ御両人待てました」
の一行を入れ試みたまへ。
(V. 1910.)

杢太郎の詩もたのしいものだが、これが北原白秋となると、実にケンランたるもので、詩および散文にでてくる洋酒の種類も「ウヰスキイ」「キユラソオ」「茴香酒《アブサン》」「火酒《ウオツカ》」「葡萄酒」「キユムメル」「ブランデイ」等々多彩をきわめている。石井柏亭の装幀で刊行された彼の処女詩集「邪宗門」は日本の造本美術史上でも屈指のものだが、近代詩の豊麗な出発を告げるその詩は洋酒に対する彼の全官能を動員したエキゾチスムと幻想で充満している。日本の近代詩は洋酒から始まったんだヨ、とバーテンダー諸氏の肩をポンと叩いてあげたいようなもんだ。たとえば、

（前略）
いざやわれ、倶楽部にゆき、友をたづね、紅のトマト切り、ウヰスキイの酒や呼ばむ、ほこりあるわかき日のために。
（後略）

こんな詩（「思ひ出」詩集『断章』三十七）を読むと白秋がサントリーの宣伝文句を用意してくれていたのではないか、というような錯覚を起したくなるではないか。彼の全集をこの要領でさがしてゆけばたちどころに「寿屋詩集」ができるだろう。

彼の器楽的感覚の正確さを知りたかったら「邪宗門」を読んでごらんなさい。梅酒をラッパ、ウィスキーをトロムボオン、キュムメル、ブランデーをオーボエ、にたとえる文章がある。もっとも、これはぼくの臆測では白秋がベルギーの詩人、ヴェルハレンの詩からヒントを得たのではないかと思われるフシがある。白秋が上田敏の名訳詩・文集「海潮音」と「みおつくし」に影響を受けていたことは公認の事実だからである。

洋酒と詩についてなら内外をさがせばキリがない。この雑誌を一冊書き埋めるぐらいの材料はたちどころに集まる。そういう好事家の眼で書物を夜半ひとりでサントリーを舐めつつ、マイ・ミクスチュアの紫煙でもくゆらしながら繰ってゆくのはさぞたのしいことだろう、とぼくは「新生」の吸いガラをキセルにつめながら眼を細くしているのである。

シャンパンについて

シャンパンの瓶はどの会社のも共通で、日本の一升瓶のように普遍的なものである。デリカな内部のぶどう酒が日光によって変質しないよう濃緑色になっていて又瓶内の炭酸ガスの圧力に充分耐えられる程に厚い上げ底になっているのは沈澱物を溜めるため、栓の針金はコルクが飛ばぬため、などと云う次第で、デザインはダテに優美を気取ったものでない。堅牢でデリカ、簡素で雅味深く、堂々としている。慶祝の席の司会者にふさわしい渋さとエレガンスの雰囲気を持つ。進水式には船首へシャンパンをブッつけるのが吉例になっている。堂島川のダンベエ船ならさしずめ焼酎をかけるところだろう。

さて、シャンパンにもいろいろある。国産のヘルメスも帝国ホテルのレセプションに使われるようになった。ところはその道の大親分の藤生氏が肩を聳やかして嬉しがらせてくれたが、この稿ではフランスの名門、モエト・エ・シャンドンのシャンパンについて思いだすまま書いてみることにした。

モエト・エ・シャンドン（MOET ËT CHANDON）の歴史は古い。一七四三年創醸、ということになっている。しかし、そこのぶどう畑（オオヴィレにある）はもっと古い。司どっていたベネディクティン派僧院が西暦六五〇年創立、と称されている程だ。ただの沸騰性ぶどう酒を今日のシャンパンの特性に進歩させたのはドム・ペリニヨンという坊さんで、多種のぶどう酒をブレンドして、しかも泡を統一して沸かせる方法を創案した。

オオヴィレに会社をつくったジャン・レミ・モエトの娘、アデライド・モエトはピエル・ガブリエル・シャンドンと結婚した。シャンパンの名の由来はそんなところにある。この名門の一族は代々、オオヴィレの市長になった。

この館《シャトオ》のシャンパンは他社にさきがけていたので、永い間、殆んど全世界に君臨して事業と利潤を独占することができた。古い顧客名簿の複写を読むと、ウンザリさせられる。曰く、一七五一年五月二十一日ポムパドウル侯爵夫人納。一七五七年十月二十三日リシュリウ元帥納。その他、ナポレオン・ボナパルト、ラ・ロッシュフゥコオ、ジョゼフィン皇后、ロシア皇帝、ミュンヒハウゼン男爵、エセックス侯、チャーチル、シュヴァルツェンベルグ等々、世界史の人名録を眺めているような気がしてくる。コワいようなもんだ。

アンゴステュラ・ビターズのこと

こんなことは本職のバーテンダー諸氏ならとっくにごぞんじだと思うのだが……

アンゴステュラ・ビターズは普通、アンゴステュラの樹皮の成分が他の香辛性芳香薬草族などとともに酒精によって浸出されているのでこの名がある、と考えられているらしいが、誤りだそうである。アンゴステュラ木なんてものはない、と聞く。創製者の住んでいたヴェネゼラの町の名だ、というのである。真実か？

創製者の名はJ・G・B・シーガアト博士。一八二〇年頃、シモン・ボリヴァー将軍の下にあって南米の独立軍隊に籍をおいていた軍医だった。優秀な男だったらしく、間もなくグアヤナの軍病院長となった。若いシーガアトの熱心な研究心をよび起したのは兵隊の食欲増進剤の発明だった。決してバーテンダーの神様になろうということではなかったらしい。

そこで彼はベネディクト僧のように辺りの熱帯の薬草類を手あたり次第に集めちゃ、大方、マクベスの魔女の鍋のようにトロリトロリと煮つめて研究しだした。四年程かかったというから相当な根気である。もっとも、この四年のために今日のマンハッタン・カクテルが存在し得るわけである。左党の諸紳士方はウッカリ聞きのがすことはできない事である。

アンゴステュラ・ビターズの処方はそうして出来上ったが、当時は、ただ、〃ドクター・シーガーツ・ビターズ〃として通用しているだけだった。やっぱり、ベネディクティン・リキュールと同じように衆生済度にはずいぶんと効験アラタカなものがあったらしく、たちまち評判になって、ひろまった。といっても、もちろん、その処方は秘密である。現在でもわからないとされている。

お神酒のベネディクティンが後年左党のハンニャ湯になったように、いつ頃から健胃苦味剤のアンゴステュラ・ビターズがカクテルの画竜点睛的役割を果すようになったのかは全くわからない。戦時中、窮した飲み助が苦味チンキをあおって渇を癒した流儀で、そしてたいていのカクテルがそうであるように、或る日、或る時、誰かが胃弱の薬瓶をウィスキーとヴェルモットの混合液のなかへたわむれにふりかけてガリレオ的発見をしたのだろうと思う。その後、レンメンとして全世界のバーが日夜、アンゴステュラ・ビターズでガリレオ的発見をつづけて今日に至っているのである。〃マンハッタン〃然り、〃シカゴ〃然り、ジン・ビターズ、又その例に洩れない。

シーガアト博士が死んだのは一八七〇年だが、すでにそれまでにアンゴステュラ・

ビターズは胃弱薬の境地をぬけだして広く各種の混合飲料に使用されるようになっていた。ただ、ヴェネゼラは革命騒ぎが絶えなかったのでシーガアト博士の子孫は一八七五年に英領西インド諸島のトリニダットに移住した。処方は今日でも公けにされていない。けれど、包装紙を読めばこの得体の知れぬ、そしてバーではシェーカーや氷と同じ程に不可欠の存在が現在でも本来の使命を忘れずにか、少量の水に半オンス程溶いて召上れば軽い腹痛位ならドンピシャリ、治ると書いてある。

秋の夜のつれづれにしては余りソッケなさすぎたようである。お手元の酒は氷のとけぬうちに召上れ。妄言多謝

酒に想う

ある人がミュンヘンのホーフブロイのジョッキをくれた。何マルクかだして記念に買ってきたのだそうだ。べつにかわったところはどこにもない。陶器で、ズシリと重く、鉛の蓋がついている。HBという頭文字が入っているが、ほかにはなんの装飾もない。が、なにげなくそれでビールを飲んでいるうちに、ある事実に気がついた。というのは、ジョッキのふちの厚さと曲線がビールの味にたいへん影響をもっているということである。しばらくしてから、なにかのはずみで、柳宗理氏のデザインによるという陶製ジョッキをまたひとつ入手したが、ためしにこれで飲んでみても、やはりおなじことを感じさせられた。ガラス製のグラスで飲むのとはあきらかにちがう触覚が私にたのしい錯覚をビールの味について抱かせてくれた。もちろん、ドスンと重いジョッキを片手ににぎってグイと飲む男性的感覚も手伝ってのことではあろうと思う。しかし、それにもまして、やはりくちびるにふれる陶地の厚さと、ふちのカーヴがずいぶん微妙な相違を舌にあたえてくれるのである。ホーフブロイのジョッキのデザインをつくったのは、何百年かのドイツ人のビール生活である。職人はなにげなくロクロをまわし、土をこねているにすぎないが、ふちの厚みとひねりぐあいがくちびると舌にどういう影響をあたえるかを、彼の堅固な手は知りぬいているにちがいないのだ。そうした知慧は容易にこわすことができないだろう。

触覚と味はきりはなせないものである。氷のように冷えきった、谷間の清水にも似たマーティニの清冽さはやはりくちびるが切れるほどするどく薄いカクテルグラスでないと味わえないし、ウィスキーは爪楊枝入れみたいな小さなシングル・グラスより、切子も色もついていない、底の厚い、大きく重いオールドファッション・グラスにすこし入れて飲むのがいちばんである。

あのグラスは、もと船員が船のなかで使っていたグラスである。船はゆれるから酒がこぼれやすい、そのため底がズシリと厚く重くて安定のよいデザインが考えられたのだ。鉛をたっぷり入れて重くし、屈折度のキラキラと高い、クリスタルのオールドファッション・グラスでゆうゆうとたのしんでいる人を見ると、小憎らしくなってくる。あの単純明快で重厚な形と線はたいへん私に魅力を感じさせる。

ところで、人間の舌はたいへんかなしい生物で、刺激の連続にたいしてはきわめてもろい。私は洋酒を飲みつけているうちに、日本酒が飲めなくなってしまった。これにはほかの気持も手伝っている。日本酒を飲むと私は、なんだか、人と妥協したくなってくる。徳利、チョコ、さしつさされつ、というような形式のうえのこともあるが、なによりあのまったりとした、微温的で、おだてるような、やわらかい日本酒の味には人を妥協に誘わずにはおかないものがあるような気がしてならない。それが私には、たいへん不愉快だ。翌朝までしめりが精神にのこるような感じがする。おなじように酔いの曲線が緩慢で女性的で、いつとなく酔っていつとなくさめていくにしても、ぶどう酒のほうがはるかに精神にとっては健康なような気がする、私はぶどう酒を飲むとおしゃべりになり、ひとと議論したくてしょうがないのだが、日本酒のほうはともすれば私を沈黙がちにさせる。妥協する自分を警戒する気持からである。焼酎の荒い沈黙のほうが私にはまだしもありがたい。

ウォツカが好きですなどというと、たいへんな酒飲みのように聞こえるが、私はウォツカがいちばん気に入っている。

ウォツカは知られているように穀物から蒸溜して木炭槽で何回となく濾過し、磨きに磨いてつくった酒である。酒というよりはほとんどアルコールそのものである。ドライの一点張りである。強烈で、乾いて、澄明であり、味、香り、色、コク、などというようなものはなにもない。

そのくせ飲むと、どこかに一沫のかすかな甘みのようなものが感じられ、夜なかにひとりで飲んでいると、誰にも妥協せず、誰にも才気ぶらなくてよいので、思わずグラスをかさねてしまう。

あのツンとくる高い単音のような澄んだ、するどい匂いをかぐと、私ののどの奥にポッと小さな火がともる。それを、飲むと、ジュッと音がして火が消えオヘソのあたりがチクチク熱くなり、おもむろに、そしてやがて急速に、胸から肩へ、頭へと、熱がひらいてくる。異邦の詩人たちの句に親しむのもこういうときである。

ドストイェフスキーのような巨人族はたえずウォツカを飲みながら小説を書き、ゲエテは一日じゅう白ぶどう酒にホロ酔いでいたと伝えられる。私はまだ未熟のせいか、酒を飲むと酔いの放恣な観念にひきずられてペンをとるところまではいかない。酔っていると、なんとおれは天才なのだろうと手放しに呆れて讃嘆するが翌朝は影も形もないのだ。いつになったら原稿用紙のうえで天才になれるだろう……。

カクテル・ワゴン

二、三年前のことである。ひとりのバーテンダーが食いつめて身上相談にやってきた。

ひとにたよられるどころか、こちらも自分ひとりを扱いかねて青息吐息というようなありさまだったのだが、相手があまりにみじめであったので、話を聞いてみた。

年はいくつなのか、さっぱり見当のつかないような男であった。チンチクリンの小男で、ちょっと足らないところがあり、まっ黒に陽に焼けてひからびている。

バーテンダーといえば夜の商売なのだから、酒焼けして黒いというのなら話はわかるが、この男のはどうみても陽に焼けた黒さである。それもずいぶんまえにあまり上品ではない焼かれかたをしたような様子である。

「……わてもむかしは郵船に乗ってましたんやが」

つまり、七つの海の潮が皮膚にしみこんでいるのだといいたいのであろうが、ナニ、おちぶれたバーテンダーはみんなこのせりふを使うのだ。

〝郵船〟とは日本郵船のことである。むかしの日本郵船のバーはその道の権威ということになっていて、いわゆる丸《まる》シップの酔っ払いどもの回顧談はかならず一度はこれにふれる。バーテンダーのあいだでは〝郵船できたえられた〟というせりふが一つの神話となっているのである。

「郵船の何丸に乗ってたんや。航路は欧州か北米か？」

ためしにつっこんで聞いてみると、相手は禿げかけた才槌頭をポリポリ掻いて「へえ、もう、なんやしらん、あっちゃこっちゃ、あっちゃこっちゃしたもんでっさかいに、いちいちおぼえとりまへんのやが」

か細い法螺を吹きながら逃げた。

この男はやることなすことすべてすれちがいのグレハマで、どこの酒場もうまくつとまらない。何年となくあちらの酒場、こちらの酒場を渡り歩いたが、もう年も年だから、ここらで一つ、自分で店を持とうと思う。

そこで、いろいろと考えたあげく、〝屋台バー〟というものをやってみようかと考えついた。屋台でハイボールやジンフィズを飲ませるのである。これなら安直だからおでん屋のお客も吸収できるのではあるまいか。いまのところ屋台でカクテルを飲ませるなんて奇妙なことを考えついた奴はひとりもいないから、ひょっとして成功したら屋台バーを何台もつくっておれはそのチェーンの大将になり、屋台の貸料だけとって、ゆうゆうカンカン、きんたまぶらりといい暮しをしようと思う……

「なんせ洋酒時代でっさかいに、タコ焼きの屋台の横でシェーカーふってる車があってもよろしやおまへんか」

というのである。

そこで私たちはこの男にいろいろとない知慧をさずけてやり、ノレンのかわりに舶来洋酒の空瓶を吊せだの、パリのパタシュの店のように古ネクタイをかけろだの、屋台の横腹には舶来洋酒の木箱の上蓋を貼りつけろだのとアチャラカ趣味のハッパをかけてはげましてやった。おっさんはだらしなく感激して、飲みにゆくとタダにしてくれた。

おっさんは私たちの気まぐれなアイデアを忠実に実行した結果、石焼芋の屋台にジョニー・ウォーカーやシャルトリューズやキャンティの空瓶を針金で吊した。そして一升瓶に水をつめると、緑青のふいたような剝げチョロのシェーカーだの、半腐りのレモンだの、ひからびたチーズだの、塩豆だのといったうぞうむぞうをのせてキャバレの裏の暗がりに出張し、ミコシをすえつけた。場所を選ぶにあたってはかならず電柱と溝を忘れないという細心の配慮も見せた。

「……やっとわしも一城の主になれたちゅうもんです。感謝感激、雨あられで、おま」

おっさんはアセチレンの灯かげで、すこし足りない、子供のような顔を皺だらけにして笑った。あまりに哀れであったので、開店当日、私はポケットをはたいて、トリスを何本か買って持っていってやった。

　この計画は的に命中した。あたりのキャバレや高級酒場からカンバンで閉めだしを食ったコンニャクどもが
「おもろい奴《やっち》ゃ」

　とか
「盲点つきよったなァ」

　などと笑いつつおしかけたのである。

　おっさんはいそがしくなった。

「ジン・フィズ！」

　といわれるとあわてて手で半腐りの部分をかくしてレモンを切り
「水ハイ！」

　といわれると大急ぎで一升瓶かかえてちかくの共同便所へ走った。

「氷を、くれ」

　といわれると、草履のように薄くなった下駄を鳴らして駈けだした。行先は近くの氷菓子屋である。氷を削ったあとの、センベイのように薄くなったのをタダでもらっ

てくるのである。おっさんは嬉しそうに息を切らし、手からポタポタ水をしたたらせつつ駈けもどってきた。この屋台で飲むときは、私たちはウィスキーのストレート一本槍ときめた。

しかし、やがておっさんは〃カクテル・ワゴン〃の胴元になってゆうゆうカンカン、なにやらぶらりという結構な夢を放棄しなければならなくなった。おっさんはその人のよさと、脳の足らなさにつけこまれて飲み逃げ、踏みたおしに会ったうえ、道路交通取締法で何度となくパクられたのである。私たちはしばしば彼がおでん屋やタコ焼き屋といっしょに必死になって屋台をひきずって逃げてゆく現場に出会わした。また、悲しいコンニャクの一人は、なかへトリスを入れて飲むのだと頑是《がんぜ》ないことをいって、おっさんの金看板であるジョニー・ウォーカーやキング・オブ・キングスの空瓶を強奪して家へ持って帰ったし、パンパンさんの一人はウィスキーを一本平らげてから、便所へ行くと称してそのままあと白浪を敢行してしまった。

えとせとら、えとせとらで、ついに仕入金にも窮したおっさんは客の私から金を借りてソーダ水を買いに走り、一人の客のくれた飲み代でつぎの客のためのイカクンを調達するというようなありさまとなった。結末はきまっている。御挨拶、乾杯、夜逃げである。おっさんはナポレオンのコニャックの空瓶を鳴らせつつ夜ふけの大阪の暗がりへトボトボ屋台とともに去っていった。

そんな後姿は銀座にもいくつとなくあると思うが……

東欧の女性たち

どこまで科学的に正しい説なのかは知らないが、人間や民族は雑種混血すればするほど女が美しくなる、という意見を聞くことがある。私のとった旅行のコースについてこれを見ると、ルーマニアがいちばん美人の多い国であった。パリよりも多い。そのつぎがポーランド。これは昔から美人国として有名であるからこちらもあらかじめ心の用意があった。けれど、ルーマニアがあんなに美人の多い国だとは知らなかった。

北京、ソフィア、ブカレスト、プラーハ、ワルシャワ、私のかいま見た社会主義国の首都ではブカレストがこの点に関するかぎりではいちばんのようである。ほかの人にも、二、三聞いてみたが、だいたいみんなおなじ感想をもらして、ついでにニッコリするようである。

ルーマニアはヨーロッパ諸民族の移動の門にあたる国だった。地中海およびヨーロッパの諸民族が近東、あるいはロシアへ、またロシア、近東からヨーロッパへの、あらゆる移動の通過点にあたる。いまでもルーマニアの一州は、〝トランシルヴァニア〟と呼ばれるが、これは〝トランス（移動）〟からそのまま来ている言葉であろう。ゲルマン系、スラブ系、ラテン系、マジャール人（ハンガリア人）、タタール人、その他、おびただしい数の民族がこの国に戦争や凶器と同時に新しい血液をのこしていったのである。その過去は複雑錯綜し、悲惨で気の毒なものだった。ことに十九世紀、二十世紀は、石油、岩塩その他の豊富な資源とその戦略的地理などのために何度か滅亡、分割、侵略、迫害をうけてきた。

けれど、いま、ブカレストのキャフェなり、レストランなどの椅子にもたれて眺めてみると、ルーマニアの女たちはガラスごしの陽に輝やいてほんとに美しい。バルザックやゾラなどの小説を読むと、よく女の肌の白さについて、

「……雪花石膏のようだ」

という描写をつかっているが、ルーマニアの女の肌の白さとくると、まったく眼を洗われたような気持がする。蘇州の女性たちの肌もずいぶんきれいで感嘆させられ、上海の宝石店で玉《ぎょく》の香炉を手にとったときの、あのしっとりとして肌理《きめ》こまかくやわらかな感触を、何度となく想像させられたが、ルーマニアの女たちの透明な雪白の肌に陽が射すと春の温室のような印象をうける。赤ン坊が乳母車に入っているところを

覗くと、まるで白金色の泡である。その雪白のひとたちが近東系の黒い眉のしたでアマンド型の端麗な眼をぶどう酒にうるませてゆるやかにホテルのボール・ルームなどでワルツを踊っていたりするところを眺めるのは何時《いつ》見ても見あきない風景だった。ときどきこの美神が裸になったら、と想って、想った瞬間にのどが痛くなるようなショックにおそわれることもあった。もっとも、私がいったのは九月だったから、暖かい黒海沿岸ではまだ海水浴の季節で、そこへいったときには右に左に群がるアフロディテ、痛いのがのどだけではすまない日がつづいた。彼女たちはハチきれるような、みごとな乳房と腰にほんの象徴的な、かわいい、小さな、謙虚な布きれをつけ（つまり、ビキニ・スーツというモノである）腋の暗褐色を帯びた金の房毛を陽に閃めかせてとんだり跳ねたり、寝ころんだりしている。毎朝、起きると、そそくさとホテルのロビーからぬけだしてすぐ裏の渚へゆくのが楽しみだった。そこへいってなにをするかというと、眺めるのである。魚河岸のマグロのようにアフロディテたちがごろごろ寝そべっているのを一人一人ためつすがめつ覗いて歩くのである。覗いて歩いてどうするかというと、息ができなくなるのである。不毛の感動というものだ。ああ……。

中国ではどうなっているか、聞くのを忘れたけれど、東欧諸国ではたいへん離婚がさかんなようである。なぜ離婚がさかんなのかというと、ひとことでいえば男女同一賃金だからである。同一労働に対しては同一賃金が払われる。男が一人で暮せるのなら女だって一人で暮せる。お脳がヨワイくせに傲慢でスケベイなケダモノに縛られることはないのだ。女の人格の独立というものは経済的独立がなければハナシにも何にもなるまい。この点、日本の女はほんとに気の毒である。

同時に男も気の毒なのであるけれど、女の気の毒さのほうがどうひいきめに見てもまだまだ多いようであるから、この原稿では、男のこころのさびしい眺めよ、とだけいうにとどめておきましょう。さてそこで女が男の厄介にならなくてもすみ、男が哀れさや億劫さから女につながっていなくてもよくなったら離婚がさかんになった。あまり流行するので政府は頭を痛め、離婚には税金がかかるということにしようかと相談したら、今度はみんないっせいに（?）ノルマをあげて働きはじめ、せっせと離婚金つみたてにかかりだした。よし、そのテならこのテというので、協議離婚の範囲をグイと狭め、少々の不平不満では聞き入れないゾとやってみたら、いたずら者は離婚が目的のためだけの、浮気を働きだした。というのである。これは誇張だと思うが、まずそういうことになっていないではないらしい。

「どう思うかね?」

「うらやましい。日本では離婚したくてもまず女は離婚すると食っていけない。職業がないし、社会保障もダメである。日本の家の台所には電気洗濯機もあるし電気冷蔵庫もあるが、そんな点では心はまったく貧しくて、男も女も心細いかぎりである」

大ざっぱにいってそのように答えておいた。

外国を旅行するには冗談や逸話を用意しておくとよいということがよくわかった。話がくだけて、思わぬ表情がとびだし、相手の心によくとけあえる。それで、いくつものハナシをおたがいに交換したが、その一つを紹介しておこう。これは中国製で、郭沫若が話してくれたものである。

あるとき兵隊がみんないっせいに女房がコワイといいだした（中国の兵隊さんでもですヨ）。隊長が困って、そんなことでは革命はできんゾ、というのだけれど、いやそれでも女房はコワイという。そこで隊長は兵隊をふるいわけてみようと思い、命令をだした。女房のこわい者は右へいけ、女房のこわくないのは左へいけ。すると十人のうち九人がたちまち行動を起した。エ？　そう、右へいったのである。左へいったのはたった一人だった。そこで隊長は感動し、その兵隊の肩をたたいて、

「えらい。君だけが真の英雄だ」

すると兵隊が頭をかいて、

「いえ、ナニ、私はかねがね女房からみんなのあとについていってはイケナイ、といわれているものですから……」

と、いった、というのである。

ヨーロッパではどうかしらと思ってこの話をすると、みんなは腹を抱えて笑いだし

た。このハナシほど歓迎されたのはないようである。そこで、一人一人に、聞いてみた。あなたならどうします、右ですか左ですか。すると一人は答えた。

「私は社会主義国の人間です。つねに大衆と行動をともにするのが私の主義です」

もう一人は答えた。

「あなたの右か左かという言葉に政治的な意味がないのなら、私は完全に右派であることを告白しますなァ」

別に言ったのがいる。

「オレは右でもなければ左でもない」

「じゃどうする?」

「女房といっしょにまんなかをゆくのサ」

みんな哄笑したけれど、なかに一人、本気とも冗談ともつかぬ顔つきで、

「……たしかに二〇世紀は母系性文明復活の兆しがあるようだゾ」といってるのもいた。

おもしろい旅行だった。

ヨーロッパであった女友だち

マグダレナとはブカレストで会った。ルーマニアで暮した一カ月の間は毎日、朝の十時頃から深夜の酒場まで、ずっとつきっきりについてあちらこちらを案内してくれた。二五歳。髪は金茶で、目は灰青色だった。快活で、機知に富み、冗談がなにより好きだった。英・仏・独・露のほかにハンガリア語が自由に話せる。ブカレストの大学の文学部を卒業し、はじめはバレリーナになろうと思って、クラシック・バレーとスペイン舞踊を勉強したが、父の反対に会ったので、その後はやめ、いまは平和委員会に勤めている。体は小さいが、細くて、鞭のようにしなやかだった。黒海の渚の砂浜で、いたずら半分にコッペリアの一節、二節を踊ってみせたときの透明な炎のような軽さはいまでも目のうらにのこっている。

私たちは毎日くっついて、画家を訪ねたり、作家に会いにいったりした。話をして別れると、そのあとできっとマグダレナはアダ名をせがんだ。ベレ帽、チョビひげの美術批評家は〝山羊先生〟、頭の禿げた童顔の法律学者は〝赤ン坊カメさん〟、禁酒禁煙、一生童貞の版画家は〝マエストロ、仙人〟……などといったぐあいだった。自動車でブカレストの郊外の街道をドライヴしながらマグダレナはとつぜん思いだしてクックッ笑いころげ、「ねえ、いまごろ赤ン坊カメさんはなにしているかしら」と聞く。「さあネ、便所に入ってるのじゃないかな」、「まァ！」、「便所で奥さんのことを考えてるんだヨ」「便所なんていわないで。あれは便所じゃないの」「なんだね」「最高科学アカデミア」……彼女はそんなことをいって、おなかを抱えて笑うのだった。私は彼女をよろこばすためにサムライの歌をうたってみせたり、大汗かいて笑話をひねりだしたりした。そのたびに彼女はするどい機知にあふれた返答をした。けれど彼女が、あるとき、育ちざかりの少女時代に爆弾や防空壕の生活を毎日したために飢えて神経異常になり、そのためか、いまでも、流産を二度もした、といったときには胸をうたれた。

　ルーマニア人のマグダレナにはラテン族の明るさと血の熱さがあったが、プラーハで会ったマレチコヴァにはスラヴ族の気質の特徴がそのままそなわっていた。彼女はまだ独身で、母親といっしょにプラーハの片隅で暮していた。プラーハのカレル大学ではロシア語と英語と日本語を学び教室では樋口一葉を愛読した。仕事のひまなとき、ときどきでてきて通訳をしてくれた。彼女はひかえめで、つつましやかで、いつもなにかをひとに譲ろうとし、寡黙だった。美術館や博物館にいって説明するときは、小首をかしげて考え考え、木のことを、「……アレハ、モクデス」などといって苦しんだ。けれど、私がマグダレナに教えられた笑話の一つ二つをなにげなく話すと、白皙の頬をまっ赤にしながら小声でのどの奥で笑い、行儀よく両手を膝において、「モット、モット、ソノ話、シテクダサイ」

ひっそりとせがむのだった。

三カ月ほど東欧を歩いてから、私はワルシャワから飛行機でパリにでてきた。パリの街のいたるところにあふれている鏡とロココ趣味にはどうしてもなじめなくて、どうしてこんな衰えた、俗悪なものをとっておくのだろうと、腹がたってならなかった。が、到着した夜、小雨のなかを歩いていて、とつぜんエトワール広場にでたとき、体のなかに静かな音楽が起るのを感じた。淡青色のガス灯のなかに凱旋門がサーチライトを浴びて丘のうえ、夜の底、街の肩にそびえていたのである。なんといっても、それだけは、すばらしかった。

何日かしてから、週刊誌の『レクスプレス』にいるシュザンヌ・ロッセに会った。彼女は日本語が読める。私の書いた小説を二つほど読んでいて、翻訳にかかっているところだった。三十二、三歳のマダムだが、純白のタートル・ネックのセーターに黒の皮ジャンパーをひっかけたところはとても若くて、二十四、五歳ぐらいにしか見えなかった。私たちはラスパイユの近くのキャフェまで歩いてゆき、ヴェルモットを啜りながら文学や政治のことを話しあった。彼女は日本語にフランス語をまぜ、私はフランス語に日本語をまぜた。

シュザンヌが壁にもたれ、考え考え、「ソレデネエ、アノネエ……」といったり、まちがえると軽く舌うちしては、「おー・ら・ら！」とつぶやいたりすると、成熟した粋さがにじみでて、やはりマグダレナやマレチコヴァなどにないものがあふれでた。私たちは何時間もタバコの空箱に落書きしながらいろいろなことを話しあった。中国には過去と未来があるが日本には現在しかない、と私がいうと、シュザンヌは暗い、静かな顔で、フランスには過去と現在しかありませんと、つぶやいた。けれど、深夜の舗道にでてみると、凱旋門だけは美しく輝いていた。「マンモスの骨」と私がいうと、シュザンヌは低く笑って、だまっていた。

虚無からの声

某夜。

ディートリッヒを見にいく。

はじめに生ける記念碑は白いミンクの長大なコートをひいてあらわれる。超デラックス。超大時代。ロシア女帝なら似合いそうなといいたくなる。つぎにそれをぬぐと、一ミクロンのすきもなくぴったりと体に貼りついた銀ラメのローブ・デコルテ。英語、ドイツ語、フランス語と言葉をとりかえとりかえ、つぎつぎと歌っていく。ボードヴィルの、恋の、傷心の、兵隊の、反戦の歌を、泣いたり、笑ったり、おどけたり、思いつめたり、変幻自在に歌っていく。ある歌では炎が消えがてにゆれ、ある歌では声が干割れかかり、ある歌では力みすぎてかえってうつろさがでてしまったりする。

おわると、そっけなく
「もうだめです」

とつぶやいてそっぽを向く。

けれど、拍手、拍手、拍手でアンコールを求められると、首をふってというしぐさも見せずにたちなおって、淡々と、一曲、また一曲と歌いつづけた。

記念碑は一説によると七〇歳だといい、またべつの一説では七四歳だともいう。ライトのなかにチョコチョコとでてきたところを見ると、おなじみの下品な般若面だが、たいそう小柄なので意表をつかれた。歌にも、伴奏にも、観客にも、さては自身にたいしてさえも超然としたそぶりである。ところが、どうかしたはずみに、奇妙な可憐さがうなじから肩へかけてあらわれてくる。それも一度や二度ではなく、よくあらわれ、よく陽炎のように明滅するのである。

そのためこの老女は百戦錬磨の古強者のほかに、しばしばおちゃっぴいの女学生や、辛辣な悪口が大好きな陽気なおばあさんに見えたりするのである。男ならウィスキー・ヴォイスと呼ばれるかもしれないその独特の底深くて品のわるい嗄れ声にはスクリーンで記憶があるけれど、この可憐さはついぞ予感もせず、予測もしなかったので、眼を瞠った。こんなものがあるとはまったく思いもかけないことだった。おそらくこれはこの人の肉なるものの一つで、それも身につけて分泌するようになってからかなりの永さになるものと思われた。

虚栄。嫉妬。傲慢。吝嗇《りんしょく》。浪費。厚化粧。独占欲。我執。妄執。低能。役たたず。

ヒステリー。気まぐれ。しつこい。くどい。女が男にひりかけるありとあらゆる種類のイヤらしさが、かつてこの人には熱病のようにか冷感症のようにかみなぎっていたのだろう。ある種の気質を持ったかなりたくさんの男はこの人の身辺で暮すと鼻持ちならなくなって三日とたたないうちに逃げだしたくなったことだろうと思う。けれど、その女の業の混沌のさなかにも、しばしばあらわれるあのまがいようのない無邪気が、とめどない長さの悪文にも句読点があらわれるようにあらわれてきて、男をくやしがらせつつ踏みとどまらせるということがあっただろうとも思われる。

文学は身持ちのわるい女に似ている。年をとるほど尊敬されるようになる、警句の天才のサマセット・モームがそう喝破したことがあるが、文学だけがそうなのではあるまい。男そのもの、女そのもの、それぞれの生涯がそうなのだろうと思う。鼻持ちならない、イヤらしい、そして絢爛たる腐敗というものをくぐらなければ到達できない淡麗というものがある。よこから観察するとそれはしばしば壮烈な快挙と映るが、本人は癩のようにおぼれ犯されつつ忌み憎んでもいるにちがいない。けれど彼や彼女は相反併存のなかで生きるしかなく、激情と病弊の交錯のまま疾走する。たとえばこの記念碑の老女が尊敬するピアフは数知れない男巡りのほかに、アルコール中毒、麻薬中毒、発狂、交通事故による骨折と巡歴していき、死んだときは内臓という内臓が一つのこらず大破していて、全身が萎びたボロ雑巾のようだったと伝えられている。

ディートリッヒに淡麗の気配がないではないけれど、まだそれは手に入っていないし、肉にもなっていないように思われる。ピアフも三島由紀夫もそれを入手するよりさきに去ってしまった。この時代にそんな至境が体現できるものなのか。どうか。いいたいことはあるけれど、しばらく黙って、狂いもせず、自殺もしないで生涯をこえてきたこの不屈の老女の嗄れ声のはためきに耳を傾ける。たくさんの若者が握手を求めて舞台めがけて殺到するのを眺め、父と子はいがみあうが祖父と孫は理解しあえるのだな。それなら祖母と孫もかなと考える。孫たちは永い試練に耐えぬいた偶像をこの時代に持っていず、枯渇しか持たされていない。歌はともかくとして、生きる勇気をあたえられることはたしかだな。崩れたきりの中年男はちょっと仙人の文体でそう考えて席をたつ。けれど、こころに直下《じきげ》に迫るものは、一滴あった。やっぱり記念碑である。

頁の背後

『新しい天体』を書いているときに岡山の果物作りの名人を訪問して一夜、酒を飲みつつ話を聞いたことがある。この人とその作品である果物のことは『新しい天体』に書きこんでおいたから、ほぼ実談として読んで頂けたらありがたい。この『初平』こと松田氏は完璧主義に生涯を憑かれてすごした人物であるが、ぶどう、柿、白桃、何を作らせても見事な腕前であった。彼は異様な執念と、努力と、苦心と、工夫を果樹につぎこむので、できた果実はワカル人にだけ食べてもらいたいという気持から、店頭で売ることはしないで、すべて通信販売であった。毎年春になると安井曾太郎だか梅原龍三郎だかの画を原色版で印刷した小さなパンフレットが私の家にも送られてきて、そのカタログには雅俗混交の文体で白桃やタイの浜焼の解説が書いてある。それを見てめいめい好みの品を予約し、金を送るわけだが、松田氏は輸送にかかる時間をちゃんと考えて果実を木からもいでくるのだった。何しろ、カラスミだの、塩辛だのを独自の理論と経験から果樹に肥料としてあたえるという凝りかただから、その白桃はたいへんな値段がするのだが、そのかわりガブリと噛みついたときの歯ざわり、舌ざわり、しとどの果汁、柔媚の果肉、香りの芳烈ときたら、しばらく声を呑むしかないのだった。

この名人は通信販売のカタログだけで、つまり文章だけで全国から顧客をつのらねばならないので、果実には満々の自信があるから一度食べた人には何の懸念も抱かなくていいのだが、未知の人はどう誘いこんだらいいか、毎年、野良仕事で太くなり、ガサガサに荒れた指に鉛筆をにぎって頭をひねるのだった。岡山市内の寿司屋のカウンターに肘をついてちびちびとやりつつ名人は厚い手で坊主頭を撫で、辟易したという顔つきでつぶやくのである。

「……何しろ文字で果物の肌理《きめ》や香りや味を書かんといかんのですからナ、これはコトですわ。どえらいこってすわ。いろいろとえらい先生の書かはったもんを読んで、物の味はどう表現してあるかいなと研究もしたんですけどね、みなさん苦心のわりには成功したはりまへんねぇ。ほんまにむつかしいこってすわ。私にはそれがようわかりまんねぇ。結局のところ、タトエですな。比喩ですな。まったく違うべつのものを描写した文句なり、文章なり、それを持ってきてやね、それで攻めていくしかないねン。それしかないんですわ。それでまわりから攻めていく。まわりを埋める。城でいえば堀を埋めていくんですわ。かんじんの本丸、これは手がつけられへン。食べてわかって下さいというしかないんです。むつかしいもんですなァ」

いちいちうなずけることばかりだが、野外の達人が室内で苦吟したあげくの諦観が語調によくにじんでいたので、私はうたれた。そして、女と食物が書けたら作家として一人前だという古い、古い定言を教えてあげたが、名人は茫然と眼を凝らして盃を口にはこんでいた。

たったいま私はこの名人の白桃のことをちょっと描写し、さいごに〝しばらく声を呑むしかないのだった〟と書いたが、これが小説家の名折れである。敗北なのである。絶妙の味覚に出会って、それを〝筆舌に尽しがたい〟と小説家は書いてはいけないのである。名人がうめくように味覚の本丸は手がつけられない。周辺から攻めたて、埋めたてていくしかないのである。中心は空白のままで放置するしかないのである。しかし、沈黙を表現する手法というものもないではないから、雄弁にか寡黙にかその手法を使って小説家は突撃を敢行する。失敗を承知のうえで全力投球を試みる。何しろ私はコトバの商人なのだから、〝いわくいいがたし〟などと投げてはいけないのである。風景、食器、室内の照明、調度、人びとの言動、風のうごき、影のたたずまい、思いつけるかぎり、手にできるかぎりのイメージとコトバを動員して舌の上のたったの一瞬に迫らなければいけないのである。これまた〝完璧の瞬間〟に賭ける技なのである。舌の上の一瞬はモラルや信仰や信念やイデオロギーのはるか彼岸にある、非情なまでの自由にみたされた一瞥の領域だが、一瞥しかできないのにたちまち全身を占められ、しかもつぎの瞬間には容赦なく去られ、捨てられてしまうのだから、文学は食物と女だと喝破した定言は古いものだけれど、やはり痛烈である。このうつろいやすい一瞬をこれまたうつろいやすい文字でとらえようとする技の至難。こういうことこそもっともっと論じられなければならないのだが、ほとんどふりかえる人がいないのは、どうしたことだろうか。いったいみんな、生きているのかネ？……

運動選手はいつもトレーニングをし、縄跳び、ランニング、自転車、シャドゥ・ボクシング、水泳、ありとあらゆる手段で贅肉を削ぎ落さなければならないが、その比喩を援用するなら、小説家もまた朝起きてから夜寝るまで、いや、寝てから見る夢についてまで、属目ことごとくの森羅と万象について観察と描写のトレーニングをかさねなければなるまい。スポーツマンは贅肉をバイ菌のように敵視するけれど、小説家はその贅肉すらも歓迎して自身の栄養に転化しなければならないのである。そうすると、味覚についてのデッサン、つまり〝食〟についての短文、随筆、随想などは、最高の鍛錬の形式であるはずである。この種の〝雑文〟を〝デッサン〟と考えるなら、食味随筆というものはけっしてバカにはできないのである。軽く書こうが重く書こうが、それはさほどモンダイではない。軽いお茶漬もあれば重いビフテキもあるけれど、どちらが上でどちらが下であるなどとはいえないようなものである。むしろ軽いほど、素朴なほど、簡潔なほど、かえって作りにくいし、また、描出もむつかしいということが起ってくるはずである。スープ。うどん。湯麵。こういう料理のＡＢＣクラスのものこそコック長が世界のどんな地帯でも弟子の腕を見る最高の素材でありテーマであると感じている事実を見れば、よくわかる。私にいわせると、もっともむつかしい料理は一杯のうまい水である。深い、澄んだ、冷たい、まろやかで艶のある、何日たっても思いだすことができ、しかも毎日何杯飲んでも飲みあきない水というものはめったにありつけるものではないのである。月や火星へ重量物を飛翔させることのできる時代になったところで、選びぬかれた場所の春さきの渓谷が惜しみなくおし流してくる一杯の水は、やっぱり、人工でつくりだすことのできないうまさなのだ。しかし、この深い単純に到達するためには、無数の段階と領域を巡歴しなければなるまい。中国人は辛、酸、苦、甘、鹹を〝五味〟と呼んだけれど、それらを駆使してできあがった料理の性格そのものについては、鮮、美、淡、清、爽、滑、甘、香、脆、肥、濃、軟、嫩などの語を考えだした。これらだけを自由に順列して組合わせてもその二語、三語、四語のヴォキャブラリーは莫大な数になるだろう。しかし、語の叢林はとめどないのだから、そのおびただしさにたじろいでいては、とても一杯の清水の真価を論ずる資格はないものと覚悟しなければなるまい。そうやって眺めていくと、ただ味覚についてだけの『神曲』や『ファウスト』などという長大作が書かれてもホモ・ルーデンスとしてはけっして不思議ではないと思われるのだが、これはまだ出現していないようである。核兵器を飛ばしあうアルマゲドン（最終戦争）が発生しないとすれば人口爆発による食糧危機でドゥームズ・デイ（最終日）を迎えることになる予感が濃化した時期のある日に、誰かが、どこかで、きっと、そういう作品を発表するのではあるまいかと、しばしば私は夜ふけの寝床の白想のなかで考える。とてつもない御馳走文学を読みつつわれらは餓死していくのだと思うのはけっして私だけの空想ではないはずと思うが、どんなもんやろ？

『五香猪肉《ウーシャンチューロー》』その他の名で知られる豚肉料理は中国からわたってきて長崎へ上陸して〝豚の角煮〟、〝東坡肉〟となったが、詩人の蘇東坡の名を冠してそう呼ばれている。この高名で高潔な詩人は海南島へ故もなく流謫されたりして生前は深夜にめざめるばかりの生をしいられたのだが、いっぽう食いしん坊でもあったから、佳肴については書きたいだけ書き、それも美味の解釈と鑑賞だけではなくて、あの筍はどう煮たらいいか、この野菜はどう料ったらいいかなどの実技の研究にも邁進し、没頭した。『東坡肉』や、『河豚は一死に値する』や、『松江の鱸魚、以て賞すべし』の句などのために、ともするとナマグサ専門だったかのように見られがちだけれど、とんでもない。

素菜《スーツァイ》（精進料理）にも彼はなみなみならず傾倒して邁進したのであって、その舌と探求心の広大さのために一場の弁護論をひろげてもいいと思えるほどである。古今東西、詩人はインズ（体制内人）の眼から見ると貧乏することにだけ特技を持つ、うさんくさいアウツ（体制外人）であるけれど、蘇氏の例に見るような無邪気でひたむきな食いしん坊もしばしばいるのである。わが国には底なしのドリンカーで奔放をきわめたグルメである草野心平氏がアヤメの花を食べてみたり、日光サンショウウオの生きたままを呑みこんでみたり、奇想天外の華麗さである。パリには『タイユヴァン』という古い、古い老舗のレストランがあって、ここの酒庫のリストはみごとなものだが、メニュの片隅にはフランソワ・ヴィヨンの詩が二行、さりげなく入れてある。

土鍋料理《キャスロール》を食わんとならば
タイユヴァンへ参らるべし

『大遺言書』にこんな二行があったかしら、それとも、ほかのどんな詩だったろうかなどと朦朧の記憶を繰りたくなってくる。いずれにしてもアウツのアウツであったこの苦悩人も舌の歓びには去年《こぞ》の雪も卒塔婆小町もしばらく忘れてうちこんだらしいなと察しがついて、食徒はやましさをちょいと忘れることができるのである。

戦場、砂漠、ジャングル、亡命、無人島、監獄、兵営など、極限状況におかれた人の記述を後日になって読んでみると、フィクションであれ、ノン・フィクションであれ、綿々と糸をつむぐようにか、一閃矢のようにか、閃きを含みつつ糸をつむぐようにか、生唾を呑みたくなるような食談が展開されている。幼い日を回想する文とおなじくらいに、いや、もっとしばしば、父や母を忘れはてるか、食っちまうばかりの白熱度をもって、過ぎし日の御馳走の思い出を――キャヴィアであれ、大福餅であれ――囚われの人は語らずにはいられない。なかにはその想像にしがみつくことだけで力を保持して危地を脱する人もいる。かつて孔子は徳を好むことが色を好むほどにまで達している人物をついぞ見たことがないといって吐息をついたけれど、その深刻な性にしたって、蒸溜また蒸溜をかさねて精製してみると、やっぱり食には負けるのである。極限のにがい無為であれ、暖衣の甘い無為であれ、人は毎日何か食べずにはいられないけれど、それほどにまで交媾を好むことはあのカザノヴァにもできないことなのであるから、孔子はもう一歩踏みこんでから食の無残と非情と優しさの力に思いをいたして吐息をつくべきであったかもしれない。

〝食〟の極は人肉嗜食である。そうなると、本場は、これまた中国である。ヨーロッパであれ、ニューギニアであれ、古今東西、あらゆる民族が人肉を喫してきたけれど、それらは一〇〇のうち一〇〇までが、極限に追いこまれて飢えるか、儀式としてやるか、異常神経でやるかなどであって、日常の嗜好や趣味として喫人をやった例は中国史のなかにしかない。それも一つや二つの特異例ではなく、一時代の流行というのでもなく、断続しながらいつの時代でもやっていたというのは中国史だけである。桑原博士の『東洋文明史論叢』という名著にはこの習慣だけをとりあげて時代順に実例をあげて追及した論文が収められている。博士の指摘によると、こういう喫人の伝統は中国史だけなのだから、中国文明の研究をするにはこの風習の研究をぜったいなおざりにしてはいけないとある。もっともふつうに、もっとも貪欲に喫人をやったのは唐代であるらしいが、二〇万人の野郎どもをひきつれた流賊のボスがいたるところで人を食い、とくに赤ン坊の蒸し物が大好物であったが、酒飲みの肉が一番だと答えたとか、市場へいくと人肉が鉤で吊して売られていて、人びとは銭をだして買ったが、人肉とはいいにくいものだから『両脚羊』（二本足の羊）と呼ぶことにしていたなど、凄い挿話がいくらでもある。則天武后の時代には杭州のポリスのボスが取立てにきた借金取りを殺して食い、ついでにその従者も食べ、まだ足りなくて後家さんにまで手をのばしたところが逃げられて発覚したというケースがある。黄巣の乱のときには賊が特設の人肉工場を設けて、数百の臼で毎日毎日、善男善女を生きたままほうりこんでグラインドし、ゴロゴロひいて骨ごと食べたという例もある。後代になると親孝行として子が自分の太腿の肉を削ってスープにして病人の親に食べさせるという習慣ができてきたが、これをやるとお役所から表彰の額を贈られることがあり、なかにはそれを門前に掲げたい一心で肉を裂くものもあったらしい。これは日中戦争時代にもあまり稀れにではなく見られ、聞かれしした風習だとのことだから、今から、たった三〇年か四〇年、以前の、ことなのである。

桑原博士や『中国食物史』の篠田博士が論の根拠としていらっしゃるのはすべて古文献に記述されている例であるから、その時代、その時代にはおそらく史家の眼や耳に達しなかった事件がおびただしくあったのではないかと、当然のことながら、推察されるのである。問題は、ではなぜ中国人だけがこういう破天荒の食習を持ったかということになるのだが、これがじつはまったくよくわからない。自然がつねにあの大陸では酷烈であったのだとか、耕地面積と人口がうまく釣りあいのとれたことが有史以来なかったからだとか、かつていかなる政治体制の下におかれようと人口とそれがミートした例はあの国では皆無だったからではないかとか、さまざまのことを考えたくなるのだが、中東の砂漠地帯、アフリカの叢林地帯、南米のジャングルや山嶽地帯でもそのような類似の条件のところはたくさんあるのに、類似の食習、趣味や嗜好としてのそれがあったということは、とんと聞かされたことがないのである。ある民族のある習俗の深い動機は外国人にはけっして容易にとらえられるものではないのだが、たとえそうなのだとわきまえてはいても、やっぱり、ああだろうか、こうだろうかと考える悪癖を避けるのは、これまたじつにむつかしいことである。ただ、三〇歳から四〇歳までの十年間に東南アジアをしじゅうほっつき歩いて海外中国人《オーヴァー・シー・チャイニーズ》、つまり華僑の実業家や記者などと食事、議論、談笑、ときにはいっしょに釣りにでかけたりの経験と見聞をかさねるうちに、いつとなく、ほとんど、言葉にならない直感としてだけだが、私はこの人たちの気質や情念の深部には永遠に不屈の芸術家、もしくはアナーキストと呼んでいい傾性がひそんでいるのだ、と感ずるようになった。それを例証でもって定言し、定義づけることは、できるようでもあり、できないようでもあるが、やるとすれば文学でしかないとも感ずるのである。感ずるのであり、ときどき、考えるのでもある。そこで、この人たちをアナーキストだとしてしまうと、喫人食習の説明は以前よりは一歩すすめられそうに思える。あいかわらず朦朧は朦朧のままだが、昔よりは、一歩つっこんだ地点で感じたり、考えたりが、できそうに思えるのである。しかし、ルカーチではないけれど、生を薄明のうちのアナーキーだとすることにはまったく賛成しつつも、その発現の様相の無辺際ぶりには、結局のところ、あるがままに放浪者としてうけとるしかあるまいとも思うのである。そうなれば、桑原博士や篠田博士のように古文献の記述を読んで、なるほどとつぶやくしかあるまい。つまり、やっぱり、生の諸相は、How はわかるけれど、Why はわからないとしておくしかないのであるか？………

フークォック島というさほど大きくない島が広大で静穏なシャム湾にあるが、ヴェトナム領に属する。しかし、沖にでてふりかえると、カンボジャとヴェトナムが同時に見えるのである。この島はカーコム（米の魚の意・ヒシコイワシのこと）だけで作った紅茶色の絶品ニョクマム、イカ、カニ、陸ではみごとな鹿と胡椒、および背に一筋のつむじ毛の走る特有のフークォック・ドッグという犬などで有名なところである。漢字にするとフークォックは〝富国〟である。この島を沿岸沿いにサンパンでおりていくと、やがて、小さな岩礁や無人島などが十コか二十コ点在する地点に達する。このあたりが底魚釣りの穴場で、ハタ類、アジ類、タイ類などがめったやたらに釣れ、それにまじって上潮時には巨大なバラクーダやサメも竿をひったくっていくのである。ここへ私は、ある年、ショロン在住の華僑の釣狂の実業家といっしょに四泊五日の小旅行を試みたことがある。この男はフランス語と英語を自由に操り、四つか五つの会社の社長をやり、とめどない釣狂で、とめどない食いしん坊で、とめどない色豪でもあった。私の見るところではこの三つの欲望が三つとも等質かつ等量に発達していて、したたかな等辺三角形というか、金三角というか、そういう内容となっている。中国人は底知れぬマキャヴェリズムと底知れぬ礼節が同時併存しているが、一度知りあったとなると、とことん、全身的な精力をあげてうちこんでくる。この人も私を釣狂と知って話しあってから一度ガップリ握手したとなると、あとは御馳走と美酒と釣行をとっかえ、ひきかえして攻めたてにかかり、こちらがへとへとになるまで礼遇することに無上の歓びを発見したらしかった。ショロンの自宅の屋上で彼が友人数名を呼んでやる宴会はいつも火鍋料理だったが、カニ、エビ、イカ、ハタ、牛、豚、鹿、羊などの肉を大テーブルに山また山と積みあげ、それにつける香辛料だけでも澄んだニョクマム、赤いニョクマム、花胡椒、蝦油、胡麻ペースト、マスタード、ケチャップ、洋と漢をあげてあれもこれもと、とめどなく繰りだしてくる。そして、飲む酒はというと、きまってコニャックの『サン・ラージュ（年知らず）』という途方もない逸品であった。火鍋料理は山海の珍味を物量でこなす方式だから食べたあと眠くなるけれど、あるとき彼がショロンの中華料理店に自分ですべてのメニュを選んで命じた饗宴では、いくら食べ、いくら飲んでも眠くならなかったので、これにはすっかり脱帽してしまった。そのときにはしたたかな啓示をうけ、ほんとの御馳走とはどんなに飲み食いしても人を飽満させないものなのだと、つくづくわかった。そのうえ、彼とフークォック島へでかけ、サンパンの甲板が足の踏み場もないくらい魚を釣ったあと、ことごとく漁師にプレゼントし、その山のなかからほんの二、三尾の石斑魚（ハタ）だけを選んで夜明けの無人島の磯で〝清蒸（酒むし料理）〟を作ってもらったときには、思わずうめいたものだった。何しろ彼はいくつもの釣道具を入れたリュックのほかにもう一つ別のリュックを持ち、それには鍋、包丁、醬油、ショウガ、酒、ニンニク、ニョクマムなど、料理道具一式がことごとく入っているのだった。物凄い戦争のさなか、最前線といってよい場所へそういう装備をことごとくかついで平然とでかけていくのだから、とてもおれなど食い倒れなんていえたものではないと、あきらめたくらいである。

無人島の磯の岩を二、三コ集めて鍋をかけ、火をおこしたり、魚を入れたりしている彼に、ためしに

「その魚のどの部分がおいしい？」

たずねてみると、彼はだまってニヤリと笑い、魚の頭、目玉、唇、内臓、下腹などを指で順についていった。そしていちばんさいごに背と横腹の肉を軽くポンとついてみせるのだった。

初出一覧

試めす　「潮」 1973年８月号
ヴェトナムの美味と美女　「主婦の友」 1965年５月号
美に同居する献身と残忍　「デラックス文藝春秋」 1975年10月号
魚の水《ニョクマム》はおいしい　「あさめし　ひるめし　ばんめし」 1974年12月号
マジェスティックのマーティニ　新聞広告　1975年10月26日
ヰタ・アルコホラリス　「洋酒マメ天国」 1967年９月
コンニチハ　オサケ！　「世界の旅」 1962年11月
酒も飲めない時代　「オール讀物」 1971年１月号
いいサケ、大きな声　「オール讀物」 1972年４月号
ペンと肝臓　「オール讀物」 1975年９月号
万事、水からだ　「オール讀物」 1976年３月号
兵隊の夜の歌　新聞広告　1967年10月22日
鮭　「グルメ」 1972年２月号
姫鱒　「グルメ」 1975年５月号
海の果実マツバガニ　「旅」 1973年３月号
キャヴィアは薄緑、大粒　「別冊文藝春秋」 103号
しらうお　「婦人と暮し」 1974年１月号
ビスク・ド・オマール　「週刊新潮」 1975年２月13日号
眼ある花々　「婦人公論」 1972年１月号～12月号
詩と洋酒　「DRINKS」 1955年（月号不明）
シャンパンについて　「DRINKS」 1955年10月
アンゴステュラ・ビターズのこと　「DRINKS」 1956年（月号不明）
酒に想う　「衣食住」 1960年９月号
カクテル・ワゴン　「銀座百点」 1959年３月号
東欧の女性たち　「婦人公論」 1961年３月号
ヨーロッパであった女友だち　「装苑」 1961年４月号
虚無からの声　「朝日新聞」 1974年12月27日
頁の背後　『孔雀の舌 開高健全ノンフィクションⅣ』（文藝春秋） 1976年12月

本書は一九七六年刊行の『孔雀の舌　開高健全ノンフィクションⅣ』（文藝春秋）からセレクトしたオリジナル文庫です。開高健全集（一九九一〜一九九三年　新潮社）を参考にしながら同書を底本とし、適宜ルビを付けました。また旧字を新字に改め、明らかな誤字・誤植は正しました。

本文中、今日からみれば不適切と思われる表現がありますが、書かれた時代背景と作品の価値を鑑み、底本のままとしました。

◎編集協力　金丸裕子

魚の水《ニョクマム》はおいしい
食《しょく》と酒《さけ》エッセイ傑作選《けっさくせん》

二〇二〇年一〇月一〇日　初版印刷
二〇二〇年一〇月二〇日　初版発行

著者　開高健《かいこうたけし》
発行者　小野寺優
発行所　株式会社河出書房新社
〒一五一-〇〇五一
東京都渋谷区千駄ヶ谷二-三二-二
電話〇三-三四〇四-八六一一（編集）
〇三-三四〇四-一二〇一（営業）
http://www.kawade.co.jp/

ロゴ・表紙デザイン　粟津潔
本文フォーマット　佐々木暁
本文組版　株式会社創都
印刷・製本　凸版印刷株式会社

Printed in Japan ISBN978-4-309-41772-1

ロッパ食談　完全版

古川緑波　41315-0

1951年創刊の伝説の食べもの冊子『あまカラ』に連載された「ロッパ食談」をはじめて完全収録。ただおもしろいだけじゃない、「うまいもの」「食べること」への執念を感じさせるロッパエッセイの真髄。

ロッパ随筆　苦笑風呂

古川緑波　41359-4

食エッセイで人気再燃の、喜劇王ロッパ。昭和日記も一級資料だが、活キチ（シネフィル）として世に出たあれこれ様々のエッセイも、痛快無比。「支那料理六景」など、飲食記も。

下町呑んだくれグルメ道

畠山健二　41463-8

ナポリタン、うなぎ、寿司、串揚げ、もつ煮込みなど、下町ソウルフードにまつわる勝手な一家言と濃い人間模様が爆笑を生む！　「本所おけら長屋」シリーズで人気沸騰中の著者がおくる、名作食エッセイ。

暗がりの弁当

山本周五郎　41615-1

食べ物、飲み物（アルコール）の話、またそこから導き出される話、世相に関する低い目線の真摯なエッセイなど。曲軒山周の面目躍如、はらわたに語りかけるような、素晴らしい文章。

天下一品　食いしん坊の記録

小島政二郎　41165-1

大作家で、大いなる健啖家であった稀代の食いしん坊による、うまいものを求めて徹底吟味する紀行・味道エッセイ集。西東の有名無名の店と料理満載。

マスタードをお取りねがえますか。

西川治　41276-4

食卓の上に何度、涙したかで男の味覚は決まるのだ――退屈な人生を輝かせる手づくりのマスタードや、油ギトギトのフィッシュ・アンド・チップス。豪快かつ優美に官能的に「食の情景」を綴った名エッセイ。

巴里の空の下オムレツのにおいは流れる

石井好子　41093-7

下宿先のマダムが作ったバタたっぷりのオムレツ、レビュの仕事仲間と夜食に食べた熱々のグラティネ——一九五〇年代のパリ暮らしと思い出深い料理の数々を軽やかに歌うように綴った、料理エッセイの元祖。

東京の空の下オムレツのにおいは流れる

石井好子　41099-9

ベストセラーとなった『巴里の空の下オムレツのにおいは流れる』の姉妹篇。大切な家族や友人との食卓、旅などについて、ユーモラスに、洒落っ気たっぷりに描く。

季節のうた

佐藤雅子　41291-7

「アカシアの花のおもてなし」「ぶどうのトルテ」「わが家の年こし」……家族への愛情に溢れた料理と心づくしの家事万端で、昭和の女性たちの憧れだった著者が四季折々を描いた食のエッセイ。

早起きのブレックファースト

堀井和子　41234-4

一日をすっきりとはじめるための朝食、そのテーブルをひき立てる銀のポットやガラスの器、旅先での骨董ハンティング…大好きなものたちが日常を豊かな時間に変える極上のイラスト＆フォトエッセイ。

アァルトの椅子と小さな家

堀井和子　41241-2

コルビュジェの家を訪ねてスイスへ。暮らしに溶け込むデザインを探して北欧へ。家庭的な味と雰囲気を求めてフランス田舎町へ——イラスト、写真も手がける人気の著者の、旅のスタイルが満載！

私、丼ものの味方です

村松友視　41328-0

天丼、牛丼、親子丼、ウナ丼……。庶民の味方「丼もの」的世界へようこそ！　行儀や窮屈とは程遠い自由な食の領域から、極上の気分が味わえる。ユーモラスな蘊蓄で綴るとっておきの食べ物エッセイ68篇！

食いしん坊

小島政二郎　41092-0

鮎嘉の笹巻き、名古屋流スキ焼き、黄肌の鳥、桐正宗……、味を訪ねて西東。あまいカラいに舌鼓。うまいものに身も心も捧げた稀代の食通作家による、味の文壇交友録。

おなかがすく話

小林カツ代　41350-1

著者が若き日に綴った、レシピ研究、買物癖、外食とのつきあい方、移り変わる食材との対話――。食への好奇心がみずみずしくきらめく、抱腹絶倒のエッセイ四十九篇に、後日談とレシピをあらたに収録。

味を追う旅

吉村昭　41258-0

グルメに淫せず、うんちくを語らず、ただ純粋にうまいものを味わう旅。東京下町のなにげない味と、取材旅行で立ち寄った各地のとっておきのおかず。そして酒、つまみ。単行本未収録の文庫化。

夫婦の散歩道

津村節子　41418-8

夫・吉村昭と歩んだ五十余年。作家として妻として、喜びも悲しみも分かち合った夫婦の歳月、想い出の旅路…。人生の哀歓をたおやかに描く感動のエッセイ。巻末に「自分らしく逝った夫・吉村昭」を収録。

終着駅

宮脇俊三　41122-4

デビュー作『時刻表２万キロ』と『最長片道切符の旅』の間に執筆されていた幻の連載「終着駅」。発掘された当連載を含む、ローカル線への愛情が滲み出る、宮脇俊三最後の随筆集。

むかしの汽車旅

出久根達郎〔編〕　41164-4

『むかしの山旅』に続く鉄道アンソロジー。夏目漱石、正岡子規、泉鏡花、永井荷風、芥川龍之介、宮澤賢治、林芙美子、太宰治、串田孫一……計三十人の鉄道名随筆。

七十五度目の長崎行き

吉村昭　41196-5

単行本未収録エッセイ集として刊行された本の文庫化。取材の鬼であった記録文学者の、旅先でのエピソードを収攬。北海道〜沖縄に到る執念の記録。

小川洋子の偏愛短篇箱

小川洋子〔編著〕　41155-2

この箱を開くことは、片手に顕微鏡、片手に望遠鏡を携え、短篇という名の王国を旅するのに等しい——十六作品に解説エッセイを付けて、小川洋子の偏愛する小説世界を楽しむ究極の短篇アンソロジー。

巴里ひとりある記

高峰秀子　41376-1

1951年、27歳、高峰秀子は突然パリに旅立った。女優から解放され、パリでひとり暮らし、自己を見つめる、エッセイスト誕生を告げる第一作の初文庫化。

ニューヨークより不思議

四方田犬彦　41386-0

1987年と2015年、27年の時を経たニューヨークへの旅。どこにも帰属できない者たちが集まる都市の歓喜と幻滅。みずみずしさと情動にあふれた文体でつづる長編エッセイ。

わたしの週末なごみ旅

岸本葉子　41168-2

著者の愛する古びたものをめぐりながら、旅や家族の記憶に分け入ったエッセイと写真の『ちょっと古びたものが好き』、柴又など、都内の楽しい週末“ゆる旅”エッセイ集、『週末ゆる散歩』の二冊を収録！

にんげん蚤の市

高峰秀子　41592-5

エーゲ海十日間船の旅に同乗した女性は、ブロンズの青年像をもう一度みたい、それだけで大枚をはたいて参加された。惚れたが悪いか——自分だけの、大切なものへの愛に貫かれた人間観察エッセイ。

家と庭と犬とねこ

石井桃子　41591-8

季節のうつろい、子ども時代の思い出、牧場での暮らし……偉大な功績を支えた日々のささやかなできごとを活き活きと綴った初の生活随筆集を、再編集し待望の文庫化。新規三篇収録。解説＝小林聡美

プーと私

石井桃子　41603-8

プーさん、ピーター・ラビット、ドリトル先生……子どもの心を豊かにする多くの本を世に出した著者が、その歩みを綴った随筆集。著者を訪ねる旅、海外の児童図書館見聞記も。単行本を再編集、新規二篇収録。

みがけば光る

石井桃子　41595-6

変わりゆく日本のこと、言葉、友だち、恋愛観、暮らしのあれこれ……子どもの本の世界に生きた著者が、ひとりの生活者として、本当に豊かな生活とは何かを問いかけてくる。単行本を再編集、新規五篇収録。

新しいおとな

石井桃子　41611-3

よい本を、もっとたくさん。幼い日のゆたかな読書体験と「かつら文庫」の実践から生まれた、子ども、読書、絵本、本づくりをめぐる随筆集。文庫化にあたり再編集し、写真、新規原稿を三篇収録。

アウトブリード

保坂和志　40693-0

小説とは何か？　生と死は何か？　世界とは何か？　論理ではなく、直観で切りひらく清新な思考の軌跡。真摯な問いかけによって、若い表現者の圧倒的な支持を集めた、読者に勇気を与えるエッセイ集。

言葉の外へ

保坂和志　41189-7

私たちの身体に刻印される保坂和志の思考――「何も形がなかった小説のために、何をイメージしてそれをどう始めればいいのかを考えていた」時期に生まれた、散文たち。圧巻の「文庫版まえがき」収録。